第26届全国新概念作文大赛
获奖作品选

NEW CONCEPT WRITING CONTEST

萌芽杂志社 编

上海文艺出版社

序

由中国福利会、上海市作家协会联合主办，萌芽杂志社承办的"新闻晨报·周到"杯第二十六届全国新概念作文大赛于2023年5月如期启动。经过历时半年的征稿、看稿、评审、比选，190余位文学新人脱颖而出，于2024年1月26日齐聚上海，参加了统一命题、限时三小时的现场创作。

在连续三年的线上复赛后，大赛终于告别云端，重回纸面。翻开笔迹仓促、偶有涂抹的手写答卷，评委们的头一句评价是"久违的亲切"。他们是来自全国各地的一流文学家、编辑和人文学者，当中既有见证大赛初创的长者，也有以大赛为文学起点的八零后作家。复赛当晚，两整箱A3大小的复赛答卷在青松城大酒店会议厅内被分发至各组桌面，堆垒如林，评委们集体读稿，挑灯夜战。除了翻新的酒店装饰，一切都重演着"新概念"最初的模样。

1998年，北京大学、清华大学、复旦大学、北京师范大学、华东师范大学、南京大学、南开大学、武汉大学、厦门大学、中山大学、浙江大学、人民大学、山东大学、上海戏剧学院这十四所著名高校与萌芽杂志社创始主办全国新概念作文大赛，在世纪末吹响了一支青春的号角。由大赛首倡的"新思维、新表达、真体验"理念，自此影响着一代代文学的青年与青年的文学。

时至 2024 年，新概念作文大赛面对又一批文学新人，如何常新？诚如本届大赛间隙首次举办的"萌芽见面会"主题所示，我们不仅在乎写作，更在意如何让更多年轻人经由文学之径观察外物、审视自我，"通过我们理解复杂的世界"。无论是复赛命题下的一篇篇《感觉像真的》或《今天网络没信号》，还是被这本选集撷英的初赛作品，那些依然葆有敏锐度与丰富性的文字，是文学恒久鼓舞人心的依据，也是大赛勃勃生机的源头。比赛真实地呈现了"一代有一代之文学"，一代亦有一代以文学栖居于世界的方式。正如大赛评委周嘉宁在面对选手有关"为赋新词强说愁"的困惑时所回应的："我现在再看到这样的作品，都会抱着非常珍惜、爱惜的态度，会希望这样的写作者、这样的写作不被伤害，以一种最初的形态保存下来。"

重读重编，结集付梓，是对它们最珍重的留印。第二十六届全国新概念作文大赛以本书正式画下句点，获奖的喜悦会流逝，唯一可能抵抗时间的，是赛场上三小时或书桌前一个午后流淌下的这些文字。它们年轻，浑然天成，如雨水稍纵即逝，而新概念作文大赛能做的，是聚水为潭，送它们奔涌向江海。

《萌芽》杂志社

2024 年 5 月

目录
contents

第一辑　第五种语言

- 003　白日焰火 / 金俊杰
- 011　芳甸 / 石径溪
- 019　盘核桃 / 岑凯霖
- 027　土地庙 / 刘锦文
- 036　羡慕小姨 / 马忆楠
- 045　无价之宝 / 赵博琨
- 053　第五种语言 / 黄乐
- 061　卡住 / 裴卿源

第二辑　三角路

- 071　仓前街 / 傅明紫
- 081　旧城 / 卞漾
- 085　九码头 / 周勇
- 092　三角路 / 查权鸣
- 100　一把枪 / 李佳成
- 109　红砖 / 陈一帆
- 118　植物在旅行 / 涂远旭
- 124　土地庙 / 何艺鲜

第三辑　浅海里的金枪鱼

135　奔流到海不复回 / 张瀚心

143　浅海里的金枪鱼 / 马欣瑶

148　从桥边跌入河中 / 吴晨语

154　有时唱歌 / 何晨曦

168　消亡罗曼史 / 于晨淼

176　走失的猫 / 李析桓

184　失忆漫游记 / 翁紫氲

192　安静的河 / 刘栩杏

第四辑　狮子翅膀的解剖报告

203　论轻盈 / 卢钿希

213　狮子翅膀的解剖报告 / 赵铂仁

221　蒲公英 / 张杨铂

228　春冬 / 张嘉轩

236　烛灯 / 蔡嘉豪

243　说明书 / 包文源

251　无所地 / 李馨玥

261　会飞的蚂蚁 / 雷涵彧

268　佳木斯没有流浪者 / 马铭悦

第五辑　复赛作品

281　感觉像真的 / 王媛

285　今天网络没信号 / 刘齐家

290　感觉像真的 / 张梓蘅

295　今天网络没信号 / 王姿晴

300　感觉像真的 / 吴承瑶

附录

307　"新闻晨报·周到"杯第 26 届全国新概念作文大赛一等奖获奖名单

308　"新闻晨报·周到"杯第 26 届全国新概念作文大赛二等奖获奖名单

311　"新闻晨报·周到"杯第 26 届全国新概念作文大赛入围奖获奖名单

313　"新闻晨报·周到"杯第 26 届全国新概念作文大赛初评委名单

314　"新闻晨报·周到"杯第 26 届全国新概念作文大赛评委名单

316　"新闻晨报·周到"杯第 26 届全国新概念作文大赛组委、工委名单

第一辑　第五种语言

白日焰火

/金俊杰

我喜欢漫无目的地望天上的烟花,炫目的火光,沉闷的爆裂声,总能让人蓦地平静下来,继而回忆起很多往事。犹记得家后院有间不大不小的仓库,贴着墙皮,镶着生锈的铁板,门上的把手已经掉了。里面堆着许多残损的木架,基本上都剥了漆,还布满像鸟屎一样的白色斑点。这些,便是父亲半生以来所使用的工具。首先来说我的父亲,他是个身材魁梧的男人,脸庞宽,眉毛浓,最有特点的是他红铜色的皮肤,像还未抹上腻子的砖块,走在人群里特别显眼。曾不止一次有人问他:是不是从外地来的?他只会笑笑,用几句最地道、最标准的土话,来证明自己确确实实是本地人。他人无论事先有多么惊奇,预设了怎样的答案,在听到他的土话后,也都不再抱有任何怀疑。毕竟每一个生在我们这里的人,都深知本地方言有多么难学难说。能听懂已是万幸,还要能说得好,恐怕只有打小穿梭于坊隅市集的孩子能做到。外地人往往落户了很久,也无法说出几句土话来,而且腔调不同,一字一顿,难免让人笑话。这样的语言优势,能快速有效地消除别人关于身份的疑惑,对我常年在外做工的父亲来说,倒算一件好事。

在我很小的时候,父亲就开始培养我说土话的能力,带我走街串巷,从平凡的生活中获得见识。街边卖菜的老人、打理蒸屉的捣糕师傅、扯着嗓子吆喝"碗喽铞喽"的铜匠,还有牵着大捆氢气球的气球贩子……许多都是和我爷爷相识的。父亲会同他们交谈，一个个告诉我对不同年龄的人该怎么称呼，要我记在心底。我们父子也不买什么，只是随性地走，随性地看，而我就在这样朴素的环境里耳濡目染，将乡土世界特有的烙印深深刻进脑海。事实上，在我真正进入学校学习拼音之前，就已经能熟练用土话和大人交流了。每次有客人来，都是我去迎接，毫不认生地打招呼，端水果，每每也能收获客人们的称赞，不像别家孩子看见生人不敢言语，总被催促"叫人，叫人"。这方面我的的确确让父母省了很多心，我是知道的。

父亲对土话有如此深的执念，还要归功于他的工作——他是一个非常专业、有着二十多年经验的驮龙师傅。在我们镇子，上到传统节庆，下到红事白事，或者谁家孩子考上大学，谁家做生意赚了些钱，都需要到庙班摆酒，并请驮龙师傅们来游街添喜。这些师傅互相认识，通常十到二十人做伙，到日子再一起出工。他们的工作就是每人抬个椴木龙架，系上绳结，挂上福条，然后按照主家人划定好的路线走上一圈。木削的龙结构复杂，用料讲究，最轻也有三十来斤。有意思的是，每个架子都是分开制作的，脑袋是脑袋，尾巴是尾巴，做出来零零散散十几节，跟积木似的。工匠会在头尾底端凿出六个小孔，楔上卯眼榫头，用来进行整龙的连接。弄这么麻烦，一是因为龙架太大太沉，连起来不便搬运，单个就比较好搬；二是因为龙架按次序排列好，一条条连接，直至形成完整的"龙"，这过程在人们看来十分有意义，所谓"龙游凤舞，岁乐民喜"，恰好映衬了时节。这么多部位，每个师傅的职责自然也不相同。有的扛龙头，叫排头，也叫守龙眼；还有师傅扛龙尾，玩笑话叫"立腚眼捡金屎，顶门落福，吃不完还得盛一碗打底"；龙肚子那块人最多，占了大头，是最规矩的地方，中间预留了空间，以便新年时摆放灯台。作为资历最久、气力最盛的人，父亲的职责就是扛龙头，也是负责统筹安排诸多事情的。每次有人想预约出工，都要来找父亲，提前说明好相关事宜，比如时间、地点、具体场合。父亲身上时刻带着一个电话本，会认真记下客人的要求，再折角当作标记。许是上了年纪，有些老人说话含糊不清，还混杂了山里人说的俚语，听起来让人难以理解。父亲有时也头大，眉毛拧巴起来，反反复复地询问，才能勉强写下几个字。

有一次从隔壁镇过来个老妇人，给小孙子摆满月酒，想请父亲过去一趟，父亲愉快地答应了。但这事闹了岔子，老妇人最初说是在"古内"办席，后面改成桥头，明明是满月酒，时间却也变来变去。好不容易定下来，结果等父亲当天备好所有工具到了桥头，老妇人又说是在上塘新装修的房子。这下重拉回去，那边人说耽误了时间，不肯付钱了。这来回一趟，什么都没赚着，货车还垫进去不少钱。相识的熟人去问，老妇人只是说地址就定在镇上，是父亲听错了话。这样不愉快的出工还发生过几次，大半是因为两边没沟通好，而父亲作为师傅，是买卖中的卖方，也只能吃亏了。后面父亲再和人交流时，总会三番两次地确认，再通知其他主家人，有人见证，纠纷自然是少了。他还找来做麦饼的邻居赵老爷子，请他帮忙翻译实在捉摸不透的话。我问过他，他的土话讲那么好，为什么还是会听不懂？父亲解释说："土话是不一样的，每个村子，可能就隔着一座山、一条河，说的话都可能会有差异，你以后会知道的。"

一般来说，父亲一年到头差不多有二十次出工机会，既然说是出工，必然是能够获取报酬的，而像新年节庆或是修族谱等事宜，都算作驭龙人本分，有自己的义务在，所以没钱可收。出工里最多的便是结婚，其次是大型宴席。每次接到生意后，父亲就从家后院搬出龙架来，用毛巾沾上清水从上到下规规矩矩清洗一遍，洗到发亮为止。既是对客人家的尊重，也是对自己赖以为生的行当的尊重。因为架子独特的构造，许多地方都有细不可察的缝隙，父亲手臂伸不进去，这部分工作便落到了我头上。我为自己能得到一个任务欣喜不已，举着刷子认认真真寻找积灰的角落，学着父亲的样子一遍遍刮擦。等到清洗全部完成，父亲戴上手套，在龙的眼珠子里抹上一层蜡油，我眼见着龙眼变得豁亮，干瘪的龙头也好似瞬间"活"了过来。

驮龙架的，因为自带报福的属性，平日里在各乡出没，大家还是很尊敬的。办婚宴时，主家人会专门安排个桌子来招待他们，菜品必须和正桌一模一样，还得有烟有酒，中华和茅台都得安排上。我托了父亲的福，也能在不认识的人家里蹭上一顿美味的酒席。同桌的师傅许多是父亲的朋友，从小就认识，不少还是从老家一起来的，大家因此有格外多的话题，新鲜事一件接一件，乐得合不拢嘴。

闲杂事毕，到了出工时候，主家人和亲戚们已经围在屋外等候着。父亲拿出早就准备好的两根细扦，嵌进龙架下端，等抬的时候，他和许叔一左一右使力气，把龙架支起来，稳妥后便朝目的地进发。周围除了亲家人，往往还有大堆围观的看客。我想用凑热闹来形容有些不大合适，大家都喜欢这样的氛围，良辰吉日，朗朗晴天，瞧见路上有如此大好景象，似乎龙经过身边时，自家也能沾染上福分，获得神仙的祝福，为家里还没结婚的儿女预先定个好的归宿。若是过年时候，则是祈福家人健健康康，诸事顺利，反正每一项习俗都有它独特的意义，而这意义只关乎人的所念所想。

每每挤在人群里，望着前方高举龙架的父亲，我都觉得风光极了。我也无数次幻想自己和父亲一样，用坚实的身子扛起龙头，在最吉利的日子里为人们带去祝福，这是件多好的事啊。烟花訇然作响，适时打断了我的思绪，但此刻并没有多少人在意。正值白天，阳光刺眼，烟花淡得几乎看不清。这情景实在是让欣喜仰头的我感到沮丧。

有件事说来不怕被笑话，我那时一直有个疑惑，就是为什么要在白天放烟花。从我的视角看来，烟花是独属于夜晚的，所有璀璨和绚烂只会在夜晚出现。既然白天看不清，也没有人看，点燃它的意义是什么？我无法理解。问过许多大人，他们的解释是：因为需要啊，需要烟花的日子就要放，哪里会管早上晚上？父亲则提起我那早早离世的爷爷。

爷爷在 2004 年，也就是我出生后的第三年因为尿毒症去世。他走得太早，以至于我大脑里没有留下任何与他相关的记忆。每当母亲说，爷爷那时最爱骑自行车带我到中塘买瘦肉丸，我的心里总有种很奇怪的感觉。爷爷是见过我的，这毫无疑问，我们的生命有三年的重合，可那时我太小，记忆没能保留下来，伴随着风一起远去了。想到这些，看着照片里完全陌生的脸，心头难免会涌上悲伤。

我对爷爷的了解全部来自父亲的讲述。爷爷是镇子里第二批驮龙师傅，鞠红生老先生的徒弟，那会儿管驮龙叫"歹盂"。饭都吃不上的年代，没有活，一年出工次数屈指可数，所以家里很穷，爷爷还得靠种地和篾匠手艺养家糊口。家里放的龙架大部分时间处于积灰状态，父亲只当是摆设，也不明白爷爷做驮龙师傅的意义，直到后来慢慢懂事。

"早些年金塘一过八月就下大雨，大暴雨，连着好几天。那时堤坝水库都没有，下水道也没有，半天过去，楠溪江水满起来，路边的河沟也都满上，我们就知道，要闹大洪水了。你年纪小，想象不到洪水有多可怕，整个地方全被淹了，上面的水冲下来，跟大浪一样，什么都拦不住，房子、树、人，全都被冲走。有的一家十口人，等洪水过去，就剩一两个活着。"他抿着嘴，闷出长长的一声鼻息，"老头子，总会在这时间出工。"

从父亲的讲述里我能感觉到，洪水袭来的日子，绝望、疲惫，还有说不出的悲伤，弥漫在整片旷野上，整个金塘死气沉沉。哪怕洪水退去，镇子依旧到处是恶心的脏水，里面有粪、树干、死猫死狗，田地全淹烂了。如此景象，却是爷爷出工的时候。刚刚带全家躲过一劫的他，马上要和其他驮龙师傅一起扛起龙架上街，做陌生而熟悉的事，因为他们有义务。"孚盂"创造的初衷就是为了帮人躲避水祸，这也是架子呈龙形的缘故。或许他们无法阻止洪水发生，或许他们长时间做着别的行当谋生，如今在这黑暗时节，在洪涝的废墟之上，他们敲锣打鼓，走遍村子每一处，尽自己的责任驱散阴霾，为村子带来救命的生气。

爷爷一直干到五十多岁，那之后，镇边上修建好了水利设施，镇子再没闹过大洪水。父亲高中毕业了，爷爷最初想让他和大伯一样上大学，出来当老师，不过他不愿意，有另外的想法。临近千禧年，时代发展，驮龙师出工的机会多了，挣的钱也多，足够养活一家人，父亲顺理成章接过爷爷的班。他会挠着胡子感叹：现在的生活比那时好太多了，你们是幸运的一代。我想他骨子里一直期盼接过爷爷的名声，在灰色背景下，挥起张扬鲜艳的红色龙架。他的心里是装着几分幼稚的，年轻的心在胸膛跳动，一震一颤，是鼓声，是梆子声。他怀着儿时的念想，又庆幸如今的太平盛世。即使没机会见到最震撼的场景，但在另一个时节，安稳的时光里，他继续传承着驮龙的使命，报福报喜，驱邪避祸，意义始终如一。父亲为自己所做的事而骄傲，也坚信自己会做到老去的一天，他崇拜着他的父亲，一如我崇拜着我的父亲。

关于信仰，关于平凡，这便是父亲给我的答案。包括我的爷爷、我的母亲，以及诸多相识的师傅，他们都在最明亮的时节里，告诉了我这个答案。

比较可惜的是，父亲并没有干到理想的年纪，他在我高中毕业那年光荣退休了——因为腿病。他本想再干两年，可母亲担心情况恶化，腿彻底走不动道，说什么也不同意。无奈归无奈，终究还是为了身体着想，加上父亲依旧管理着庙班，也算得上是结局圆满。当坐在落满阳光的窗台前读书，静下心来，我总不自觉想起那年正月初三的情景：月色溶溶，天朗风清，空气中掺着寒意。街上熙熙攘攘，每个人的脸蛋都被火光映得通红。一盏盏孔明灯升起，飘得快活，于是半边天镶满了火盏子。远处烟花爆炸声此起彼伏。人群在某个瞬间排开，分列在街道两侧，往那边一瞧，游街的队伍到了。父亲在前面扛着獬豸木雕，一只手把持住担棍，吆喝着声音就来了。邻里街坊基本都认识，乐滋滋打起招呼，有的爱凑热闹，也加入进去，帮着游街队伍一起抬。这种场合没有太多规矩，各种行为都是可以的，新年的快乐也在于此。烟花筒不过几步的距离，站一会儿头上还会掉下发烫的小灰屑。队伍经过桥面，桥底下挂了许多小灯笼，底下的河水，满河都泛着的光影……这是父亲最后一次驯龙，真正意义上的谢幕。在周围人的笑声中，我和他并肩走着，对他说大学毕业后要当个驯龙师。以前的他会竖起拇指，不过此刻的他莞尔一笑，给我展示了因为干活磨得皲裂的手，好像在说：你吃不了这份苦，该做更适合的事。于是我们开玩笑似的争执了起来，为我不可预见的将来的种种事由而陷入揣想。我想这些大人确实很矛盾，他们既有着平凡俗气的一面，又充满理想主义，不过有一点是相似的——他们都在为了生活而努力,就像此刻的我。事实上,若干年后的今天,我的确没有成为驮龙师傅,甚至已经很久没触碰过后院的架子了,但我长大了,有了自己喜欢做的事,这足以宽慰父亲。如今的驮龙依旧延续着它的传承,恰如那白日里的漫天焰火,生生不息地存在和燃烧着。

这篇文章有很好的题材基础,而且有一点处理得比较好:现在我们在外面看到很多人写乡村与城市/商业经验对立的问题,通常会写得非常主题先行或者概念化,这位作者可能恰恰因为年纪较小,出于一种本能,他观察事物仍然处于懵懂状态。它对许多事情没有做出结论,也并未将某个事物上升到很高的高度——避免了可怕的煽情。糟糕的作者可能会对传统手艺的丢失发出一系列感叹,情绪激动,调子起得太高。《白日焰火》给人的感觉是,作者在写到这些事时很平静,而这种平静在青年作者里非常难得。

点评人　桂传俍(萌芽杂志社副主编)

芳甸

石径溪

趴在桌子上,看着吊顶的电扇一下下切割白炽灯,老师把我叫起,喊我滚回家去睡,这种言论我听了很多,手上不拿什么东西,听着咒骂声在我耳后爆开,走出教室。

学校的地板是水泥的,风干的足迹斑驳恶心,像老年动物身上特有的癣,摸上去会有颗粒的质感,手搭在它的皮肤上面,会有"呼噜呼噜"的喘息声。轻车熟路下了楼梯,贴着教学楼边缘挪到围墙,向后退半步,冲刺——风鼓着拍打我的耳膜,跃上墙头,手攀住生锈的铁栅,然后把自己往外、向上、发力、跳,落在草坪上,绿芽矮矮的摩挲着我的脚踝,红色的地砖、绿色的草、蓝色校服,把手上的锈渍在衣角狠狠揩去,手掌上弥留下用过力的粉红,没有人会注意到的,只消活动肌肉绷紧的小腿,向东,向东,在第二个路口拐弯,避开来往的货车,你就能看见他。

他永远在那里,扎根在这座县城的腹地,身上带着人们肆虐后留下的污渍,暗黄色,纹理细腻,携带着留不下的,砾土和泥沙,像是血管中奔腾不息的血液,自古不变的在县城中流淌穿梭,他们叫他宛江,我把手放在里面,冰冷的水冲刷着我的小臂,像一阵抚摸,每一个爸爸都会有的,安抚的轻拍,指尖有泥阻塞的质感,我像尾鱼,在江中展尾徜徉。河道宽阔宏大,在某些地方会冲到岩石上,发出激响,淹没两旁的庄稼、平房，大家都骂他，避而远之，只有我趴在江边，任凭江水的土腥气包裹住我脆弱敏感的肉身，这种事情我干了很多，没有人会注意到的。

我与他的关系要比流着同一种血的人更加亲密，在我无数次哭喊着追问爸爸的下落之后，妈妈扯着我丢在江边，她的眼中有比铁锈更扎眼的红色，江水轰隆，如闻雷鸣，我突然明白了她的缄默，江水浩荡，却把自己最温柔的部分留给我们，但也正是这最温柔的部分，吞噬掉我们的田、房产和生的希望，也让我的母亲从怀孕的少妇，成了一位单亲妈妈。

我是江水带来的孩子，却是以一个家庭失去了最重要的顶梁柱为代价，妈妈不愿见我，我活在大家的指指点点里，又或者，我为她带来了大家的指指点点，母亲终日在家里，不出门，也不允许我出门，她只穿那双绣了红蝴蝶的布鞋，因为我爸爸的父族，姓胡，这一点点幽微的虔诚迷信，缠绕住我，像婴儿未出生时与外界相连的那条脐带，扼住我的脖颈。

知道父亲死讯的那年，我八岁。

村里老人们说是触怒了神明，天意降下此灾祸，在这个封建保守的村子里，天就像是他们认识的上限，是不可轻易亵渎的事物，天要罚我，让我失去了父亲，也让母亲在乡里频频低头。她是村里最漂亮的人，大家都乐意看她遭殃，在无数次走在路上被不明不白的辱骂后，她不再出门，她不让我出门，我躲在檐下看过路的行人，女的，大多不正眼瞧我；男的，大多用眯起的眼上下扫过几下，就好像那些发黑的手，从头到脚把我摸了一遍；老的，形容枯槁，但眼睛亮得吓人，好像要烧掉我身上的罪恶一样。再大一些，我不再相信摧枯拉朽的力量，也到了上学的年纪，但大多时候，我只是趴在江边的土堆上，伸手去够下面的水。

这条江养育了这个村庄，村里人却用恶毒的语言诅咒他，虔诚的语言哄骗他，在无数个祭典之后，我终于不再需要为他——宛江，献上我的三滴鲜血，因为妈妈遇到了一个不会对她侧目而视的男人，那个男人让她重新鲜活起来，像第二年春养育的最新的那批稻苗。母亲还是穿红绣鞋，但她不再埋怨哭喊，那个我未曾谋面的男人，让我的母亲变成一个人，一个女人。她又活过来，在江边岔出的小沟里洗头发，长长的头发在皂角的抚摸下柔顺下光泽，白色的沫混着污浊的水，朝着她的身后溜去，一直流到看不见的地方。她终于又穿上裙子，露出与村庄不符的，脆弱纤细的小腿，红蝴蝶跃过泥塘，跨过田野，站在宛江的面前。

青石板路、木桥、红泥地砖，我和所有家当被打包在一起，跟在红色轿子后面，向前望，是缎面的红绸，向后看，江水轰隆向前奔腾，有伙计搬着家什，撞上我的肩，滚开点，我让开道路，这种话我听了很多，我可以假装听不见。

继父是我生命中新出现的名词，像一棵树上多出来的，歪七扭八的分支，他叫我乳名，不像村里那些站在树下旁观的人，他不介意我的存在，于他而言，我是新娶的妻子身上，多出的附着物，好在它听话温顺，在他掌握之中。我第一次见他的时候他给隔壁送牛奶，黢黑的脸上挤出笑容，在眼角拉出些沟壑，像河蚀的谷，扁而平的面容，村里人说我和妈妈走运，得了八辈子的福气才半步跨到县里。具体这八辈子是哪里修来的福气，我想也只能是在阿鼻地狱。

妈妈进门的那天没人管得上我，那些人都跑去看河对岸村里来的新嫁娘，是不是诚心的祝福，都潜藏在笑容里，不说破就不会难堪，不会尴尬，至少妈妈，是真的开心。后来的日子也和那天大差不差，我落得自在，一个人跑去城西的科技馆，里面有重力，有粒子，有飞机，有好多我不懂的东西，我不用上学，因为我是没人要的孩子——我没有姓。

胡家不承认我这个灾厄，继父在饭桌上向妈妈保证，一定会给我找到书读，他眼里的情意溢出来，落到汤里，妈妈喝汤的时候就乖乖地笑，一份归顺和讨好。他们有事的时候就把我放在科技馆，因为身高不够，我占尽门票的红利。馆中有三层，我最喜欢的机器是一个穿粉衣服的女人，她肚子上有很大的LED屏，手中摊着一本金属书，书每翻一页，肚子里的小人就长大一点，女人脸上始终是甜蜜而滋润的笑容，很像想象中的母亲。

我很快被送走读书，一个月回一次县里，继父给我带上很多很多的牛奶，想把我前半生受的亏都补上来，他让我梳起头发，粗粝的手掌抚过我短短如草茬的发尾，妈妈默许了一切，我看见她一点点丰盈起来，继父把她前半生少的都补起来，她默许我的长发，默许消失的一月，默许宛江的一切。我在窒息的空气里回忆起宛江，他抚平我的隐痛，逃学之后我都去江边，江水从我尚未出生之前开始流淌，在我死之后也会继续流淌，这是我唯一能确定的事。

我遇见他是偶然，是比特蕾莎与托马斯的结合，更为偶然的是，他身上的衬衫干净整齐，起初他和我搭话，我总是沉默，和对其他人一样，沉默是最小单位的反抗，但他不同，他不同，他也爱这条江，和我一样，他带我看他画的画，江面上被密密麻麻的数字标记，他解释说这是宛江的信息，和我的身高、年龄、三围一样，他牵着我走过红泥地砖、木桥、青石板砖，村里人不认识我了，更不会认识他。

我坐在江畔的芦苇荡里，等他来寻，妈妈和继父管不上我，自从妈妈脸上开始漾出我熟悉又陌生的笑容开始。我拍死附在小腿上的蚊虫，随手把血渍擦向一旁，芦苇比人高，我在里面，就只能看见白色的穗子晃啊晃，晃成一片雪白的江，江水摇晃我，有些昏昏欲睡，原野上有风刮来，天是无际的透明色，不是蓝，是沉闷的白，风刮过我的耳廓，吹起我的发，我突然被一阵旷远击中，起身来凝望天地交界的线，芦苇荡在我的身上，痒人，我想他也许不会来了。

沿着江边前行，两岸被伸长成单一的直线，我想起在学校听的欧几里得，他假定两条平行线永远不会相交，但非欧几里得的假设也是存在的，就像两岸消失的尽头，那是对汇合的幻觉。

我记起有一次，他带我朝江的上游走去，我低头走在后面，只看脚下的黄土，松散却坚厚，头猛地撞上他的背，抬眼，正好与他目光相对，他澄澈的眼里含笑，问我为什么不和他并肩走，我把头低下，用脚尖踢地，土地被我踹开一条小缝，露出内里浅色的新肉，我说："你走太快了。"他揉揉我的头，说那我走慢点。

这种话我第一次听，我不能假装听不见。

他和我并肩，我悄悄看他，先是黑色的运动鞋，上面溅上些黄色的泥点，然后是蓝色的牛仔裤，方格衬衫，精致的黑框眼镜，他带我看江的尽头，他说这是宛江的根，那是一片很广的水域，不清，但干净。源源不断的水从江口涌来，是我没有看过的景，更多的水流下来，形成一片巨大的湖，我问他这里的水为什么这么清，他说，这是新水，新的总比旧的好，新的总比旧的干净。

那天的时间溜得比往常快，我和他坐在江边，看落日沉沉地陷入江水之中，挣扎着不肯落下去，他用手把我齐肩的发顺至耳后，他低声唤我乳名，说我不像江北人，像江南水乡出落的小姑娘，温婉内敛，沉静的水土养沉静的人。他说这里水太急，江太深，不如江南清浅。日头马上要落下去了，他靠近我，让我帮他取下眼镜，他的呼吸烫到我的唇角，太阳终于溺毙在江水里，我们没有看到最后一缕光亮。

他送我回去，在门口听见弟弟的哭声，他许诺初雪那天，带我去江南，江南，是江之南？正是江之南？弟弟出生后，妈妈带着我回村里，她昂首，走过石板桥，江水会冲刷掉她的过去，但她还是穿着那双绣鞋，蝴蝶振翅，就好像要把我们都带走了。

弟弟、继父、县城户口，她的确有趾高气昂的本钱，我终于有了被承认的姓氏，继父慈爱地摸着我的脑袋，让我毛骨悚然。安安，吴安，吾安。冠以"吴"姓，更像是对妈妈生出弟弟的嘉奖。我又回到学校，教室里的人都垂着头，只是时不时抬头，比起我，他们更像要换气的鱼。我的书包里不再出现牛奶，我不怨他们，毕竟新的总比旧的好，新的总比旧的干净。我不再讲话，我只等着初雪来临。

妈妈教弟弟说话，弟弟学得快，妈妈就从墙角的五斗柜里翻出糖盒子，摸出一颗给他，糖是用玻璃纸包着的，弟弟爱把那些玻璃纸丢到五斗柜底下，没有人注意的时候，我就趴在地上去够糖纸，耳朵贴在地上，就可以听见大地的心跳声，手伸得得长，就可以抓住破碎的梦境。展开糖纸，化过的糖块在玻璃纸上留下些透明的糖渍，黏手。把包装举过头顶，看灯光折射下的斑斓的影，跳动的光谱间，我看到了江南，看到水天相接的景，于是那些语焉不详的词句也可以被轻易接受。我教弟弟怎样叫"姐姐"，他真的好聪明，我牵着他的手，手掌白嫩，和他身上的衣服一样干净，他看着我笑，我正式放开他的手，他扯着我的衣角要奖励"糖""糖"，我拽开发白的校服，朝他摊摊手，他不再来抓我，他突然变成了另一个人，大哭起来，哭声像落地的惊雷，暴雨前的雷鸣，我看见妈妈从屋外冲进来，她的手灵巧地向上一舞——"嘭！"我终于尝到了糖的甜味。

后来我不读书，我只是在江源湖旁边等，我看云彩把天边扯开一道长线，像撕裂的伤痕，弟弟死了以后继父很少回家，他流连于外面的世界，我承担起了做饭的任务，有时候继父整日整日不回家，妈妈也不知所踪，等到暮露沉沉，门口的灯还是没有亮起，玻璃很久没擦，我从灰尘与飞虫的尸体里往外面看，死一般的寂静，我就只能就着凉透了的晚餐对付两口，晚上总是睡不着的，蝉鸣狗吠碾碎梦境，天边的墨色被白昼透支，出门是会被笑的。人都讲妈妈疯了，她哪里疯了？她变得温柔，善良，那些不复存在的特质一下子回光返照，代价是她的青春年华，仅此而已。我看见她眼角如蝶翼般舒展的皱纹，她唤我小名，脸上是恬静的笑。

"安安，在干吗？"

"安安，吃糖吗？"

"安安，你在等谁？"

她蹁跹在山野里，走过的路上鲜花盛开，她也许只有十七岁，花一样的年纪，裙摆像歌声一样飞扬。她把自小生活的村庄忘记了，她逼我喝牛奶，剪短发，他忘记了，那个给她带来荣耀，她早早夭折的小儿子，她忘记了，她把前半生所有的龃龉和苦难都丢在了身后，现在是她的新生。

至于那个和我同姓的男人，他在多年之后，终于被江水冲刷尽了他的爱和耐心，他慢慢收敛曾经爱过的证据，像在纸上抹掉铅笔留下的灰印，他抚摸我脑袋的手逐渐向下，像我一直等待的那个人，新的总比旧的好，新的总比旧的干净。

有时候继父为了抚慰我，会给我讲过去的事，他说那年，他去村里送牛奶，在回镇的路上走迷了路，弯弯绕绕到了那片芦苇地，芦苇，就是河边那片雪白的，你们知道吧？他说他在那里遇见了一对红蝴蝶，红色的蝴蝶，翼上带着晶莹的磷粉，忽闪忽闪，在那片白里若隐若现，但你最后还是抓住了，不是吗？他笑着应是，语毕贴上我的蝴蝶骨，安安，你比她还美。

就在那一年的冬天，我最后见到了那对蝴蝶，她的翅被江水升腾起的水雾打湿，在死寂的江里，鲜艳又显眼，浪头又打上来，我知道我必须去救她，红色在江水里扑腾、挣扎，我离她越来越近了，冰冷的水浸入骨缝，我的手拼命向前伸着，那一点点颜色就在指尖沉浮，直至消失不见，恍惚间弟弟、继父、他，还有母亲的脸都在眼前闪过，我知道我要永远失去他们了。

但没关系，我只是回家了而已，风稀疏地穿透我的每一寸肌肤，天地静籁前的最后一秒，我拼命睁开眼，一片晶莹就落在我眼睫，河床如同母亲黑而温暖的子宫，我知道我不用再等下去了。

盘核桃

/岑凯霖

在外地人看来酸臭的但是对我们而言鲜香无比的螺蛳鸭脚煲店里，老板亲切地为我们送上最滚烫的一锅。刚出炉的热气对燥热的八月而言有种最不耐烦的吸引力，姐姐招呼我多吃一点，她开玩笑似的说："你看那个叔叔给我买了我想要的那几本书，立马省下两百块，马上就请你来加餐。"我随即捧场地笑了几声。

姐姐没有马上就着锅气吃，而是把半小时前在健身时拍下的肌肉最充血最饱满的全身照上传，然后毫不犹豫地写下文案："或许，身材好是我还会嫁人的一线希望！"一条朋友圈发送了。姐姐满意地反复看着同一张照片，并问我她是不是真的身材那么好，我咽下一口满是红油的螺蛳鸭脚汤，被浓汤里油腻的充满香料和肉香的滋味深深打动，这才漫不经心地回复她："真的很不错。"姐姐没在乎我的敷衍，从包里掏着吸油纸但没找到，于是抽了两张桌面上泛着绿光和粉尘感的纸巾，把它们放进碗里，用筷子把纸压在汤面上试图用纸把提鲜的那层香油吸走，姐姐再次开口，却像是迫不及待要与我划清界限："你知道这个油有多容易让人发福吗？"

我和姐姐第一次见面我们都不知道是什么时候，但我对她有印象还是那次在爸爸的铺面里，我六七岁，我在成年后才知道她那时没满二十。

那天早上天气特别晴朗，难得的湿度不大，这在南方的盛夏是很少见的。妈妈在离婚一年后第一次和爸爸提出想见我，于是一大早爸爸就把我带到了公园门口。爸妈离婚我其实是特别赞同的，因为我是我们家最受不了别人眼光的人。那时我特别害怕深夜和清晨，深夜是争吵不休，清晨是被黑夜笼罩的，是来自老式小区其他住户投来的同情的好奇的目光。

妈妈在第二个小时也没出现，我意外地松了口气，爸爸以为我很难过但也没安慰我，他只是假装被太阳刺到，牵起我的手走向停车场，只是假装看了一眼手机说妈妈临时有事来不了。但我其实不难受的，因为就像我说的那天阳光明媚，黏腻的水汽被烤干了。爸爸带我回到他的古玩店里，店里没有顾客，我无聊地坐在店的最里面，呆滞地看着这些物件。爸爸手里盘着两三颗核桃，在他手掌的间隙包浆的核桃闪烁着被盘得有些幽暗的光，但是在我看来这都是被过去笼罩的死物。

店里放的人声爵士在百无聊赖地唱着，午后的斜阳没能完全照进店铺里，连水缸里的金鱼都静悄悄的，只剩水底增氧泵打出的气泡发出些许动静。姐姐这时候推门进来，她先叫了我爸一声："明哥，今天有什么路数？"我爸笑呵呵说："准备发达。"姐姐穿过两排展示柜再通过屏风这才看到坐在角落的我，我爸指着我说："这是我女儿，哎，你应该见过她的。"又拍拍我说："叫姐姐好。"我虽然困惑为什么她叫爸爸"哥"，我却要叫她"姐姐"，但我还是马上和姐姐打招呼。不知道是不是怕我们大眼瞪小眼，爸爸拍拍我的肩膀并吩咐姐姐，"姐姐泡茶很厉害的，来来表演一下，女儿你多看看呀。"

只见姐姐坐在茶盘前，她身上散发着一股太阳味，不是那种哑然的白，带着一股勇猛的劲，后面我才知道她那时候在练习打高尔夫，因此这种活力在暗沉沉的、以土棕色作为装修风格的古玩店里显得格格不入，更不用说她一气呵成地出着茶汤的样子，泡茶这个行为似乎也是违和的。

那种不和谐的感觉一直保留在我心里，但又很快朦胧了起来。姐姐爱打高尔夫，有了汽车，住着高级公寓，开了咖啡馆，咖啡馆倒闭了。我对她的了解始终还是一片空白，虽然我们好像通过那天就稍微熟络起来，虽然记忆里每次和她见面都是新鲜和让人期待的，尤其是那些从未收到过的时髦又精致的礼物，芭比娃娃、福娃京京和孔雀羽毛等等。礼物成为我和姐姐两个人之间独特的连接，起码我是这么觉得的。大家都说离异家庭的小孩就像浮萍一样，事实证明正是如此，我是重新返回婚恋市场的两个人口中最模糊的存在，是两个人互相推卸的责任，是讨价还价的商品。这样的我该如何拒绝这些能证明我还可以是个小孩的礼物呢？

遗憾的是，被我赋予了"引路人"性质的姐姐没多久就离开家乡去外地了，甚至没有人告诉我她要离开的事情，她也没说。但我一直记得那时候她送我的最后一份礼物，一张一千块的电影院观影卡，这份价值不菲的礼物，让我成为一名观众，沉迷在五光十色的影像世界。电影银幕成了我在敏感又脆弱的青春期里，短暂逃避不断增大的课业压力和沉闷压抑的家庭生活的唯一出口，也成了我想要的未来。这份礼物也让我不断想起她，尤其是在每次感受到巨大的挫折的时候，我都期望她突然出现，能再次回到那个可以用礼物装点童真的美梦里。

再次见到姐姐是在高一的暑假，爸爸好像忘记我和她认识这件事："我带你去见一个很爱读书的姐姐。"我爸从不读书，他一辈子都用来追求"感觉"，无论是婚姻还是工作，他做过最有责任感的事就是从小给我淘各种各样的二手杂书。

我完全没想过那个人会是姐姐。她没什么变化，只是皮肤有点发暗，不是太阳烤过火的那种，而是带着点远方不知名的浑浊，我当时认为那是成熟，因为听说她在北京闭关读书了七八年，尤其是把《圣经》读了三遍。当时她在幽暗陈旧的房间里读着渡边淳一，书桌上没有台灯，只有渡边淳一的几本书、一本《圣经》，还有一头由黝黑陶土做成的小牛，样式做得有些童趣，但是就像古玩店里那些东西一样，散发着难以言喻的腐气。当时我的注意力不在那头牛身上，那些气息都是我后面的感受，因为我看到了她手腕上的核桃手链，小时候有些淡忘的违和感瞬间涌上心头。那串手链特别大，核桃被盘得油光锃亮，如同被超度过一样，手链好像套住了她，但是她戴着没有丝毫的不适，可是看着穿着一身展露身材曲线的健身服的她，这串核桃手链的出现实在奇怪，仿佛看到西式教堂被安上了中式传统屋檐。

我再一次模糊了肉眼看到的矛盾感，童年生活的那些无常的变化让我的钝感力很发达。我非常欣喜能够再次看到她，姐姐从我的梦里走出来，再次出现在我的生活里，一切好像都和以前的记忆有了重合，她邀请我一起去吃各种街头小吃，分享她受到的来自书的和来自信仰的感动，引导我更加热爱阅读。我和姐姐说起幼时的那些礼物，她很多都记不清了，和她倾诉一些与父母的不愉快的对话，也被她用这不是个例来安慰着。我的心事是不成熟的小打小闹，我和自己说我需要的是成长，我用带着童年的回忆和她坐在书桌前的身影制作了一个憧憬的滤镜，放置在每一次看向她的眼光里。我成为她最忠实的听众，渴望有一天同样也能像她一样感受到人类的共性，像她一样用毫不在意的态度去面对那些让我喘不过气的伤口。

但我实在是太讨厌成长这件事了。

成年后的时间像是摁了快进，所有的关系都在瞬息万变。

姐姐在市里最优渥的楼盘买房，负责装修的是爸爸。果然没多久就出了事，爸爸擅自把阳台的墙刷成了绿色，姐姐要他重新油成白色，他们之间爆发了巨大的争吵。我们小地方的人最擅长的必须是骂人，她骂我爸是啃老的伥鬼，我爸骂她是老头的寄生虫。争吵的火焰好像没有烧到他们一样，当代人的绝交走的是赛博风，两个人只需要拉黑删除好友，在彼此的社交软件里失去痕迹就好像可以快速地把对方从生活中割除。我们都知道火焰燃烧最热的是外焰，作为两个人之间最亲密的我，被点燃了。我瞬间被拉进她的生活里，我们之间开始变得无话不谈。

那年是离开的一年，爸爸和姐姐绝交，转完房子的全款后姐姐的那位大叔也消失了，而我也要离开家乡去新的城市继续上学。出发前妈妈给我塞了一颗包了浆的核桃，妈妈总说我不好相处，带上核桃放在宿舍床头可以防止小人来害我。

新地方新朋友，孤独感是在所难免的。最开始姐姐频繁地给我打电话时，我感受到的是来自家乡的眷恋和挚友的陪伴。可是人与人之间的关系真的很奇妙，越是亲密越是要看到对方的痛苦和挣扎。我开始也和她分享一下我学习和生活上的日常，她兴致缺缺，我还是只能扮演好听众的角色。当她无数次重复起的不再是艺术，而是她以为遇见爱的喜悦和随后受到的伤害，像是一本本霸道总裁式的言情小说，总是有不同的情节，相同的是，女主从不应对危机，而都是等待在被拯救的道路上，结局都没能有 happy ending。

我闻到了油腻的陈腐味，是由床头那个核桃发出来的。然后是看到那些人的照片，我从来都记不清他们的长相，只知道叫"叔叔"其实也像我把爸爸的朋友叫"姐姐"一样充满违和感。这直接导致我无法在社交平台上再和姐姐联系，而是回归传统的打电话。再然后，是那些重复的话。每次通话时，姐姐都要问我两个问题，你说那个买房大叔还会出现吗？你说这个叔叔能不能够养我？

"你以后以什么东西支撑你呢？"
"自我。"
"自我？"姐姐在嗤笑，我突然感受到铺天盖地的压力，像大海突然掀起一股浪，而我孤立无援地待在一只小船上，没有星月的黑夜散发着恐怖的气息像要把我吞噬。"这是不可能的。"

我们似乎都是被过去困住的人，我无法忘记她送我礼物、引导我走向艺术的感动，她无法忘掉大叔们能给她带来一切触手可得的感觉，那我们是不是应该互相理解这份不舍呢？但为什么我们越来越背道而驰？我暂时像是有希望的人，尚未迈出社会，还在一步一步向我理想的殿堂靠近，而她主动摁下了暂停键，十几年来不再工作导致她好像无法再向主流社会迈步，读过书的气息让回到小城市的她像易燃易爆的炸弹，所有人都害怕她什么时候把我们的未来看穿，再把我们性格里的恶统统揭穿，我们在她面前都是无用的人。

这些年来漂浮在空气中名叫矛盾感的粉尘，终于爆炸了。

毕业那年，在制作毕业作品的时候，我不禁发问，到底艺术是不是就是这样带给我们那么多具体的痛苦的？我的内心不断经历着来自金钱、来自画面、来自声音、来自脑电波和摄像机光波的投射，因无法同频共振而颤动着。加上留学事宜准备的各种不充分，我反复经历着从未经历过的挫折。她主动邀请我去她家小住一段时间来调整一下，这时候她回了北京，自己租房读书，她相信还会有个人出现来拯救她，让她彻底能留在北京。我虽然马上答应，出于对能够换个环境躲避下压力的渴望，但是我始终在爆炸的震荡里，我知道我会要面对什么，因此充满焦躁和不安。

姐姐感受到了。
我这里不是你的避难所，她说。
你进入社会以后，如果困在为生活打拼里，我们之间不会再有可能联系的你知道吧，她说。

那时候已经是三月份中旬，春天没有如期而至，北京突如其来地下了一场大暴雪。那时我们正在回家的路上，刚刚结束看完一场美声独唱，我们坐在顶好的位置，享受着音乐通过人体发出动人的共颤。当雪花铺天盖地地落下，作为南方人毋庸置疑是无比雀跃的，我们看着洁白的一片，冲刷掉一切颜色的世界是纯真美好的。一出门就有些狂躁的姐姐突然哭起来，她也是被这份纯真感动了吧，这是这次见面她所流露的最真实的瞬间。我对她的袒露真心感到开心，但又不断在想艺术到底能带来什么，我们如此靠近，孜孜不倦，在脑内自娱自乐，为什么还是如此痛苦呢？

距离那天和姐姐一起吃螺蛳鸭脚煲过去了一个月，我在公交车上接到了姐姐的电话，我刚刚去 KTV 唱了四个小时，加上闭塞空间里的冷气，我有些缺氧，没有缘由地在脑海里拨弄起一串核桃手链。姐姐有些悲伤，她前几天去体检，乳腺增生在这几个月一直缠着她，这次又被冰冷的彩超探头发现了子宫肌瘤。姐姐没有了那些很绝对的话语，作为十年读了四五遍《圣经》的虔诚的基督教徒，她毫无顾忌地说："你说姐姐到这个年龄了是不是应该去信道教，加上现在想要训练古琴，修身养性一点。"她说的一定不是肯定句，因为焦虑感顺着空调的冷气，在这只有零星两三人的公车上环绕着我。

姐姐沉默了几秒钟叹了口气："你知道吗？我有点对男人绝望了。"我没接话，这是作为一名资深听众的自我修养，我知道这句话还没说完。很快她就说："下个月八号有个上海的叔叔来找我，你说他会想和我结婚吗？我还是相信真爱的。"

听到她的话，我脑海中那串核桃手链毫无预兆地断掉，我有点气我自己为什么要盘这些核桃，又有种悲怆的无力感，因为不知道这串凭空出现的手链存在些什么价值，是一个温润如玉的文玩，还是一个能卖个好价格的商品。我努力不去想那串由一颗颗发着幽暗的光的核桃构成的手链，和她说道："那就等他出现再看看吧。"

挂了姐姐的电话，公车上只剩下我一个乘客，我看向窗外的玻璃盯着街景发呆。我很难不去回想姐姐生活的点滴，很难不去用我的目光去注视她。

我的目光是怎么样的呢？我总是渴望看到一个不贫瘠的灵魂，我无数次想要在艺术作品里看到被痛苦磨炼但仍然选择面对的主角，我着迷的从来都是那个不断推着铁球在地狱的西西弗斯。我在找他的出路，我思考他的困境，我渴望他能够摆脱，但众所周知他没有。或许这就是探索，是矛盾感的爆发，我能做的只有记录，就像神话书那样，我们只是观看、想象然后代入其中，剩下的只能交给命运那只看不见的手。

土地庙

刘锦文

庙里最后一个和尚死了。

父亲带着我去了那个小小的坟冢，蹲下来递给我一支黄色的无名花，要我把它放在土上。泥石流以后，山顶的土变得格外脆弱而单薄，徒留一副黄灰的躯壳。父亲压着我的手背让仅存的泥土贴着我们的皮肤。冰凉的触感和灰。我不知道这里还能不能再种出粮食，因为遍地是沙石与枯败断裂的树根。父亲匍匐着，在坟前磕了三个响头。起身时，他眼下的深沟多了一摊泥泞的液体。

自从母亲离开，父亲就变得沉默寡言。他不愿再说话，老让我想起村口坏掉的喇叭。无论我怎么大叫，在地上撒泼，也只是看到喇叭无声地晃了几下，又不动了。父亲原本是个瓦工，赚的钱足够吃饭。可我要上学，花销翻了倍，他只能跑去干苦力。休假时，我喜欢去河边，他也跟出来，随便挑个石头等我。其间，他只是望着山的方向，除此之外什么也不干。阳光就这么从他的右肩移到左肩。直到血红的太阳挣扎了几下终于不亮了，他才终于站起来拖着我回去。

傍晚，父亲从山的那头回来。他被安排给几个工人提水。那个村子的河已经枯竭，走十多分钟才有一口井。我做完田里的活就躺在木板床上，仰头看霉菌不断膨胀，和另一头挂着墙皮的蜘蛛网交会，还有那些蒸笼里的热气一块堵着，像块永不消退的血栓，胀痛。

父亲拖着脚走路，到家时布鞋总沾满尘土。指甲缝里的泥渣粘得紧，他得花好大力气才能清理干净。那时他才会小心地挑几个包子出来，再耷拉着经过客厅、门洞，向着河的方向远去。他老是把洗好的衣服忘在河边的石头上，光着上身回来时像条上钩的鲫鱼。

我快忘记那次泥石流以前的生活了。父亲原本能找到更轻松的工作。他入赘了我母亲家，靠的就是半肚子墨水。母亲的父亲却不喜欢。那个瞪圆了眼的老人揪着父亲的衣领把他摔在墙上，骂他是个不会干活的孬种。母亲在生下我之后又怀了孕。父亲没法还手，不是他没力气。一旁的母亲惊恐地看着这场惨剧的发生，直到赤红色沾染了发黄的墙皮，才尖叫着试图拉开他们俩。父亲就大声叫母亲走得远些。老人东倒西歪地起来，抄起尖细的木筷子就要揍他。有时父亲侥幸躲过，跌撞着从桌子这头跑进卧室。他浑浊的眼睛就是不看向门口。

我拉着母亲逃出去。顺着田野，我要找到一个不会被人发现的地方。我的心脏一直轰隆地跳着，直到虚弱的阳光降临在山口。

可母亲还是流产了。父亲在床边跪了一宿。第二天，他辞掉了教书的工作，从此整日陪着母亲和我。他学了砌瓦的技术，老人的神色终于缓和了一点。到了我要上学的年纪，父亲把我悄悄送到镇里的学校，让我千万记住去那的路。我的同学大多住在镇里，黑瓦白墙院，还有能养下几十条鱼的水塘，种类比我在河里见过的都多。他们有自己的书房，蒸笼不必放在床边，更不用去地里拔草。有人邀请我去他家，可石板路太长了，我害怕自己再也回不来。

每天鸡还没叫我就摸索着起床，像一只懦弱的雏鸟，每天早上心惊胆战地从家里飞奔出去，怕木筷子，怕老人那双瞪圆的眼睛。

我逃难般跑到学校，却还是在打铃之后进教室。老师用竹制的戒尺打我的手心、手背和后背，嘴里恶狠狠地叫我的名字，好像我的名字和我的来处一样脏污不堪。他罚我站一上午，我就借着窗户缝听课，一直站到沸腾的血液终于干瘪，站到那条冰冷的河彻底包裹了我。

老师的训骂穿透了整个学校。一传十，十传百，操场上闲晃的门卫也认得我这个乡下学生。他叫我"混蛋"和"差生"。借着这个名号，我认识了梁子。

梁子住在镇上。家里没人管他，他就逃课和偷些小东西。我们罚站在一块，久而久之就成了"兄弟"。一天正午，我们趁着午饭的工夫溜出学校，梁子偷偷塞给我一个铁盒，还送我一串钱币，神情严肃地让我把它送到山里的"土地庙"。盒子里全是点心店最新鲜的糕点。我从没去过什么庙的，只是在村民的口中听到过几次。再问梁子，他就支吾说那是他们家里信的东西，大约就在我们村最近的山顶。他还告诉我，以后每周都要拜这么一次。

接过那个沉甸甸的铁盒和钱币，回家路上我跑得轻盈快活。河水宁静地流淌下去，我的灵魂就跟着麻雀飞起。我想着，父亲不用再干苦力了，等攒够钱，我们还能搬到镇里去。

我在稻田里找到了父亲。我一把推掉他手里的锄头，把钱币塞进他的掌心。父亲没有说什么话，他只是盯着我。跑了一路的我大口地呼吸，似乎这里的空气完全不够，还要把整座山的气息填进我的肺才得以安宁。

这天，父亲晚上没去河边，我也没睡在木板床上。我们去了土地庙。拎着铁盒的我们发现山变得很低很低，一步就能上去。庙里的和尚收留了我们。我第一次用这么干净柔和的水洗澡，似乎连皮肤都白皙了不少，和那些住在镇里的孩子一样。祭台上甜蜜的糕点气息与香火混在一块，父亲头一回没有倒头就睡。

我问父亲，神仙呢，神仙会不会也来保佑我们。父亲帮我掖好被角，不是已经来了吗，快睡吧。

那声音从天空传来。

母亲没有首饰，所以我给母亲买了一串珍珠项链。父亲没有好的笔，于是我给父亲买了一支"英雄"。我们家渐渐变成了村里最光彩的人家。就连父亲和母亲也都相信，总有一天我们会搬进镇子。

很多个夜里我和父亲睡在庙里，透过窗户能看见天空和村庄。山下的村子真小，小到和我见过最小的鱼差不多。家也变成了某个看不见的黑点。再往东方有颗光点，不知是镇子还是星星。我相信那就是镇子，这样只要看一眼东方，我就能忍受清晨凛冽的风和教室外直对眉心的太阳。在庙里的每个夜晚，我都想着那光点入睡。父亲熟睡的脸就在咫尺的位置，一切幸福好像只要伸手就能够到。

某个清晨，我飞奔到学校，踏着铃声准时坐进教室。老师沉默地瞥了我一眼。我发现梁子不在教室里，下课了，也没在走廊上看到他。周围人看向我的眼神都说不出来地怪。我问看门的老头，梁子、梁子去哪了。他轻蔑地盯着我，你还不知道吗。他们家掘了坟，你不如去牢里找他。我的脑子嗡一下，再也听不见别的声音，就看见他的嘴快咧到耳朵根，挤着眼睛嘻嘻笑着。我不敢看他的手，怕那里有一双木筷。

我想挪动身体，却怎么也没了力气。待我回过神来，已经被两个健壮的男人钳住。周围人叫着什么"结党营私"的话。

他们要我把钱交出来。我没法哭,驱动眼泪的能量被全部注入了双臂和双腿。我拼命挣开那两个男人,穿过人群,跑过首饰铺和文具铺。在那条很长很长的石板路上,人们能看到一个瘦小的男孩逃命似的奔跑。

我不停地跑,直到再也看不见镇子,跑进无边无际的田里。我的嗓子眼全是血的腥气,跌了一跤就瘫在地上,依旧听不见任何声音。我的眼眶抽搐着疼,比我所挨的老头的打还猛烈,把我圈进密不透风的桶里。我大声地哭泣,尖叫,同时大口地呼吸。河在旁边静静地流淌,看着我无法遏制地跳进去。

似乎这样就能回到那天正午。但我知道。不能。

深夜我才到家。父亲的睡脸依旧宁静。我看着他脸上舒展开的沟壑,狠狠掐着自己的胳膊。我宁愿自己不是他的儿子。我不配再做他的儿子。我脑中依旧回荡着下午哭泣时的尖叫,人群的怒吼和梁子的声音。从头到脚好烫。我跪在他的床前,身体匍匐着,像面对土地神一样任凭额头撞在地面。

我们家像一切发生以前那样活着。父亲重新开始干劳工的活,有时帮母亲处理田地。但我不再上学了。我会被抓走的,我告诉父亲。他黄土般的脸抽搐了一下,喃喃说,那就不学了。

他也只是抽搐了那么一下,转身拾起了那柄带着杂草和土块的锄头,说了句,算了吧。

对不起。

我听到自己的声音变得黏稠而低微,不像是一个青年男孩发出的声音,如同蚊蝇,脆弱、飘忽,一踩就化成污泥。

对不起,对不起……

父亲没有说话。他抡起锄头。咚。

我脸上有什么黏糊糊的东西。那是一颗泥点。

夜里的村子没有光。也许土地神真的被惹怒了——泥石流突然袭击了村子。永恒的黑暗里，人们手忙脚乱地叫嚷，女人凄厉地哭喊，男人用沾满泥土的双臂硬生生挖出一条路。大风吹走了光，人们只知道往声音小的地方逃。父亲飞快地找到了我。他健硕的双臂与沸腾的吼声引着我上了高处。我们就这样在草地过了一夜。

我不知母亲在哪。我只有父亲。父亲坐在我身旁，但我只能摸到他的脸，看不见他的神色。我感到那填满湿泥的皮肤紧绷着，就把额头贴上去，用我温热的血液，竭力抚平每一条褶皱。

第二天，我被露水打湿的衣服冻醒。我凭借着山口那一点微光朝下方看去，心脏狂跳不止。

村子变成了一片废墟。

重建的工作异常繁忙，父亲是从那时起不再怎么说话的。他常常望向山的方向。房子塌了。老人死了，母亲也死了。死去的还有更多人，但村子需要活下去。父亲编了一个和之前一模一样的蒸笼。在新的房子里，连床铺的方向也都一样。

我尝试将木板床移到阳光更充足的位置，被他一把钳住。我惊恐地从他发烫的手里挣开。他看了我一瞬。随即，那双眼睛就恢复了呆滞的样子。他像个不知所措的小孩逃出门去。

我此后不再做这种无谓的尝试。我们只剩下活着这唯一的目标。

村子以一种惊人的速度恢复过来。泥土被踩实，新的田地迅速建立。倒塌的房屋在一月之内便安定如初。人们从悲痛之中诞生了坚定的信仰。许多人踏上那条脚印稀疏的小路，额头磕在地面的声音清脆得整间庙都能听到。更多人认为是我的"结党营私"惹怒了土地神，他们嚷嚷着把发臭的蔬菜扔在我和父亲身上。父亲不说话。他很久没说话了。

没过几天的夜里,我发现父亲开始从这栋房子里消失。他在泥石流之后总是孤身一人。我怕他出事,跟着凌乱的脚印上了山。这座山再不像以前那样平坦和娇小,每一步我都走得心惊胆战。浸泡在泥水里的山像庙里永恒的神像,用并无喜怒的眼睛居高临下地盯着我们。迷失的父亲对于这座山,卑微地比蚂蚁还小。而卑微的父亲行走在叩拜土地神的路上,便小得连灰尘都不是了。

我躲在庙门后面,凭借烛光看着父亲。他将袖子挽到胳膊肘,抚平衣领,又拍了拍裤腿。

咚。他的膝盖锤进软垫。

空荡的庙宇加强了这响声。一个和尚从内院走了过来,正对着门后的我。他大概已经看到了父亲和我,我甚至怀疑他是认识我们的。但他只是站在原地,看着父亲枯槁的额头砸在神像面前。

一下,两下,三下……

咚,咚,咚……

我不想数下去。庙里的烛火颤巍巍地晃,我似乎看见那月亮和天空也在晃,接着是大地。

山悲恸地哭了。也可能是父亲。也可能是我。

还没来得及换季,土地庙在村民们的眼里已经变得无关紧要了。他们坚信凭借坚实的劳力,能够像支配牲畜一样支配这座山。与其花时间上山参拜,不如多开辟新的田地,多赚钱盖更结实的房屋。多日来对父亲和我的指责,随着信仰的丢失而沉寂。我当然是高兴的,而父亲毫不在意。他继续着夜晚上山的活动,我也就跟着他上去,看那贡品一日日地减少。

父亲没有钱买名贵的糕点,只能把我们平时晚上吃的包子带过去。等第二天晚上再去,包子就馊了。父亲又把它扔掉,换一个新的上去。他不再提起任何与泥石流有关的事。

我又回到了鸡未鸣就起床的日子,这次是跟着父亲。他只给我一个小的水桶,自己挑着两个大水桶的扁担,眼睛一动不动盯着前面。这个村子前不久也遭了泥石流,四处散着砖头和碎石。父亲走几步就停下来,调整一次扁担的位置。那水偏不如意地撞击桶壁,让木刺划他的肩。我不确定他是否曾在这几秒的空隙里悄悄看向这一片废墟,就如看向那天夜晚的村子。

土地庙里渐渐没人守夜了。再后来,土地庙的最后一个和尚也死了。父亲没有哭,只是带着我去了那和尚的坟前。他对着坟冢磕了三个响头,比任何一次参拜土地庙更用力。

泥石流总还会来。半夜,我跟着攒动的人群,循着早预计好了的路线躲到高处。他们激动地说,不会再有人死去,永远不会了。

我跳上山坡,找了个不会积水的位置躺下来。接着我去摸父亲的手。

我摸了一手的露水。

我的心疯狂地捶打着胸膛,血液从我的眼睛、耳朵和鼻孔里蒸腾。我不知从哪里夺来了油灯,接着便看见父亲踉跄着跑下山的背影。他的膝盖逐渐融入了黑暗,然后是腰部、手指……

我不知道……我看不清。

天旋地转。我朝他痛苦地大喊,一遍又一遍喊着他的名字,喊着母亲的名字和我的名字。

"包子!我的包子!"

父亲若有若无的呼喊被震天动地的大地的吼声盖过了。

我以为自己能矫健地踏过沸腾的泥浆,用青年的力气把父亲带回来。可我只是站在山坡上看着父亲,直到他整个人都消失在黑暗里。我的心脏隆隆地冲出胸膛，紧接着一切热量都离开了我的身体。

一阵风吹过，我不禁打了个寒战。

有人牵着我走回山坡。那人温暖的手臂传来源源不断的热流。简陋的篝火在不远处发出温暖而柔和的光芒。我缓慢地走向人群的方向。

我的脚被什么东西绊了一下。我捡起来一看，是块雕像的碎片。

是我再熟悉不过的神像的眼睛。

羡慕小姨

/马忆楠

1

二〇二二年八月一个寻常的阴雨天,我躲过一半碎成粉末、露出泥土的地砖,走到我小姨住处的单元门前。屋顶正由于不知道什么故障噼里啪啦地往下漏水,底下放的脏油漆桶接得快满。小姨歪头夹着手机,一手拿着提包,另一只手来回在里面翻找,她拿出钥匙串,灵巧地躲过水流刷了一下门禁,我把门打开,她进去以后肩膀一松,手机"咣"一下掉到地上。

小姨很戏剧地尖叫一声,弯腰捡起手机,简单检查了一下后向电话那头解释了两句,左手拿着手机,钥匙环戴在右手无名指上。

电话那头是我妈。在确认我的情况后,就一个我叫不上名字的亲戚的婚礼上他们的亲家的傲慢表现,妈跟我小姨说了一路,小姨"嗯嗯"地应和,时不时插两句。她们两人都操着一口流利的魏城话,据我姥姥所言,跟真正的魏城方言比起来已"过于摩登"。电梯间的光有些暗,红色的数字从一楼慢慢上升。小姨说了句"信号不好"后就挂了电话,对着电梯门上自己模糊的身影长长地舒了口气。

进门之后她把钥匙和包扔在衣帽架旁边摆满空矿泉水瓶的

阶梯柜上，把凉鞋两下蹬开，踩着拖鞋移动到沙发附近，把防晒外套往小沙发上的一堆衣服上一扔，靠到中间那张沙发上开始刷手机。我洗完手后坐在她旁边。几分钟后她把手机倒扣在茶几上，伸了个懒腰："晚上吃什么？""随便，我没胃口。"我看着烟灰缸里烟头、变色了的荔枝壳和卫生纸堆成的体积可观的锥状物。

"你姐咋说的？"

"她说你高考没发挥好，接受不了，一假期都郁郁寡欢。"

瞎扯。

我高考发挥得确实一般，完全没搭住清北的尾巴，不过暑假还是接了不少高校电话。正当我把桌上成堆的真题模拟换成志愿指南和专业介绍时，我妈一锤定音：北师大。她在饭桌上盘问招生办负责人将近两个小时，我一言不发，一切都顺顺利利，直到录取通知书下来，我妈开始兴奋地筹办饭局。在她从我爸通讯录里翻找我一个表姑奶奶的联系方式时，我拉开门离开了家。我一直认为离家出走略显幼稚，就算真这么做，地点也相当固定，所以我猜她不怎么担心。

我把这些告诉小姨。她笑了笑："这像你妈。"在她这儿住两天倒不成问题。"不过，"她说，"如果不想学师范类，怎么不早跟她说，现在发火……"

"不是不想去。"我烦躁地打断她后叹了口气，眼睛盯着天花板，"我不知道我想去哪儿。"

我和小姨的友谊，是从"想去哪儿"这个问题开始的。

我妈问我最近学得怎么样，这次考试第几名，用不用上辅导班，我爸问我饿不饿，睡得咋样，着凉没有，他们从未被问过"想去哪儿"，也就理所应当地没有问我。人们在饭桌上常问亲戚家的小孩，小时候我昂首挺胸地给出每个小朋友都会给出的标准答案：清华北大。上初中后为了表现得谦虚一些，便换成了：努力考个 985，最好是北京的。所以我自然而然地把这个答案给小姨。

她当时愣了愣，笑着对我说，她不是这个意思。"准确而言，我问的是，你以后想干什么？"

轮到我愣住了，我当时还不知道，这个问题会在之后彻底震撼我，打碎我曾不假思索地坚持着的一切。

2

我的小姨袁佳阳，是我眼中最完美的女人，是我从小到大一直羡慕着的对象。

我出生那年我的小姨十八岁，刚刚压着分数线考进一所河北二本院校的文学专业。她大学毕业那年正赶上魏城大规模教师招聘，我姥姥早嫌她放着市里差不多的学校不念，非跑去外省，赶上这机会便让她赶紧回来考，我姥姥、我姥爷、我妈，三个人轮番给她打电话，谁知道小姨手机一静音，一回头就上北京打工去了。和那个年代很多外出务工的故事一样，她在北京干了八年，换过三家公司，没钱没车没房，谈的几次恋爱也都吹了，赶在二十九岁的尾巴碰上公司倒闭，卷铺盖连夜回了老家，考了两年终于考上公务员，并在这期间接连相亲。

我一开始羡慕小姨，是因为她漂亮，后来看了她高中时候的照片，我才发现她那时并不漂亮。她脸偏方，棱角清晰，眉毛稍平，眼睛算不上大，双唇饱满，时常涂深色哑光口红，她现在留的是没到肩膀的短卷发，她很瘦，和"身材曲线饱满"一点边也不沾，看一眼她的打扮，你就能把小红书最近的流行风向摸个七七八八。

小时候我只在年初一的饭桌上见到她,她打扮得很鲜亮,有时把头发撩到耳后露出亮闪闪的耳钉。那时候我看着她,想的是我长大以后是什么样,并且发自内心地渴望快些长大。

等到我终于意识到长大不仅并不意味着自由,还会使快乐越来越难得时,她又拒绝了近几年来最后一个别人给她介绍的对象,听完姥姥伴随着哭泣的痛骂后,我悄悄问我妈,为什么小姨不结婚。

我妈说,她年轻那会儿眼光太高,几个合适的都没把握住,现在越找条件越差,心里后悔,不跟人说。

我问小姨是这样吗,她乐得笑出了声,抬手灌了口啤酒,说:"放屁。"

她当晚跟我讲了不少我不知道的她年轻时候的事,比如她上高中的时候把头发搞成标准的杀马特造型,刚刚惊艳全校一下午,让闻讯而来的我妈拖着把头发剪得干干净净。再比如,她高考前几个月喜欢上了隔壁班的帅哥,当着全校人的面表白被拒还死性不改,发誓要跟人家考上同一所大学,结果最后人家考到了上海一所名牌大学,她则让人笑话了将近半年。还有她上大学的某个暑假,突然就对当明星产生了极大兴趣,想着去横店碰碰运气。她一路问人横店在哪儿横店在哪儿,结果没等到星探来发掘,就先花光了钱,为了赚回去的火车票钱在义乌的小商品批发部帮了半个月忙,临走前人家告诉她横店既不在义乌也不在杭州。还比如刚工作那会儿有一段时间,部门总监下班临走前总朝她笑,她又刚好在看"杜拉拉",于是天天加班到总监下班,跟人家打个招呼才走,后来她成了那个季度的劳模,还拿了奖金,才知道人家早结婚了。

她扳着手指头给我数她的前男友,一任一任,都有什么毛病。她说这些的时候,脸上洋溢着快乐的光彩,我更羡慕她了。

以前她想到什么就做什么，现在她什么都不想，我一直在提前想，想不出任何结果，想得抓心挠肺，然后等到时限已至，在无限的纠结中随便选一个，听天由命。

意识在有限空间内无限流动，猛然惊醒时周围的世界便会让人感到陌生，我们学校把体育、音乐、心理三节课排到同一个下午，吵闹的环境使我烦躁不安，于是我就先在家自习，然后再去学校上持续到十点半的晚自习。我走到学校后门那条有两个车道的小马路上，远远地看向两栋楼间金色的日落。红绿灯依旧恪守本分地变换，车停在路两边，四周没有人，可以听见有人翘课在操场上打篮球，这时候我总格外寂寞，迫切地想要做点什么来获得更多生活的实感。

于是我加快脚步来到教室，解数列总有一种神奇的安抚人心的力量，并不是我多喜欢数学，我没有爱好，每当我想做什么事又觉得麻烦，我就对自己说，算啦，然后真的就算啦。大概因为，这是不用我再去想有什么意义的事，也就是我那时该做的事。

3

有一次我问小姨知不知道我为啥叫王静雯，她随口说，你爸肯定没少看《倚天屠龙记》。

高二冬那半年正赶上疫情，我几乎都在家度过，那时正好学到数列，我把电脑搬到客厅里，晒着暖融融的太阳，一步一步慢慢地解题。有时候思路停滞，我就悄悄上网看两集《倚天屠龙记》，后来又看《情深深雨濛濛》，看《武林外传》，看我小时候看过的动漫，四处翻找以前4399上的RPG，甚至我从书柜里倒腾出二零零几年出名的杂志期刊，一本一本地读。我想象自己出生在一九八六年,上着所普通高中,盯着教室里的钟挨到放学,在校门口吃碗面,然后骑着车满城乱逛。我们市夏天槐树开花,风吹起来很好听。

我问小姨她上高中那会儿是不很高兴,她说确实,我说真嫉妒你。

我嫉妒从前年轻人鲁莽又热烈,嫉妒他们不计后果,嫉妒他们手舞足蹈地把诗歌、理想和爱情挂在嘴边。这些东西我从说不出口,偶尔听到便浑身难受。

小姨说,也不一定就是那样,也许你见不着,但你们这会儿也有你说的这种人。

这倒让我想起我的高一时的同桌来了。她叫丁小蕾,家里有钱,她妈让她最低考所211,不行就上澳大利亚留学,她却铁了心要艺考。她跟她妈闹翻了,一个人跑去画廊报名,结果还是让她妈发现了,被拽回教室。晚自习我在写题,她把校服外套堆桌上闷头小声地哭,笔尖擦过纸发出嚓嚓的声音,听着倒也相得益彰。

她突然回过头问我:"你说钱和理想哪个重要?"

我没抬头:"钱一直是钱,理想可不一直是理想,尤其是你拿它赚钱的时候。"我想了想又补充:"钱会贬值,理想也会,不知道谁比谁快。"

她又问:"那和稳定工作比呢?"

我放下笔:"稳定不会贬值——也许也会,不过绝对要慢很多。"

但不贬值不代表价值更高,我当时也没整明白。当时给我的选项只有医生、教师、公务员。噢,还有国企职工。我的所有亲戚,不论年龄,其职业都逃不出这三项。

后来我跟小姨聊天,才知道丁小蕾妈妈和我妈是校友,大专毕业后在市里开了网吧，赚了不少钱，把家里弟弟妹妹都送出国留学。之后有了丁小蕾，怕她成长环境不好，就把网吧关了，现在是小姨的同事。

我很想问问丁小蕾，她知不知道她一岁那会儿整天待着的网吧长什么样，里面是不是很多人留烟花头。但那时她已经转学了。我跟人打听，两个人说在天津，五个人说在国际学校，还有一个人说已经去澳大利亚了。

高考出分后我很想给她打个电话，但终究是没打。那天我问我妈，你记不记得你年轻那会儿的事儿。她正忙着凑满减，过了一会儿问：你说啥，没听清。我说：你记不记得你上高中那会儿的事？她说：那都多少年前，早忘了。

我在微信联系人中找到丁小蕾，在聊天框里输入"你还好吗"又删除，我又翻了翻她朋友圈，上次更新在半年前。

那时候我想，其实有这种机会，确实也让人羡慕，就像假使我考个好大学，到大城市的国企工作，找个靠谱对象，父母帮衬着买套学区房，一辈子无病无灾的，这就是我现在全部努力的正轨，也是很多人的可望而不可即，我应当为此深感幸运，但我就是理直气壮地觉得我该比这更幸福，但那具体怎么个幸福法，我也没摸清楚。每当我稍微想象一下，便又惶恐地觉得：太不实际，太不实际。我现在也确实没摸清楚。

4

小姨每天早上八点出发上班，下午五点回来，躺沙发上刷短视频，饿的时候点个外卖或者煮点方便面，吃完躺床上看过气电视剧。

小姨说，生活愉快的诀窍是哪怕只能吃泡面，也给自己加根火腿肠。我知道她最穷的时候连吃了一个月泡面，闻见泡面就想吐。

周末的时候，小姨开着车领我上古城里兜风，古城尚未进行旅游开发，晚上人不多，每个十字路口中间都有个古楼，沿马路走要绕环型道，夏天夜里的风熏熏的，我把车窗开到最大。路两边窄巷子里几栋小楼现在没什么人住，其墙壁已让旧年的雨水浸透了，我总怕它倒。远处的信号灯亮得模糊。

我问小姨：这样的生活过久了不会厌倦吗？她左手手指敲着方向盘侧面，沉默了一小会儿："我没什么不满。"

我还想问她为什么要回老家，现在后不后悔，但我最后只是问："如果再年轻一次，你会去做什么？"

她一直心不在焉地观赏四牌楼，似乎没听见，正当我犹豫要不要重复一遍，绿灯亮了，她把踩着刹车的脚轻轻一提，好像就是随口一说："把我年轻时做过的事再做一遍。"

车里小姨的手机正播放着张学友的歌，我忽然就想通了一个道理，人生不是一条大道，人生不是十字路口，人生和你所处的世界一模一样，有高岭有溪流，灯在你头顶，你只能看清你面前的路。生活中的麻烦永不消失，问题在于你有没有随时清零重启的勇气。

其实我和小姨何其相似，我们不愿意将就，做着不切实际的梦，我有做不完的题、吵不完的架、报不好的专业、考不上的研，不敢休息，不敢多想。她有姥爷生前住的房子，贷款买的车子，分期付的手机，不敢辞职，不敢生病。她有斑斓的过去，而我只有十八岁。

当晚我买了两日后去北京的高铁票。

高铁站是为了冬奥会新修的，设施很新，也很漂亮。我没让爸妈来送。

这是我第一次坐高铁，我提前了一个半小时，候车厅里的椅子长得像医院里挂完号等看诊时坐的那种。小姨坐在上面听歌，我快速复习前一天晚上查到的攻略。

检票前，小姨拍了拍我的肩膀，目送我走到检票口，刷完身份证，站上自动扶梯。

我靠在高铁座位的靠背上，侧过头看向车窗外，高楼逐渐向下匍匐，笔直的白桦拔地而起，土地上长出深深的沟渠，山脚下的空地上光伏发电板闪闪发亮。

我感到家乡正慢慢离我远去。

我从此不再羡慕小姨。

《羡慕小姨》是一篇很典型的书写青春困惑、成长迷茫的小说。叙述者"我"因高考未达到预期，一时间对未来束手无措，于是逃离家长，到小姨身边躲清静，求帮助。很常见的题材，很常见的情绪，却被作者写出了两种别样的文学精彩。首先是小姨形象的塑造。作为最年轻的长辈，小姨既是家庭传统的延续者，又是率先打破家庭束缚的人。"我"似乎在小姨的经历中看到了自己未来的样子，却又半信半疑，小姨近乎确定的人生，与"我"的未来的不确定性形成对照，赋予整个作品确定与不确定并置的精彩。其次是一种含蓄的无声对话。作品中"我"与小姨的直接对话并不多，小姨很多的具体行动被描摹出来"撑场面"。掉手机、吃泡面、躺沙发、刷视频……"我"看在眼里，默不作声，却找到一种"谈得来"的契合感。什么也没说，却似乎得到了安慰，又似乎找到了答案。此处无声胜有声，无疑是文学的精彩。

点评人　金鑫（南开大学文学院副教授、新概念作文大赛评委）

无价之宝

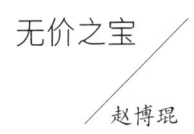

/赵博琨

十九岁那年,我把奶奶的宝贝偷了出来。这宝贝在我奶奶的房间,在那不知是用何种木料做成的床头柜里,这柜子闻起来仿佛总有股淡淡的臭味儿。柜身上的花纹也早已斑驳,失去了原有的纹路。装着宝贝的盒子压在抽屉里的针线团子底下,严严实实,密不透光。

那好像是一个镶着金圈的绿镯子,绿莹莹的,光照下似乎看不见一点棉絮。

妈妈很喜欢这个镯子,我以为妈妈是物质的人,后来我才发觉我错了,这宝贝,妈妈终究是没能再看它一眼。它就沉睡在那个黯淡的盒子里,闪着外界看不见的光。

妈妈那会儿和父亲离了婚。父亲嫌妈妈老了,胖了,脸上的皱纹多了。她没有经济来源,财产分割到了很小的一部分。我就跟着父亲继续在北京生活。二〇一七年她坐上绿皮火车,在循环往复的低沉呼啸中,去了遥远的南方,回到那阔别已久的故乡去了。妈妈的老家在那边,永远阴雨连绵,常常潮湿,总有人说闲话的小村子。妈离开北京的那天,我和我父亲去西客站送她,当时我个子长得异常的快,妈妈却很矮,低头便看见她的头顶,妈妈的白发很多。妈妈走的时候告诉我:"要听你爸爸的话。"我当时显得很不耐烦,像是送走一位明天就会回来的人。七月份的北京热得很,太阳明晃晃的,空气都被热浪扭曲，我可怕热，浑身都快湿透了。

　　妈妈想跟我说好多话，可是火车要开了，妈妈就上了车。我回头看了两眼便跟在我父亲屁股后面走了。几年前，我并不理解分别的苦涩，单纯地认为离开总会有重逢，即使不作为。

　　绿皮火车开了，刺耳的鸣笛声听似盖过了妈妈拍打窗户的咚咚声。火车缓缓地，一步一步地载着无数人的牵挂和羁绊，前进。沉重的火车下，轨道盘啊盘，转个弯便不见了踪影。那天我和父亲吃了不知倒数第几顿的饭，我狼吞虎咽，把妈妈对我的思念都咽下了肚。

　　后来才得知父亲当初是有了外遇，打算开始新的生活，我不同意，我们吵得不可开交，我骂他是狗屎，他骂我是杂种。父亲没有见到过我发飙，甚至脏话我都从来没有说过，他很震惊，却又在意料之内。我发了疯地嘶吼，第一次和父亲发生冲突，浑身止不住地颤抖。我叫他把那个镯子给我，父亲说我不可理喻，要一个没有价值的东西。声音越过墙壁，玻璃之间的缝隙也回荡着杂音，可终究会消失在无数的反弹中，没有一丝穿透力。破音不是因为父亲的不解，而是自己不可改变的幼稚，是在血缘纽带之间，选择了父亲仅有的铜臭味。

　　父亲吵完架便走了，我坐立难安，大脑很凌乱，口中老有一股苦涩的味道，也许是堵在喉咙里的石头沾满了口水的气味。肌肉像是被绑满了气球，轻飘飘的。我艰难地坐起身，掠起我奶奶家门的钥匙，踩上鞋，飞速奔往奶奶家。我着了魔一般，边跑边笑，街景亮起来，似乎有观众在看我的田径决赛。我马上可以脱离虚假的维度，冲刺，破线，回到真正属于我的地方。或许有些迟，可我还在心里欢呼庆祝着，脚下的步伐丝毫不停歇。

　　西客站的人流比往常还要多。九月份的北京，熙熙攘攘，穿过去，从南广场下去，你能看见好多皮肤黝黑、戴着安全帽的工人，他们提着箱子，第一次来到大城市，脸上刻满惊喜。那些人拎着大包裹，不紧不慢的，沉浸在社会进程的惊叹中，穿过他们堵成一排排的肉墙，顺着电梯下去，绿油油的火车像一条鳄鱼，爬在铁轨上喘息，一呼一吸，一会就从鼻子里吐出云雾。站在每一道门门口检票的列车员，像是在冲我招手，我飞上去，找到座位坐下。慢慢地，我踏上前往南方的火车。

"啤酒饮料花生。"一位姐姐推着餐车向我走来，我扭过头，靠着窗，盯着车窗外的景色，心里很是惬意，绿皮鳄鱼驶出了城内，景色变得空旷起来，看不见高楼，看不见人间烟火气。只有无尽的田野和睡在松土打的地基上的小房。鳄鱼游得太快了，我看不清是不是有孩童在河边嬉戏。鳄鱼向上游，我看见了许多桥，隔着窗户也能闻见上面飞驰汽车的尾气，还看见运输电气的"铁人"架，一个接着一个，拉着手，默默地站着。第一次意义上离开家的我是多么地不适，紧张和不安侵蚀着我。可我何尝又不是前往真正属于我的家。

窗外的风景看得有些腻了，鳄鱼的胃里老有一种皮革和布料的味道。便起身向厕所走去，身旁的男人猛地抓住我的手，我瞬间出了冷汗，下意识地一抓兜，圆圆的，滑滑的。看不清他的脸，黑色的盖头缝在男人的脸上，嘴里不断高频速地重复着什么，我听不清，身旁的实物也逐渐缩小，男人的脸越来越大，脑袋随着嘴巴一动一动。我咽了口口水，随后便揣紧了兜里的宝贝。

鳄鱼游了几个小时，便把我吐了出来，有一股恶臭的味道。我饿得不行，到了火车站旁的小店吃了好多生煎，坐上大巴车便前往县城。

听着大巴车上的人说话的空隙，外面就下起了小雨，雨滴一个一个贴在大巴车外，我摸了摸兜里的宝贝，我好怕它受潮，我不想让它像这座城镇一样，永远永远都覆盖着上天的泪水。来到她的城市显得太过突兀，久别重逢，大脑也麻木不了我激动的躯壳，双腿不停地抖动，肚子也转筋地痛了起来，我捂着肚子，低声哎呦哎呦地叫。一切是那么地不真实。

车到了村口，雾霭笼罩着大地，往村子里走，能看见把音响顶在头上的大娘、被牛拉着的大爷、不断往脸上涂抹油漆的粉刷匠。我挨家挨户地询问，问着问着有了下落。我跟着一个奶奶走，不一会便到了，抬眼看，和原来住的家不一样，这个家破破旧旧的，是用红砖垒起来的，看起来有些年头了。那个奶奶在门口操着口音，咧着嘴喊她的小名。

先听见了她的声音，还是那么熟悉，多了几分沙哑。开了门，看到我她愣了许久。我站了没几秒腿就软了，倒在她脚边抱着她的腿大哭起来。哭得不能自理，妈妈也不知道发生了什么，摸着我被浸湿的头发也开始哭起来。故乡的积云又多了，雨下得更大了。

妈妈扶我进了屋，拿了条粗糙的毛巾为我擦头，边擦边问我这几年怎么样，有没有上好学。我说不好，和父亲彻底闹掰了，我意识到说了错话，抬头看了妈妈，妈妈一言不发地看着我，眼里甚是宠溺。我鼻子酸了。妈妈握住我的手，一句话也不说，问我怎么来的，我说我坐了火车又坐了大巴。妈妈捏了捏我的手。没有多说话。我们都沉默了一会儿，仿佛是陌生人。我想除了溢出的泪水，好像没有更好的方式去诠释"重逢"这个词语了。猛地想起来，兜里的宝贝还没拿出来，刚想拿出来给她个惊喜，后院传来一声打破了许久的沉寂。"阿妈，谁来了？"

一位圆头圆脑的、留着寸头的男孩躲躲闪闪地溜了进来，我愣住了，看不清他的脸，妈妈的脸此刻也变得模糊起来。妈妈自然地把那个小孩抱起来："乖崽，叫哥。"那个小孩叫了声哥哥，我却不知道拿什么词语去搪塞。我只是点了下头，浑身开始冷了起来。妈妈自说自话地解释起来，说自己回到老家便被安排了相亲，没过几个月就结了婚。是村子里一个很好的人，不像我父亲。我沉默着。妈妈又说这孩子今年刚好四岁，问我可不可爱。我继续沉默着，心里堵得很。我不知道说些什么。妈妈让我留下来吃饭。我下意识地就拒绝了，一切都是不真实的，我身处何地，不禁询问自己。妈妈沉默了。我们又沉默了很久。这时她的孩子突然说："哥哥和阿妈长得很像。"我盯着那个小孩的眼睛看，他长了和妈妈一样的眼睛，又大又亮，可我还是看不清。我没再说话，转身起来要走。妈妈把孩子放下，起身送我。我心里一阵的难过，心脏一个劲地跳个不停，胀得很痛。似乎我并没有和她重逢。我和妈妈一前一后地走到村口，我走在后面，看着妈妈，妈妈好像长高了，凑近看，白头发也少了许多。

　　分别之际，妈妈塞给我一沓钱，不知道里面有多少。我俩互相推着手，一言不发，我知道谁先开了口，谁就走不了了。妈妈先说了话："和你爸爸和好吧，不用再找我了。"我沉默着，同时伸手往兜里摸，摸出来用奶奶手帕包着的绿镯子，我打开手帕给妈妈看，妈妈瞪大了瞳孔，血丝布满眼球，问我哪里来的，我说是偷。妈妈让我还回去，我说这是你的。妈妈盯着看了许久，这镯子似乎有股魔力。"和我记忆中的不一样，这个太绿了，很耀眼。"我把镯子塞到妈妈手里。她不可置信地盯着看，浑身都僵住，仿佛不像活生生的人。这时她的孩子从村里跑了出来，地上满是泥泞，溅得泥巴到处都是，妈妈呵斥他慢点跑，声音像猛兽，震耳欲聋，回荡在空旷的村口中。孩子跑过来说喜欢我，让我晚上陪他玩。孩子笑得很开心，我脸上却看不到任何表情，伴随着不真实的可怖。我蹲下来摸了摸他的头，扎得很，有点刺痛。随后我把他抱起来，背着光，这样才更看不清他的脸。放下那孩童，我便转身向镇里走去。她和她的孩子同木头一般，牵着那只翡翠。她是一个拥有无价之宝的人。

我躲在一辆雪佛兰的后面，时不时探出头。我走出汽车的庇护，摇摇晃晃地溜到 B 栋楼下。我的心脏要顶出来了，也许是刚才跑得太快，嘴里不断渗出血腥的味道，呼吸也变得急促起来，双肺灼烧得厉害，像火球射中我胸口一般，一呼一吸都伴随着堵塞。从不偷鸡摸狗的我此时显得非常业余，我恐惧会有人抓住我的脖颈，无论是奶奶还是门口的保安，也可能是认识我的任何人。我害怕的不是偷窃，而是自己的人设被人拆穿或是在众人围观下，赤裸裸地任人摆布，他们站在道德的制高点审判我，我会有不可狡辩的无力感。

老式楼房并没有电梯，奶奶家在三楼，我哆哆嗦嗦的，站不住脚，差点从楼梯上摔下去。我拿出钥匙，准备把门打开，脑子突然被电了一下。我决定还是先敲敲门，轻轻地敲了两下，声音比钉子掉在地上大一点。然后再把门打开，这样如果奶奶在房间里，我至少可以骗过自己，我是真的敲了门来看望她，而不是来偷东西的。

咔嗒一声，门开了，我进去了，杵在门口等了好久。瞄到右侧的窗户，即便没有敞开，窗帘却也随着风伸出了手，想要抓住我。我打了个寒战，颤颤巍巍地还伴着沙哑地挤出来一声"奶奶"。久久没有回应，我心里窃喜，不敢多看，直接就往奶奶卧室的方向走去。

一扇红色的木门站在我眼前，显得格外高大，我似乎可以从门的裤裆下钻进去。木门上的把手掉了色，调皮地跑到我的手上，几片金色鳞片，像是在警示我。此刻我将要越过这扇墙，伸手去够，我要够到自己的未来，即使这扇墙多高多大，上面布满多少荆棘，盯着那扇门，翻过去，我能跳到南方。嘴里的苦涩慢慢褪去了许多，一定是喉头的石头快咽进肚中，心里的石头也可以落地了。于是我扭开把手，带着我对未来的期待，和些许的恐惧。

转不动，卧室的门紧锁着。

门锁住了，我心急如焚，下午的火车就要开了。我先去洗手间洗干净了门把手上的锈。回到客厅，发现窗帘的手伸了回去。阳光闯进来，射到茶几上，一副绿手镯赤裸裸地躺在桌上，耀眼的绿光使我双眼紧闭着。我精神恍惚了，像是被人看穿了。我连忙左顾右盼，确保没有人在这个房间内。我难以置信地走到茶几旁，拿起来，在阳光下晃了晃，翡翠绿油油的，像是我吓破胆的胆汁给它上了色。

镯子果真翠绿，捧在手心里生怕它滑下来，端详许久，竟看不见自己的指纹印。此时才明白为什么说"君子无故，玉不离身"，这触感，仿佛不真实似的。我怒视着手镯，希望能从中看出些许端倪。刺眼的碧绿仿佛被棱镜光所包围，缥缈虚无地打入我眼中，我的瞳仁也被点上了翠绿。好一阵疑惑——此等无价之宝，最终的归属究竟会是哪里。房屋天旋地转，一切的感受都显得有几分刻意。此时此刻，拥有了无价之宝的伶仃之人，仿佛也借着它的光从平庸与迷茫中跳脱出来。它的触感与渐渐上升的温度不断刺激着我。我的内心升腾起一股寒意，夹杂着心脏快要蹦出胸腔的汹涌。

我开心极了。我孤注一掷在她身上，和她团聚，她想必也期盼了许久。我拿出抽屉里的手帕，把这绿镯包起来，揣进夹克内兜，同时也揣着兴奋和不安，动身前往火车站，奔向那阴雨连绵的远方。

转身，数名看似像人的生物把我团团围住，他们怒睁双目，指着我兜里的无价之宝。我怕极了，奶奶，父亲，后妈也在其中。他们不像人，更像是几台机器，嘴巴撅成方形，嘴里重复着"翡翠""无价""偷盗"类似的近义词。那种荒谬感使得我放弃挣扎，我掏出兜里的镯子，准备向我最后的希望自首。

我呆住了，不安和恐惧向我袭来，掏出来的翠镯竟变成了一副只有棉絮，甚至没有一丝绿斑的白色环形石头。我跪倒在地，那群人朝我扑上来。而我把那石头含在嘴中，嚼碎，吞下那最后的无价。

大巴停在了村口，父亲扶着我下了车。我指向雾霭中的人，父亲上前查看，却没有发现任何生机，只有被封条锁上的门和规划的建设空地。

大雾散去，泥泞的路上有一对母女，一高一低，父亲走上前，与她们团聚。而我站在村口，眼睛里刻着数不清的绿色斑斓，如同玛瑙，无价之宝。

第五种语言

／黄乐

在吃晚饭之前，我还不承认我能听到他们的声音。他们"啊啊"地张大嘴巴，一颗颗牙齿猛烈地上下碰撞，把一些谈资、商洽咂吧进嘴，像榨果汁那样使劲地压。随之发出"嘎嘣嘎嘣"的声音，他们毫不犹豫地如刀削土豆一般，笑嘻嘻地削成条，突突往外喷。我不是害怕这种形态的声音，我只是不知道如何去归纳这种语言，我承认这超乎了我的认知。我最近在挑选第五种语言，我感觉必须马上要学习一种新语言去平衡生活，或许我才能更长久地活下去。

"五"这个数字对我有种致命的吸引力，从五岁起左耳失聪，五岁手臂长起烧疤，五岁换了个全新的父亲。五岁是一把划刀，在我不长的生命长河里硬生生地割出一道裂缝，腥臭无比。我也从那时起开始停止学习英语，构建起的语言体系因此被斩断了一丝经络。陌生男人的到来打开了我新的语言副本，他是个韩国人，于是我开始学习韩语。每次翻开韩语字典，上面条条框框的字符总让我有一种在堆房子的错觉，韩语相对汉语来说更为压抑死气，仿佛用一根根干巴的火柴棍围成一幢复式洋楼，轻轻一戳就倒了。学习了五年，我对这些字体缝缝补补，发出的音节也是磕磕巴巴，勉强能进行正常交流。英语的音调在我的世界逐渐被淡忘，我像个卖鱼佬，熟练地操作着尖刀一下一下地刮着鱼鳞，它们被胡乱丢弃在来回踩踏的角落里。

在家里我同他用韩语交流，母亲没有去学韩语，我充当翻译者的角色。他听得懂中文，不会说。他们像是聋哑夫妇，一个用说一个用听，就这样比画了二十年。我是其中的无声空气，偶尔为稀薄的空气供氧。我一直处在寒冷的高原位置，没有感受过正常的温暖，用蹩脚的语言表达对白菜煎饼和石锅泡菜的喜欢，浓浓的汤里泡着生硬的韩文字符，挖一勺是满嘴的苦涩，到底还是横横竖竖的符号。学习韩文的日子很冷，即使是艳阳晴天我还是冷得发抖，我只是坐着，全身就开始起鸡皮疙瘩，我以为自己过敏，对语言过敏。有一段时间我发誓不再说各类语言，保证我能活着。但事实是我会偷偷地跑到语言班找以前的老朋友交流，不管是英语还是中文，我需要换口气。我抓着他们狠狠地聊上好几小时，像条疯狂吐泡泡的鱼，从中汲取养分。

很奇怪，尽管没有去刻意地练习英文，我还是很能流畅地发音，外国人一度以为我是华裔。这并不是我爱吃汉堡包薯条的结果。父亲的承诺像可乐那样一直升腾着气泡，他承诺奖励我用投资成功后的 50% 资金，带我去埃菲尔铁塔搭乘电梯一路到顶层，去大本钟数时针，坐在塞纳河边喝外国人喝的咖啡。一口流利的英语是能够操纵父亲面部的开关，牵扯他眼角跳动的细纹，勾住他向下撇的嘴角，拔去他鬓前的白发。

可他就那样利落地躺在湿漉漉的泥土里，像生长了多年的草根，任由我怎么拔也不出来。那天下着小雨，他一半身体都栽在臭烘烘的土里，父亲是极其爱干净的人，我不知道他那天怎么能容许自己就那样躺着，周围有一圈人对着大坑指指点点。人们说着我听不懂的语言，他们嘴里发出的是熟悉的中文音节，但我惊恐地发现自己听不懂。只有一片类似乌鸦的鸣叫声，还穿插了蓝红色的声调，它们像潮水那样猛烈涌来，要把我吞没。

我紧紧握住父亲的手,他的手反常地冰冷,我想定是雨水的原因。这雨真可恨啊,我很讨厌寒冷。后来便是一个蓝、两个蓝、三个蓝跳下来,黏糊糊的黄泥溅在我眼里,火烧一般疼痛。接着是泼天的蓝洒下来,他们渗透进父亲的身体里,我看到了成百上千只的蚂蚁,它们抬着父亲快速地往前挪。坑上的人变成了一只只尖嘴猴腮的鸟物,他们探头像盯猎物般看着父亲,那只锐利的喙就要插进他的身体,他们在贪婪地分食血淋淋的肝脏。我看着他们的嘴随着风上下张合,有什么塞进了他们的肚子,我看不清那究竟是什么。很快那泼天的蓝又开始转向我,我全身使不上一点劲去抗拒,只能任凭它们抬动我。那天我明显失去了什么,我开始排斥与人交流。

人们都变成了各种形状的动物,他们面部只有一张嘴,我害怕从那里发出的声音。我真正体会到"无法用言语表达"的心情,我一向爱着的语言就这样成为了言语。父亲是个纯正的广东人,他会讲很正宗的粤语。我的第一种语言就是粤语,学粤语的那段时间我总引以为傲,我很喜欢粤语,温柔得像江南烟雨中撑伞的女子,它们是有生命的。"嚟,嚟。"父亲喊我时的这两个字总是充满各种惊喜,是手心里的猪油糖,是口袋里的红包,我会欢欣鼓舞地用蹩脚的粤语去回应。现在我也会时不时地说"嚟,嚟",但这个组词是粤语的"离开"。父亲的离开带走了粤语体系,我的喉咙再也发不出那口纯正的音节。这些年我都在靠着英文与中文去丰富我的语言体系,我在慢慢地肢解着一个橘子,掰开,分成四瓣,留一瓣包着皮。现在突然发现多出来一瓣,它同样粘着白色丝状物,纵横的纹路显示出多年的风霜,我不确定它的内核是否已经风干,但我好像得去开始新的尝试。我没有学好第五种语言的把握,毕竟我不是什么语言天才。回到晚饭前,当时我正提着一条现杀的鱼,发现家门口围满了人。

那是一团团的蓝色絮状物，它们上下拱动着，像爬动的蟑螂。它们那个又扁又薄的嘴里朝外吐出些东西，我看见母亲呆滞的眼神，她小小的身躯挤在开出的那条门缝里。她周遭被一丝丝的类似棉线的东西缠住，那是言语的一种窒息。我穿过它们，我再次沦为猎物，它们尖尖的喙啄得我生疼。那一刻我又再次丧失了语言系统能力，或许我又可以用"狼多肉少"的言语来形容。母亲问我他们在说什么，我说我不知道，听不懂。母亲一脸担忧，很显然她并没有相信我的话，但没有再追究。她把鱼按在案板上，用尖刀娴熟地刮着鱼鳞，再拂到红色瓢子里，加凉水冲进洗手池里。"你爸不知道什么时候能回来，我有点担心。"她的言语也很娴熟，"你爸"就这样轻易地随着鱼鳞一并冲入洗手池，被咕噜的水声吞入。她仿佛一直没有觉得这个称呼有什么不妥，像五岁之前那样继承着，连考虑的想法都没有一丝。甚至她说完这句话时都是云淡风轻，只是众多鱼鳞中的一片，全然不记得那年她也说过完全相同的一句话。父亲被抬走时她在一旁成了个哑巴，蹲下来抱住我，紧紧攥住我手，给我戴上白花，在墓碑前给我拿杂草垫着，她没有发出过任何声音，我仔细地去听，甚至连小声的呜咽都没有。我用手环住她脖颈，没有震动，我一度怀疑她的嘴巴坏了，需要修理。她以前很爱说话，操着不纯正的粤语同父亲说笑，偶尔用"how are you""what's this"来考我，一圈圈放荡的笑声从她嘴里抡出，很久很久以后，这些笑的重量才像拳头一样打在我身上。我不同人说话的日子里，母亲与我同频，我们仿佛一台收音机上的音频线，只发出滋滋的电响。后来，那个男人来了，他把母亲的嘴巴修理好了，母亲从小声压抑的笑扩大到爽朗的笑。我其实是高兴的，沉默能把人杀死，任何一种有声的语言或多或少都有疗愈的功能。我要做的是配合，从语言到饭菜再到对话，我们需要一种东西连结，串上各自的嘴巴尽量保持同频。

母亲把菜端上来了，是鲫鱼白菜豆腐汤，我吃得很快，终于不是红红的大酱汤了。不论是韩语还是韩式料理，它们对我而言都是难懂的公因式，我找不到无厘头的最大公约数，二十年了，它们被我拆解成无解。门外依旧紧紧粘着黑乎乎的手印，那群人坚持不懈地敲打，自始至终他们都觉得万事能够用嘴解决。是韩语，是那个男人的同事，是精彩的讨债故事。我卧在沙发上，看着门外来来去去的黑影，像一条条披着斗篷的鱼，在成片的无声里跳跃、挣扎。我或许真的要马上学习第五种语言，以便装傻应对我能听懂的四种语言。人们通常会对不说同一种语言的人刻意宽容，在无限的刺探里一味地放宽限制的底线。用这一种语言去连线那一种语言，看着对方开开合合的嘴，试图撬出某些带有重大价值的言语，无异于在千百只蚌壳里开珍珠。我学习第五种语言的目的很单纯，就是我反复强调的活着、装傻。

语言从二十年前开始就成了我的保护罩，我用无声的言语回馈葬礼上宾客们高高低低的哭声，用来回切换的中英文应付东西南北，用蹩脚的韩语维持男人的热情。我很难再去抱怨什么，更不能同人诉说我血液里那艘横冲直撞的孤舟。我开始有了那么一点点戒断能力。听到"你有什么用""你怎么不去死"之类尖酸刻薄的话，路边野狗"汪汪"大叫争抢香肠，喂猫时严厉的"喵喵"警告，语言让生活里的现实降维成记忆，抽象的记忆，我像在梵高的星空画里摘着模糊的星星。我搬来一张梯子，先是费力地爬，再是努力地找，接着看到马赛克似的星星，它们近在咫尺，但我又清晰地感知到自己在远离它们，就像那时父亲逐渐被抽离的半截身体。

任何一种语言最终都能概括为不痛不痒的话，它们在我皮肤上织成一层老茧，人们只能从我这得到满手的粗糙。在想要捂起耳朵反复冲刺出群体重叠的包围中，我选择了入乡随俗，甚至发现狗语也能对上人话。

"你去找找你爸吧。"母亲洗了一盘葡萄，放在我面前，"你都不担心他吗？"她开始剥葡萄皮，紫色的汁液渗透进她的指甲。我很确定这是一个真心的疑问句，她希望我能够担心他，尽到一个女儿的责任去寻找父亲。"怎么找？"我抓起一粒葡萄，我不习惯剥皮，微微的酸涩融化在嘴里，把我的问句融成一句陈述。"就，问问相关的人？"她剥皮的速度很快，盘子里很快装满了晶莹剔透的葡萄。她在剥这方面一直很有天赋，无论是葡萄皮还是鱼鳞。只是负责沉默地剥着，一直都是。我开始去找，生活了二十年，我对他没有一丝一毫的了解，语言构建的框架在这一刻被击溃。我去到他公司，90%的韩文环境让我感到头痛，我像一条穿梭在污水中的鱼，我的语言在这里毫无作用。我试图找寻最大公约数，一切都毫无线索毫无头绪，那是一种迟钝的无力感。

"你系佢女儿？"那是一种穿透耳膜的语言，熟悉的陈旧感从鼻息里发出。"佢喺边度？"我确定自己听到了巨大的敲钟声，我再也受不住往外跑，语言的力量让我慌张。我感到身后一直有藤蔓在追着我跑，它们快要缠上来了，我感受尖刺的钝痛，还有那湿漉漉的油腻。我躲入一个厕所，迅速关上门蹲坐在马桶上。我想变成一颗腐烂的水果，只管掉进纵深的下水道中去。我闻到了一股烂茄子味，是自己身上传来的，我已经很久没有听到过粤语了。我一直以为在五岁那年我就已经丧失了粤语体系的能力，但它并没有随着我生锈的脑子一起退化。隔壁传来呼哧的抽水声，一只手把褪到脚踝的裤子抽上，露出黑色的拖鞋，上面印着一个黄色笑脸。

"找到你爸了吗？"母亲发来信息。喉咙一阵干巴，有什么东西梗在喉口，我需要喝水。我不知道哪里有水，我应该走到哪里去，走出去是一片大草地。与其说是草地，其实更偏向于荒地，光秃秃的只零星站着几棵喊不出名的草。但草地上坐满了很多人，他们呼噜呼噜很吵闹，像鱼的喊声。风吹过他们的头发高高飘起，像漂浮着的水草。我生出一种怪异感，干涸的地上，种满了说各种语言的水草，它们在朝我招手。我赶紧走开，我对上百张张开的嘴感到害怕，下一秒就要把我吞食。很渴很渴，我一路向前走。看到了一座荒废的塔。我终究还是走到了这里。

这座塔很老了，底部爬满了密密麻麻的杂草，上面刷着的漆辨认不清颜色，它在我的记忆里是红色，红的发亮那种。它前面那个大坑仍然没有填补，残缺的裂痕像被啃得乱七八糟的苹果，底下落满了大大小小的石子。我朝下看，看父亲的半截身子，看我那只紧紧握着父亲的手。我站在坑前再一次失声，我好像理解了母亲变成哑巴的原因，那是一种超乎语言的力量，把我的嘴巴缝合。吹来的海风咸咸的，我把自己想象成电视剧女主，试图矫情地挤出两颗眼泪来，想要在此刻为我悲伤的回忆写上个结局。没有，一滴眼泪我都哭不出来，似乎哑着的还有我的眼睛。

"找到没有？"手心一阵震动，"回个信息。"屏幕上的字体开始扭曲，我感觉我即将要丧失读懂语言的能力。"找到了。"我回，然后关机。找到了，我的父亲在这里，在深不见底的地下，在一声声正宗的粤语里。"啊爸，我翻黎啦。"我终于，说出了，二十年封锁在喉口的话。我突然就不渴了，原来我并不需要喝些什么，只是要吐出些东西。或许这些年我都需要这么做，是我意识得太晚了。又或许并不晚，在我打出"找到了"那条信息时。

"嚓，嚓。"风声很大，我独自庆幸，找到了。

卡住

/ 裴卿源

1

暑假一大早,尚处于睡与醒的夹缝间的我,听见了椅腿剐蹭瓷砖一样的鸟叫。紧接着母亲就转动着钥匙走进我的房间。因为要装修,贪图少请几次搬家公司,我们家就租住在房子隔壁的一栋楼里,母亲怕钥匙弄丢,要求全家把各自门房的钥匙都挂在锁眼里,美其名曰谁屋里出了事还省了撬门的时间。然而实际的主要作用是,更方便她在我们沉迷厕所阅读时进卫生间给洗衣机升水位。

"那些鸟又回来了。"窗帘没有拉开,母亲有点得意的声音淹没过薄毯照射到我身上,"我亲自打的结,果然没掉,袋子估计是卡到室外机背后了,味道肯定还在。"她说的是一个装着鸟窝的无纺布袋子。

几天前做拆除工作时,她在一个像跌在泥地里过的冰砖一般的室外机上发现了一坨鸟窝。里面没有蛋也没有鸟,只是细细弯弯的树枝间穿插着几根羽毛,它实在生得和动画片里那种碗型标准窝不太相似,远看像摘除菌柄的香菇,近看像一顶硬邦邦乱糟糟的假发。我也许见过窝主。以前在书房,有时能看到几只看起来伙食良好的小鸟,它们脖子附近缀满白色的圆点,浅灰胸脯鼓鼓的，随着脑袋一上一下对同伴呼唤，起起伏伏，收束着的长尾巴像台历的三角形支架，时不时轻扫过锈迹斑斑的机面。我不太懂鸟，只能识别出它们大概比麻雀更大，比鸽子更小。母亲问我打算如何处置鸟窝，我犹豫了一会儿说要留，反正租房就离这里二三十米，没准小鸟还能跟着气味找回来。似乎就是在等着我说这句话，或者说我又成功做了一次母球，她就地不知从哪里掏出一只多年前，路边不知名辅导机构赠送的无纺布袋，把鸟窝放了进去，然后将袋子递给我，拍拍我的肩，要我好好给鸟窝选个址。于是我们租房阳台窗外的不锈钢铁栏支架上就多了这么一只口朝外的破袋子，栏杆下是客厅的室外机。发热装置在下，条条铁杆在上，倒是令人联想到了烧烤炉。随后没隔几天，半夜就下了一场雷阵雨，那天一点半刚过的时候，我揉揉酸涩的眼睛放下手机准备合眼。屋外风声沉重可怖，仿佛一名狂躁症患者握着浸满或黑或灰或棕之类深色颜料的画笔，捅向一张薄如插在鸟窝上的那一根羽毛厚度的纸张上，但人类可靠的窗户将这些乱溅的颜料一并隔绝在外，窗帘没有一丝兜住汹涌之迹。我不禁去想那个阳台外的鸟窝袋子会被如何蹂躏。翻了个身，睡不着了。没锁的房门乓的一声被不知道哪里来的阴风重击开来，这套房子不知道为什么，奇奇怪怪的声音特别多，平时有似叹气的声音，有时玄关附近嘎吱嘎吱，偶尔还发出几声弹珠响。也许《古宅老友记》是真实事件改编的，我望着天花板回顾了半天睡前看的英剧，不断打开手机确认着时间，再透过窗帘缝偷窥天空的颜色，它已经黑得不再纯粹，倒像是画完儿童数字油画后的洗笔筒。最终我得出了手机电量的流逝也许正比于黑天褪色速率的结论，但还是按耐不住失眠又空虚的烦躁，只好决定打着手电起床看一下鸟窝的情况。果然那个铁栏杆上早已没有了单薄可怜的无纺布袋，这一幕在雨点对窗户的洗涤下显得格外悲凉。天色还在不断变浅，我发现雨是时间的体液，并且它对稀释夜的进程有催化作用。第二天，母亲看到阳台窗外的景象，倒是一脸理所当然地认为这一切都是她早就预料到的徒劳。

见我还是整个人蒙在毯子里没有起床的迹象，母亲索性拉开窗帘进行太阳放闸。我睁眼，红色毛毯猛得泡在稀薄的光里。我像视网膜刚形成的胎儿般，模模糊糊地透着母亲的肚皮感知着外面的光亮，当然，这是无稽之谈，胎儿分辨不出颜色，不过是我没由来的想象。"放假赖床，开学后你有把起床时间调整过来的本事吗？"母亲的声音和窗外鸟叫交叠在一起。我慢吞吞地拉开毯子，上了个厕所，朝阳台走去。

我到窗前，看着鸟察觉到人类靠近然后飞走。我趴着窗台踮起脚，发现那个灰扑扑的袋子真的悬在室外机和砖墙的夹缝间。没准它们是碰巧来这里歇脚闻见了味道，并且现在准备常来了，因为室外机面上留下了一颗奥利奥碎屑一样的鸟屎。

2

母亲叫我和她跟外婆一起，再去老房子里搬点东西过来，她说，钢琴太大了，搬走过于麻烦，明早就会有人来封住它，今天是可以开琴盖的最后一天了。珍惜一下和钢琴相处的最后时间吧，装修要两三个月，完工后散甲醛也要两三个月，再见面就快要隔半年了。

实际上所有的琴谱都早已打包掉了，凭我弹着玩玩的三脚猫功夫根本背不出多少谱子，眼下能靠肌肉记忆弹个不到一分钟的，只有莫扎特的K310。我想也许是琴键也想模仿蔷薇"长条故惹行客"，按下去的白键不愿放开我的指尖，也许是我真的本就太久不摸琴，手指变得愈发沉重，几个音不停粘连。我企图奏一段无瑕疵的曲子作为与钢琴的告别，现实是一碰到卡壳的段落就只好从头再来。母亲正在不远处打包，封箱带不断地嘶哑，不断地尖叫，每一声刺耳的哀嚎都正好错开节拍，于是我不断重来，并且随着耐心的消耗越弹越快，短促又循环的一只只音符仿佛大热天飞进教室，不断在风扇下来回打圈的苍蝇。凑巧的一切终于造就了母亲怒吼，弹得烂就别弹了！晕死我了过来帮忙！我气急败坏十指猛地乱砸了几下低音，合下了琴盖，去翻弄书房剩余的杂物。

书架很灰，放的几乎都是十九年前刚搬来时的东西，那时我都没出生，往常家里也没人会从上面拿书，就起一个背景板的作用。最高层是几只兴许地摊上几十块能买到，也兴许值点老价钿的古董，第二层是四大名著、老残官场游记什么的一排中国经典故事连环画，第三层是各式各样的杂书，第四层有花花绿绿的摆件也有一些笔记本，第五层已经搬空了。我找到一些老旧泛黄的蜡笔小新DVD、七八盒磁带、一只打字机、几本母亲高中时期的笔记、一本薄薄小小的长簿，和两本外婆十四五岁时画的素描。

素描本里夹满软绵绵的铅画纸，外婆曾经拿出来给我看过很多次，这张临摹的是卖花姑娘的海报，那张是毛泽东像，这张是刘胡兰，那张又是香烟盒子上的图案。她总要在结尾补充，初中时学校有两个名额可以推荐去美术学院，她和另一名推荐生被推上去以后就没了动静，直到同届姨外婆同学的弟弟收到通知书以后，她才知道原来还要有美院老师的推荐信才能继续后一步，她每次都会在结尾懊悔地说，都怪消息不够灵通，其实当初对门的邻居就是里头的老师。长簿的第一页画着圆形的天干地支图，第二页写了十二时辰的对照表，第三页记了许多称骨算命的笔记，然后一连空了好几页后再是："颜色心理学：红色代表了愤怒，蓝色代表了悲伤，绿色代表了平静……"我认不出这是谁的字迹，修长秀气，和家里谁的都不像，我猜是外公的，跑去问了母亲才知道是外婆的字。外婆以前教我练字时的笔迹，总是轻而抖的，而素描本上的字是稚嫩而用力的。

母亲正在吧台旁给一尊三面菩萨首像裹塑料泡泡膜，我从小害怕它，怕它头上繁密装饰的曲线，怕它脸上砖块型的纹路，怕它似笑非笑的嘴唇，怕它朝着卫生间的那半张脸的眼睛，尤其眼眶里一抹幽深的圆形色泽似是使它有了眼珠，年幼时每次上厕所我都以极快的速度关门，生怕和它对上眼，直到后来五年级，近视度数开始上去了，看不清菩萨像的眼了，我才不再一惊一乍，甚至在初二时鼓起勇气表示要在客厅的沙发上睡一晚练胆，虽然最后导致我睡不着的不是菩萨像，是阳台墙上幸福树放大摇动的影子。每当我在饭桌上提起佛像的事，外婆总是一脸严肃地让我噤声。但平时问起外婆，她只表示我们家里没有人有任何宗教信仰。这点我并非不相信，她顶多一时起兴，会在我中考查分的那几天，热切地给阳台角落的滴水观音擦擦叶子念几句保佑的话，只限那几天。我问母亲这菩萨像包起来以后能不再摆出来吗，我一直有点怕它。母亲说她不知道，叫我问外婆。也许是菩萨像被包起来了，也许是因为我是在卧室里问的外婆，外婆说这尊像是外公以前的朋友去柬埔寨旅游回来送的，也不知道是哪位菩萨，本着是想它的木料子好，但它终究是菩萨像，外公走了后，她一直不知道要怎么处理它。我掏出在贴吧上问出的一连串答案，道出它真的只是一件装饰品伴手礼，外婆戴上老花镜，端着我的手机沉默了片刻说，那你去问问你妈吧。

3

关于菩萨像的事情就这样搁置了，第二天是周末，搬家公司过来忙了一整天，搬走了所有能搬走的物件，收走了所有能值钱的旧物。忽略有着涂鸦、酱油渍、几个小孩脚印的白墙，贴满各种卡通贴纸、零食巧克力水果肥皂标签贴的门背，欲坠不坠的门铃对讲机。应验了博尔赫斯说的"但是最终，忘记把一切变得美丽"，一间近乎空旷的萧条旧房能够赦免曾经的住客对这里所有的烦恼。只留下一丝略微的不舍。

我小时候认为，一个家中的任何一个占大面积的物件，比如沙发、餐桌、茶几、钢琴、电视机、地毯等等都是不能改变的，它们是标配的出厂设置。倘若改变了，它就不再是我印象里的那个家，八岁时外婆嫌茶几占面积，地毯难清理，大家一致同意后扔掉了它们，在原来的位置摆上了一套课桌椅。然而那个年纪的我，每当做梦，梦到的客厅必是最初的模样。没想到今天看着这空房，竟然心里也就这么一点点的波澜。这就好像幼儿园的我完全难以想象出门，没有大人带着怎么办，真到了自己上学的年纪，心境就一夜间又有了改变，如同程序中的一个开关定时启动了，这一切似乎都是顺理成章的事。我企图寻找这一切变化的过程，感受这一切的过渡，可一些普遍认知的改变，似乎就包含在外在生理的发育中。似乎只是因为器官在趋于完整，身体在不断长高，于是，一些脑袋里基础的框架就会自动生成。对我而言事实就是这样。这让我不再相信什么转世投胎的存在，所谓灵魂的底色太过抽象而稀薄。撇除语言和符号的诡变，我的心灵和心智取代了我的灵魂。我似乎逐渐被自己压缩成了一个流动的唯物主义者。

这个完成搬家的夜晚，在隔壁这栋租房里的我又轻微地失眠了，可能是因为对我来说，一个阶段性的主线任务完成了，又可能是这套房子里的怪声音实在太多。今夜风平浪静没有下雨，我百般无聊地打开手机录音，录了一会儿不知从哪里来的诡异叹气声，就撑不住睡着了。第二天一起床，就立马回听录音，没想到除了翻身被褥的摩擦声什么都没有。

午饭时，大家都聊起各种搬家时的感慨，外婆提起，要不装修完还是把菩萨像摆在外面吧，反正都这么多年了。我默不作声。母亲表示到时候再说，窗外一些叽叽喳喳的鸟叫不着调地附和着，她突然说，等我们搬回去那天，可别忘了把鸟窝袋子给解下来。外婆猛地一拍桌子，恍然大悟地察觉到了从前我们家晾衣杆上一摊摊鸟屎的始作俑者，也许正是这窝孬鸟。

第二辑　三角路

仓前街

/傅明紫

秋天的街，如同黄昏。叶子扑啦啦落下，是困倦的鸟又归巢。车水马龙静默来往，斑驳的水泥地上，它们写下人们来来去去终究无聊的一生又一生。

我家在仓前街的第二个路口。十年前这一带居民楼上被工厂占了，夜以继日地喧闹，下面别别扭扭又理所当然地挤了无数小店，织成一张经年不变的网。我爸的铺子挤在它们里面，借这人影幢幢的热闹谋生。来年旧厂却迁址到工业区去，老街终于松懈了迎来送往的无所适从，重又归于熟悉的寂寞。然而那无数应运所生的小门店是无可迁移的，都骤而落入冷清的境地了。

日子极平常地流过去，小生意的人的生意还是不温不火。毕竟来往都是熟客，邻里亲如叔婶，大家又深谙人情买卖之道。我从孩子变成了个半大少年人，勉力够上了县中。被推搡着上车，往返于学校和家之间。我终于见识到仓前街之外的天地是这样匆忙而庞大。像那口很深很深的井，就在我家后巷里待着，所有的小孩都被告诫不要靠近，所有的小孩都会好奇。当我从学校回到街上，一间又一间的铺子是相同的逼仄，内里却热烘烘的。长长的街道上一串又一串招牌是一个又一个符号，装着仓前街沉默外表下的俗气与冷清。对门面馆的老板从爱光膀子的老子变成球一样的儿子，湖南来的厨子嘴里不屑于人来人往，却成天站在被烟火气熏黄了的墙根同别人吹嘘自己往日如何如何。分明不久前仓前街还是我的,即便岁月教会它的只有缄默,它还会一言不发,陪我看天看云。可它对人们似乎不再宽容,生活化成的箭矢在这条沉默的街上来去自如,破开一道又一道难以启齿的疤。

路过桥西,卖糕的阿婆人却已不在了。妈在前面大包小包的走,我在后面跟着。初秋的日子,南方的小城里仍然闷热。大爷大妈在河边的公椅上举着扇扑蝇子,嘴里嚼着别人家里的故事。男人们只穿衩子,在勉强有点阴的树底下用力甩着牌,大声开我从小听到大的玩笑。树叶子不动,风也一样,只有蝉年年例行公事地叫,是令人憎恶的喧闹。汗湿了妈的头发,一绺一绺的粘在额上腮边。她的头发乌黑又浓密,多少次我偷偷想,二十多岁的妈会不会也把及腰的头发染成咖色或栗色,让迟钝的太阳给她罩一层头纱,而非半年剪一次头,待它从耳边长到肩上,又去一刀两断。或许那时的她也像我的同学们那样愉快,不用在年事已高的老房子里盘算如何修好水管,如何压下煤气的价格,不知道如何讨价还价,不会为了一把葱软磨硬泡。现在她只是回头很不耐地叫我,让我动作快点才有时间学习。小小的个子,却一个人扛了两个包。我抿了抿唇,快步跟上去,勾着她肩上一条带子,想替她拎一个却教她一个趔趄。"你要死啊!"妈骂了一句,又扯回来,"重不得你的嘛!"

忽而一只涂了大红指甲油的手伸过来,先拍拍我,后卸了妈的包。银盘似的脸,烫成了小卷的头发染成一绺绺的杏色搭在眉间额前,堆了满肩。妈站直了,身子犹比她娇小。妈拍了拍自己的衣裳,抹了把头发道谢。她又笑起来。笑声很响很脆。头上的小卷抖着,描得红红的唇花一样张开。她的眼睛是不怎么美,但很亮,盛了日光似的烫。

那是我头一回见她。老街的人们走在街上过着一样的日子，我很少见到像她这样的人。她开着并不为仓前街所需的发廊，全然不在乎客人的有无，只顾买各色各样的衣衫，养自己养不活的花草。她看顾得精细，可花草总不长久，因而总是一盆盆死了，又一盆盆买。店里的洗发水是从来不耐用的，每每与她寒暄几句，就有满面春风的老娘客抱着东西走了。而她仿佛并不知晓，大大方方说笑，大大方方送。她是早晨起来见到的那轮太阳，日光照进仓前街傍着的那条小河，的确澄明敞亮。

不论我经过时她在一如往常地晒太阳还是浇花，或者醉翁之意不在酒的女人们和她闹得高兴，她都停下来，为我剪一枝花。又一天回家时她叫住我，问我下午好。而我身上完完全全有着的是仓前街的旧秉性，首先报之以沉默和茫然。当我终于想说点什么又不及出口时，有阿姑阿婆又招呼她了。我在她抱歉的微笑中点点头，回以擅长的笨拙的微笑。再走几步，把风里女人们的笑声和客套话甩开，我步子愈而轻快起来，一步一跳，一步一跳，而后干脆迈开步子跑。逃也似的，风掠过我耳边，裹着泡泡摊的油烟气和敞着怀的男人们的汗气推着我向前。那些还没拆掉车篷的电瓶车大剌剌靠在街边，仍然是一派无所谓的样子。三五步就有一棵老树，它们早已静静的站了很多年，并且或许永远站下去。奔跑中热气灌进我胸膛，拦着我在熟悉又陌生的仓前街上往前跑，但我仍尽全力把什么裁缝铺、小作坊还有树下咿咿呀呀的鼓词声抛到远远的后面去。

终于，卖冰粉的小姑娘出现在路口。她的白裙子已脏了，手里扑着蝇。拐个弯就到了一座小楼底下。我抬头看看和我来时并没暗多少的天。仓前街竟然这样短了吗？我吁吁地撑着膝盖。这楼乍见并不很出众，然而墙角栏杆上有人种了爬山虎和牵牛，人行道上的地砖早已在太阳的升起和落下之间四分五裂，却仍然清洁。目下值初秋，青绿的藤蔓凌厉地伸展开来，爬了满满一面侧墙。走近了看，还是小小孩的我留下的涂鸦淡得只剩个影子，妈为我量个子的划痕早已和岁月的礼物一并被爬山虎藏得严严实实。那还是很久以前，我还不被禁止来到这里的时候。

"阿盼！"有人拍我的左肩，却从右边闪出来。他的额发湿了，却衬得眼睛更亮。我吐出积郁已久的一口气，把老板娘给的一束薰衣草分一支在他手里，告诉他有个江西人蛮奇怪，永远花枝招展笑个没完。非非却把花枝折成了一个圈，套在我书包挂的小人脖子上："听着多有意思的一个人呢。"那你自己去见见她吧。我几乎要脱口而出，可是哽住了。看看夕阳下他的面庞，我知道他也记起了往事，不那么久远的时间里，疾言厉色的我的妈和沉默的他。他直看向老街的尽头去。可是那里什么也没有呀，一样的天一样的地，太阳要落不落挂在天幕最底下，树和人都被阴影拦住了，只有点了灯的一串串小店像一片发光的蘑菇，长在夜里的仓前街上。他忽而又站起来，得意得明目张胆："嘿，我可一点也不难过，我们去看云去！"

于是被他拽着，我们三级并两级到楼顶的天台去。旷野似的橙黄色的天，云卷云舒在目之所及的温柔的霞光里窈窈窕窕。苍白的月亮早早地上来，老街的一天又将过去了。非非平日里的话是很不少的，现在也只是撑着栏杆，看很远很远似有若无的山。我问他看什么呢，他的声音又似乎从很远的地方传来，回头看向我的眼睛也没从远方收回："我啊，阿盼，我找出去的路。"我觉得好笑，直直的沿街走到尽头就是车站啊。可我也笑不出来，反而眼眶酸酸胀胀，但我终究没有落泪，抬头看天上飞去的小雀，它们飞不高也飞不远，爱在树上歇。我知道非非像个大哲学家，永远和老街的拙朴格格不入。他的眼睛里有些东西是我也所有，但决然不可能那样炙热的。

轻手轻脚地关上门，一回头便不期然和妈对视了。我知道我回来晚了，但她平静得出奇。围裙没系，松松地挎在身上。老板娘给她烫的头发胡乱束起，垂了几缕在腮边，笨拙地曲曲卷卷，突兀地待在那里。"你去东街了，阿盼。"妈陈述道，"你没有听我的话。"我心下发虚，胡乱点点头。妈并没有发火，她笑起来。"我劝她不听，还要听他那些傻话。"她回头，原来并不在对我说。可是坐在沙发上的爸沉默着，电视里在放新闻，没有声音，只有蓝的影子浮在黄的灯光里。"他只是说我不必去当老师。"我苍白地辩驳，解释已解释过上万次的话，"妈，他只说我可以——"

"你可以怎样，像我同你爸一样吗？"她的声音骤然尖锐起来，但压得低低的，恐怕被邻里听到了，"每天坐在店里点头哈腰只为了五块钱，还是洗衣服做饭接小孩？你同这种没妈的人混在一起，书读不读？师范考不考？"我只会沉默，却看见水珠子从她下巴颏上滴到桌上，浮在桌上一片狼藉里。她气得很急，"进货漫天要价买去死命压价，赔本买卖做一世，全家都不要吃饭了，别吃了！"妈的怒气几乎要刺穿我的鼓膜，电视机没有声响，爸却什么也没听到一样，仍在沉默。妈使劲抹着她打翻的菜盘里倒出的汤汤水水。汤和饭的尸体黄的绿的粘在她的手上，闪着粘腻的光。餐厅里的灯用惨白的光印下她的影子。那片刻我不去想非非，使劲忘记他说的什么路。我忽而非常悲伤，看墙上的潮纹刻进墙里。像皱纹，我想。

关上房门前我最后看了一眼。爸仍沉默着看无声的新闻联播，妈低着头收拾自己弄的一地狼藉。无声地一下又一下擦着桌子。令人痛恨的南方的秋天逼得她满头的汗，老板娘夸了又夸精心打理的头发贴在她后颈上和脸颊上，已看不出形状了。

原来再好的头发做了再好看的造型，沾了汗一样还是会软塌塌。

等我从同学们编织的青春里再回家，等秋天的叶子一下子掉得好厉害，我终于又踩上泡在夕阳里的仓前街。卖冰粉的小姑娘收了摊，那个转角的空荡荡和消失的蝉鸣一起让老街成了个缺牙的大傻瓜。发廊的老板娘亲亲热热地送糯米糕给我。冬日里连太阳也冷淡，热气蒸得我走不动路。只是糯米粘牙，我一口一口吃得慢吞吞，蹲在两家店中间的柱子前面，看着不服老的中年人在冷风里穿着单衫，对年长的女人们豪情万丈追忆往事。对门的面条西施又在叉着腰骂孩子。她的小孩低着头，被他熟练倒水下面的妈数落着长大了。车来车往是一样的电瓶车，连车身也大都是一样破败的黑色。那路上的缝怎么经年这样大呢？每每有人跌了跤，怎么也不见得填？老板娘种的花又死了吗？新栽的不知道什么的花零星几点落在叶子上，还是泼上去的白颜料？

老板娘蹲下来，眼睛仍然在笑，眼角的细纹开在脸上。可冬天毕章是到了，那里头盛的日光再也不烫得灼人，反而有尘扬又积聚，终究变成沉甸甸的一块烙在我眼里。她用蹩脚的温州话夹着普通话，问我怎么我妈好久没见了。她黑色的新发和褪了的咖色一起，混成迟钝的土黄色。我沉默地听，几次很想打断她的话。然而她毕竟也是到了这个老地方这么久的外路人，我想，毕竟是要成了老街上的人了。我漠然地与她眼中的我对视，一览无遗的卑微与讨好忽然变成了欣喜。回头，我看见拉直了头发的妈站在那草枯树寂的天地间。遮住了所有仓前街上窝窝囊囊的蝇头小馆，仿佛背了一个世界。日光只是在她身后亮，并看不清她的神色，但她真真切切地笑了笑，对我招手。我走向她，不敢回头看。

书本的间隙里，我看见对门的大婆夸张地对妈手舞足蹈，儿子得病死了，男人工伤没了，又不晓得她哪里又找回来，钱倒是大赚一笔。整日价这个小郎客那个小郎客，日子不要太好过。妈抿着唇，微笑着听。她靠在门框上，身上围裙也不解，手抬起来把打着卷卷的头发别在耳后。背对着我的妈个子仍然娇小，大咧着嘴笑的大婆却愈发高大，白的齿红的舌，几乎要吞人下肚。我看得触目惊心，却被她看见了，招呼着我让她瞧瞧。我低头挪向门口。妈突然看我，笑意未来得及减下去，却用普通话问我去哪里。我顿了顿："不去隔壁。"妈看了我几眼，最终只让我早点回来。我踩着一级级走了十几年的台阶往下跑。阴暗的天井里终年散着霉气，雨天还潮，从楼底一路滑到楼顶。最令人痛恨的是烂透了顶的隔音，我清楚听到那老太太的大嗓门："同她讲了没哇？同东街那个坏种子隔开来！"

拐过最后一个弯，我迈出单元门，跨进夜色。冷风灌进我的脖子里，但我仍不知为何生出奔跑的冲动。于是我迈起步子向东街跑，站在了非非家楼下，反而生出迷惘来。我做什么呢？同他无缘无故剖白我妈的心迹，讲她不得已而为之的寒暄？可凡此种种都是仓前街的乐趣所在，她又错在哪里，辩又从何辩起？我摸摸寒凉里变成深色的墙上的爬山虎，花早不开了，枝蔓却乖张，径自攀到楼顶边上去。

一本书敲我头顶，是非非冒了个头。他也总是笑着，似乎无论什么样的日子，他都会过得爬山虎一样好。我们一起跑向天台，比赛谁会更快。果然落在后面的永远是我，这头方在喘气，他已拍拍我，给我指天上的星星："勾陈一，它是最亮的，像我一样没有之一——我姥爷说的。"他竖起一根手指头依旧得意地笑着，却一反常态地提起了那个早已离开太久的人。抱着膝盖坐下来，我抬头数星星，从没有星星的地方一直数到远远的天涯去。

长时间的缄默后，他忽而向后一撑，状似不经意说他要走了。丢下他的妈妈又嫁了人，现在要领他去大城市去。我抬头看他指的那一颗星星，珍珠钻石一样灿烂。那真好，我在心里说。毕竟我见过夕阳西下他志得意满地笑，望眼欲穿一条通往车站以外的路。他却把自己平日的豪情万丈与西北风一起喝了，迷惘和惆怅终于也染上了他的面庞。原来他也只有十几岁而已，并非不在意自己是母亲偶然失足的产物。非非把他所有的顾虑讲给我听，把少年人愈发需要的自尊心和随手拔下的小草一起翻来覆去地揉，他的心和担心一样在远处。漆黑的天空下，我低头看蚂蚁搬家。我从几岁到十几岁了，它们却还是它们吗？说不准人和蚂蚁是一样的，世上不只有一个非非，不只有一个我，也不只有一个妈对师范那样执着。说不准那些人也在仓前街徘徊过，只是老街太老只会沉默，它不告诉我。

天上盖了星星，人待在堆了大片大片被忘记的废旧家具的天台上，也生出点被世界忘记的苍凉感，冷风飒飒割我的脸。早先预留的花坛子，因为没人打理早就荒芜了，又或是因为太冷，只有点不明显的绿意隐隐约约。非非像一个拥有天下的国王，忽然张开双臂仰头对着夜空放声高歌，唱的是我听不懂的音节。少年人正在变的声线喑哑，说不上好听。但人们的灯光适时候亮起，上下的星光里，他的歌声和孩子的哭声和不时的狗吠和在一处，又是出奇地动人。仓前街似乎有点我小时候那样的鲜活，每一只扑棱而起的鸟都是它没来由的一声叹息。

"其实我妈一点也不讨厌你！"我在他换气的间隙学他大喊，回头看到夜色里，他脸上泪光闪烁。

"其实我知道！"他用更高的声音喊。

我们陷入沉默。先前长久的回避与冷漠被我们默契的忘记，只去想当下和将来。临行前他把那本手里的《新月集》送给我，一个人扛着大大小小的行囊走上去车站的路，每一步都迈得那样沉重。人群来往嘈杂，孩子丢了哭着喊妈，众生万象一下子淹没他，身影从眼前匿去。而我怔忪着站在原地。薰衣草编的环已经枯干了，套在小人脖颈上把它拴在这儿。

送别了非非后我第一次真正一个人历经仓前街的四季。在学校和家的来来回回里，我从落叶纷纷走到树都秃了头，再走着走着，就看到树上新芽憋足了劲儿，却怎么也冒不出来。多少年来生我长我的老街一次又一次经历四季，我第一次知道临街的窗子开一千一万次也看不见书上说的杨柳依依。人们只是习以为常一次次摘去疯长的槐树的顶，到夏天借以乘凉。连杂草都年复一年的一岁一枯荣，半点不变。原来老街不是困，它霸道地用默然遮住每个人的眼睛。

老板娘的花应该好养活多了，我偷偷地瞥。却发现隔壁卷帘门上贴了花花绿绿的小广告，经年日晒下颜色褪了，苍白得像一道道疤。可以分明见得的是有人撕去过，只是胶太难去。零星的几个花盆散在灯牌边上，只剩得一抔抔的土，贫瘠得如同老街。

妈只略停了一停，把我的包往上掂了掂，随后更大步地走。我鼓起气跟上去，固执地看她，看她乌黑的头发梢上一点点难认的黄色。"本来不是这里的人，本来就要走的。"她同一路上见到的邻里笑着打招呼，然而这回却没有涂了大红指甲油的手去截她的包了。我一言不发跟在妈的身后，眼前是一眼望到头的老街，在灰黄的天空下徒劳无功地向前延伸，用它惯常的乏味，把沿街的铺子不分青红皂白地串起。后面是我们来时的路，一模一样的普通。

原来她也已离开，并且大抵决计不再回来。而我妈极平静地向楼上走，似乎从感受不到身上大包的重量似的，走得又快又稳，一圈圈顺着楼梯旋上去。我被台阶缠得气短，跌跌撞撞终于到了门口。一个熟悉的花盆安安稳稳躺在我家门口，蒙了一层灰。

妈的开门声早响过了，楼道里人家的高压锅呲呲地尖叫。斜阳挣扎在天际，从开着的小窗里奋力扎几缕日光进来。可天终究是要黑了，仓前街的一天又过去。

旧城

/ 卞漾

我那年刚走完母亲沿江南下的长路。长江水一路洗过堤岸，没到涨水的时候，它就落在那儿，随着长江隐动。买票的时候我特地选了靠窗的位置，在梦与睡迷离的间隙我睁开眼，几尾水花有时落在几车厢后，有时已经领先我很远。

下车时我当然想到这是母亲的故乡，并且有冲动想告诉她这件事，但我没动。乘车大厅喧嚣的声音浸过我的大脑，旅客们匆匆而下，和我擦肩而过。一切依旧，蜡在高顶上的时钟宣布下午一点到来。没有什么仪式欢迎旧城的血脉归来，我只站在大厅门口，冲进来的热气把我从头到尾洗礼。孤身一人，甚至没有行李。

母亲午睡刚醒。这时我想。

我找了个酒店下脚。登记时前台目光一寸寸扫过我的身体。我尽量挺直了脊背。下午去买了些日用品。母亲依旧没有联系我。我有点焦灼，又对自己的关切感到气恼。没过一会儿我关机了。更晚一点，我在街上游荡，路过不熟悉的房屋和人群，又因为城市面貌相同而有点恶心。天空彻底变黑前我回了酒店，食欲缺缺又生理性饥饿，于是我买了份方便面。在电视的播报中我洗两遍水壶，在肥皂剧的陪伴下吃面，有点咸的香味浮在空气里，我脑子里又闪过时钟，酒店大堂里的时钟我只随意一謷，但它现在鲜明地立在我的脑海里，发出强势的嗡鸣。

七点半。

第二天我去博物馆。混在小学生中一起进去，偷偷借用他们的导游。我们从一楼往上走到三楼，再顺着原路绕出来。门口有人兜售特色冰淇淋，我因为自己对血脉之地的无知感到歉疚，于是买了一根。顶着太阳回到酒店，我和冰淇淋一起融化。上楼的时候已经十二点半，我想母亲此时正在无梦的午睡里下陷，儿女难以出现在她的深醉里。

我父母结婚时远在国外，回国后也定居在一座阴风惨惨、水雾凝滞的小城里。我出生后母亲曾带我北上回旧城，但终以坐火车诀别告终。她抱着我坐在火车上，注视着长江一路南下，心里的仇恨烧遍天，然后她再也没回来。母亲是个异常果断的人，显得我与父亲拖泥带水。我摔上家门后她没给我打一个电话，又让我对她天生无情的猜测有了印证。

母亲其实喜欢回忆过往，拨开岁月的长纱去寻找年轻的蛛丝马迹，但她对旧城闭口不谈，我只能在寡言的父亲偶尔的只言片语里艰难跋涉。似乎外婆的冷漠让母亲心凉，于是她彻底抛开那片背信弃义的土地。我则心惊于旧城与家乡的截然相反与如出一辙。它们作为母亲二选一的归宿待遇如此不同，却又如孪生姐妹般相似。家乡有爬山虎与苔藓在阴处疯长，旧城黑夜时亦有鬼火憧憧，季风气候的爬虫在床铺下行军。我不禁想，母亲为自己留了一个伪命题，她在冷酷的外表下也不能承受生与血的抛弃。

方便面刚煮熟。电视里男女主人公用争吵抒发对彼此的热恋。八点一刻。

第二天早晨我父亲给我打了个电话。他避开了有关我母亲的话题，但我们似乎因此无话可说。酒店大堂时钟指向七点。我坐在那里吃早餐，喝了碗粥。早餐后我再次无所事事在街上闲逛。周围一切事物都对我的出现不予置评。似乎昔日血脉回归理所应当，他们绕了个圈子，最终也只和起点重合。我当然不知道外婆的居所，多年来，她只是一段贺年语音的接受者，甚至连发送语音都由我母亲一手包办。我拥有外婆的联系方式会伤害到母亲的感情。于是我给许多房屋举办比赛，让他们竞争外婆家的位置，最终一座酷似我家的居民楼获胜。

母亲在购房时说一不二，大权独揽，就像她主宰我家的一切。

比赛结束，我发现自己又回到了酒店门前。那些在炎日下静息的房子目视我跌跌撞撞兜了个圈子。

一点十分。

在争吵中其实我越来越能明白母亲的处境。懦弱的丈夫、叛逆的女儿、近乎消失的婆家和娘家。很早母亲与父亲就分房睡，父亲习惯了在家里家外都听从她发号施令。绝对权威更衬得母亲孤立无援，一人独享主卧更显得她的孤独在绵绵细雨里清晰可闻。她曾寄希望于我，但在我逐渐长大中母亲只能窥见父亲优柔寡断的踪影。她被深深埋入失望。

我突然想到长江，没有鱼群的游动，它会归为死寂。

赶到车站的时候刚刚两点。我买了最近的火车票。即使我没有特意选也依然坐在窗边，长江牵着我流动，此时已有涨潮的迹象。车站大厅的时钟在我耳边不断震响，两点，两点一刻，两点半。爬山虎和苔藓在火车外表上开始新一波生长，等它抵达家乡，会彻底成为那里的所有物。父亲打电话来说，母亲因为找我在路上出了车祸，没有大碍，希望我回来。她是我离开的借口，也是我归来的理由。

摆脱她或许依然是我的愿望，但我不再可能彻底离开她。她是我的旧城，在我家里时间是永恒的主宰。走到任何角落都能听见时钟挪过一秒的声音。时间从不流逝也是母亲的准则。她用时间精准定下午睡的规律、回家的钟点、入眠的重启。用开水煮两边水壶是她的经验，以及边用餐边看肥皂剧，即使我再厌恶也无法逃离喝粥的习惯。正如母亲是逃亡的终点，她出现在我路上的每一处，在每一刻我都能看见她的身影，我看到的一切都是她的衍生物，看到什么都变成母亲。

母亲定义时间。

火车往回开。我从没这么清醒。十多年前我也在这里，躺在一个因为背叛而绝望的女儿怀里。她去寻找一个新的旧城，那里是看似不同其实重合的起点。现在我是她，转头回到终点。绝望的爱、希望的爱、愤怒的爱，我无法解脱，不如尝试和解。

我下车时长江水从我身后擦过去，它将要在不远处入海，汇入深不可测的洋流，最终又是一个循环。

四点一刻。

九码头

/ 周勇

十五岁的我抬腿,一小步一小步行走在九码头岸口的狭长街道,近处或者远处楼房建筑的形象在我移动的视野里像快闪的记忆,一帧帧转瞬即逝。

九码头是小县城巫山城区有且仅有的码头,但九码头不具备一个正常码头的特征(它的名字除外)。九码头是一个在我印象里浩渺的地标,它是一条依江而建的街衢(俗称滨江路),林林总总的人南来北往,一个一个消失在人群中。

我不知道他们从哪里来,到哪里去,就像我不知道九码头的起点与尽头在哪里,不知道长江的源头与它最后流向何方,我只是在路两端的中间行走着。我无数次来到这里慢慢走,也无数次没有走完这条路;而我来到这里的时间通常是日暮时分的傍晚,几只船舶被结实的绳索束缚在岸边。一列黑色的飞鸟朝着夕阳的位置越飞越远,我眼中远距离的飞鸟被我忽略了身体,黑羽和展开的双翅,简化成了一个物理上具有质量的质点,再我就看着那个点趋零般消失,宛如从宏观世界飞入微观世界般肉眼不可见。

天昏暗得像一块四处分布污团的抹布,灰色的时间在呼喊着夜的黑降临,覆盖那个诸神死亡般的黄昏所特有的橙黄色寂静余光。

每一天的傍晚都带着丝丝环扣的凉意,让我想起许多年前滨江路的夜晚，五颜六色的自行车和飞扬的白衬衫衣角飞驰在公路上，后来大抵是四轮车战胜了双轮车的死亡致使这些都没有了。记忆更近一点，定格在我十几岁的某个夏天的一个事件，我和两个友人在散步，一个通红着脸垂头晃脑的中年人露出他咖啡色的胸膛，拿着廉价的空酒瓶自言自语着与我擦肩而过，他像一个疯子。我看着入秋的现在，落叶了，我一人独自漫步，路灯的白光渐次射杀傍晚的时刻。我很难从现在摸索到过去的印记。

现在我感觉我活在这样一个傍晚。

码头边上坐着一位母亲和她年幼的儿子和女儿，母亲并未关心她的子女，而是失语般痴呆地捂着嘴巴，偏着头，空洞的眼神注视着车流的嘈杂。她的子女继承母亲的惯性，失语而着迷地盯着手机沉默，他们眼里纯净的光正在一点一点流散。那对母女的衣着是如此不搭，前者像一个土里土气的乡下人，后者像一个时尚有致的城里人，我读到了隐晦的爱造成的差异。那个孩子将他拾起的石子扔上一块玻璃制的避雨篷上空响了一声，他身旁的孩子也纷纷效仿，而那群孩子的母亲们则坐在远处发出爽朗的谈笑声，抵消了她们孩子胡闹的奔雷声响。

我在路上走着的时候，除了这些傍晚似的面孔我一一见过，还有一些远来的过客。我推测，是假期让我有余闲瞎溜达，是假期让那些游客来到这里，是假期让我见到那群游客。从另一个方面讲，假期尤为繁盛的旅游业于近几年让小城巫山的经济收入提高了，于是人民愈发喜闻乐见游客和游客的钱包来到这里；我遇见他们成为了必然，因为那群游客已被我县人民的热情感染，所以选择了"限时返场"，和我碰上了。

我碰见他们是在江水边的堤岸口，在这之前，我一直走在石板人行道上，直到我被阻挡。我看见深蓝的施工挡板挡住了施工队正在刨地三尺的公路段，我走近时能用打量的余光窥见其中一二景象；但没细想，听到里面传来的几句闲言碎语就离开了。换作我小时候，矮小的我面对那样高而大的施工挡板，肯定会胡思乱想，想出一个虚无的童话故事，可现在我看到了现实的真相，放下了期待的幻想。然而，总会有一群男女老幼好奇伸着头只为了看一眼那不稀奇的事物，一团团堆积在狭长的街道，像一面沉重而单薄的篱笆使我不得不绕道沿着江岸而行。

江面被霓虹的针绣画了一针一线飘晃的纹理，潺潺的江水声流过黑暗与光亮溶解的耳膜，忽暗忽明的交错像风兮兮战栗，秋黄枫色的叶纷纷。游客们和我擦肩走过，她们穿着华丽的服装谈天说地，指点江山，架着索尼相机拍下了上一秒的时间，他们如婴儿这个偏于一隅的城池静静看着，持有自己的笑意。我看不出什么，我也不会刻意去揣摩自己的五味杂陈。

我在这样一个落寞难言的傍晚，在那群游客中注意到她。她依栏而望长江水，托着细长雪白的脖颈，纤细的手指不时轻轻颤动我的视野。她的双眼是一直落在江上的，她永远不会注意到我，她是我邂逅的"美丽的错误"。我总是在心底模拟她的生活：她一定看见过大海，去过很多地方，路过了很多人的梦，编成了无数个"美丽的错误"抛向无数个"我"。我就在那个傍晚再一次多了一个沉默的闭口不提的秘密。

我就这样别过头，像她一样凝望着这一年秋天，宁静的江。

我的忧愁像秋雁坠进海中，因为我伫立在江岸线想念起遥远的海。我以前不止一次知道海是蓝色的，后来看到一张张眼见为实的照片，几个航拍的洋流，我确认海是流动的蓝色。可我只能在群山**叠叠**里的小县城的九码头重复着观睹青色江水的奔走。我上地理课趴在桌子上翻阅世界地图时，找不见巫山这个城市坐标，翻阅中国地图也无从找见。世界像夏天空旷的长野，我如微观昆虫困于可忽略不计的空间，仰望远方的信号刹那飞逝，轰隆隆消亡我的假想。江水可以自由去往大海，可我却不能，因为我知道我如果有一天跳进长江舒展身子任意漂流的话，多半会溺毙成浮尸。

她离开时，从我身后走过，有那么一瞬间，我与她的距离只差之毫厘，她走过掀起的一阵细小的风轻拂我冗长的思绪使其烟消云散。我黯黯回首，她已走远了，留下一个月色与灯光编造的剪影，直到最后模糊不见。

长路漫漫。前方在召唤我。我回过头朝前方继续走去。

傍晚早偷偷摸摸溜走，夜深了，似眼珠子的黑色幕天席地而来。城市之光抵挡着夜的静默，而城市也浸在灯光溢出的光浪中。人尚未觉得有窒息感，城市这个钢筋巨兽定然也是如此（毕竟城市是死物）。灯光下铺陈的九码头的明暗是两个极端，明的路与暗的渊，调色的反差面。喧闹与骚动混杂于此，宛如牛鬼蛇神一应俱到的八仙宴会。我记得那天与往常没什么不同，走动的人还是那群，地上的垃圾还是那堆，腻油味、孜然味与其余气味使我的嗅觉不能准确辨别如烟夜色原本的味道——原谅我，我能力有限，实在找不出虚构的"大事"（或许发生了，但我是没正眼瞧见的）。

我每每从这样的闹市走过，总是显得格格不入。我会感到窘迫不安，脚步不由得加快，想着赶快走向下一个地方；下一个地方肯定是与之前的地方不一样的，我想。

我以往在九码头散步或慢跑的经历告诉我，我会在九码头人行道一个熟悉的十字路口依照以往的路线图晃晃悠悠飘回家，但当我从江边走到闹市，走到十字路口时，我的眼睛锁定了那条我从未走过的街道。

路灯的森森白光仿佛盖尸布上的落雪,好像好几年前那里是一座座烂尾楼。烂尾楼,我的心中出现一块块灰暗的倒影,一些恐惧的本能搅乱了我的思考,尽管我是这么想的,但我像一只好奇的猫,跳入了未知的迷途。

陌生的建筑,陌生的长街,我竟然并未产生对陌生的战栗。我行走在城池与江岸之间,前方指引的陌生宛如巨浪波涛推搡我平静地跑起来。盘曲的弯道变化给了我奔跑的新意。我在不知晓前路如何的情况下,一个劲儿往前,往前,像一只毛发火红的野马般疯狂。我鼻子吸气吐气的时候,有一种啤酒味晕染大脑的陶醉。身子这样越来越热,身后的街道越跑越远,拂面而过的干冷秋风有了夏季暴雨的凉意。我额头此时虽然有一些汗珠,但我很舒畅,我感觉我还活在夏天。这是一种奇妙的感觉,让我想且听风吟,抬头看看天空黄色的月亮与苍白的星辰。我跑跑停停,歇息又跑,大概跑了很远很远,远得与过去只隔一光年的距离,我眼前出现了一座陌生的桥。

桥它是不会自己凭空出现在我眼前的。

我是到这里才看到这里有桥。这座桥不长不短,几公里的长度,横跨向桥的彼岸,我的前方,哪怕我知道真正的前方它不在前方,也不在更远的前方(因为前方永无止境)。现在的我面对出现在九码头的桥忽然沉黑起来,我忽然发现了一个事情,我变了,我对桥彼岸的前方竟没有了恐惧,我对前方的陌生竟没有了恐惧。我面对九码头的黑夜,想起我五岁时离家的情形。

那时我住在乡下,更确切的说法是我住在乡下的房屋里玩耍,累了就躺着看反复重播的动画片抑或干脆睡过去,反正就是我从未离开房屋的保护,我只是靠在虚掩的大门上观摩外面的世界。

有一天,天色变得阴郁暗沉,似是撒了一大把铁粉。雷声轰炸天边，我听雨声滴答滴答浇灭了山林的风尘，铃声异军突出，打乱了雨声和谐的弹奏，作为听者的我伫立在那扇大门前，透过一梦江南的雨帘看见一群白羊蹬蹬从远处山坡疾驰而下，奔向我家门前的盘山石子公路。我对这群狂奔的白羊起了兴趣，年幼的我一个大踏步越出大门，忘记带伞就冲进那场童年的大雨中，淋着雨，挥舞双臂。

我像一只好奇的猫，径直跟随着那白羊跳进未知的迷途。

我跑得很快，但快不过那群咩咩叫的白羊，它们像一块巨大的白面馒头飞跑着。

我某一刻猫着腰大口喘着粗气，确信我是追不上白面馒头了（不一会儿，那群白羊销声匿迹）。白羊无影踪了，我开始把自己的注意力重心迁移到自己身上。

我的衣裤淋湿得彻底，头发像喷头往四周长流细水。我拍拍我裤子上的泥泞又拍不掉，只好作罢。于是我的注意力重心又迁移到周遭陌生的环境上。一股恐惧涌上心头，一阵风吹过来。我站在大雨中看到了白雾之海天上来，然后白雾就被那阵风吹向我站的方位，像海浪呼啸着淹没了我。乳白色的雾气让我的恐惧感加剧，陌生化的事物就好像进击的铁骑，把我的镇定轻轻踏碎。我全身寒冷起来，四肢不自觉战栗，我不知道我的前方在哪里，我当时只有一个想法——原路返回家中。我怀念起那扇大门，它让我温暖。可惜的是，雨雾中的我根本无法辨别前路是哪，退路又是哪，只能漫无目的等待，等待大雾自动散去。但没有，我仿佛等待了不可计数的漫长。时间一分一秒滴答滴答的流逝和雨声重叠交织在一起。

我当时明白在漫长的时间里等待自己的戈多，最大的代价是漫长。我最后不得不坐在石子公路冰凉刺骨的表面上妥协似的仍旧等待（不同之处在于我知道多半会以失败告终）。我的恐惧随着等待时间拉长愈发高涨，心恐慌得失了神，那颤抖的陌生久久不肯散去，我哭泣起来，雨水冲刷着我温热的眼泪，像穿林打落梧桐叶。

黑夜里我内心百感交集的过去被我叙述完毕，现在来说，我不知道何时何地我失去了我自己的恐惧。我凝视那座陌生的桥时，回想我刚刚走过的九码头这一段我从未走过的街道，有一刻，我觉得我好像真的离开了九码头，离开了巫山，离开了这个中国地图上找不到的地方，来到了一个庞大而陌生的魔都。可是陌生是短暂的，我清醒的意识告诉我，我依然兀自沉默在九码头的街道。我那一刻终于知道，原来当一个人从他熟悉的地方离开，被抛弃至一个陌生的地方，又漂泊到一个自己熟悉的地方，是可以发生在自己从未离开一步的故乡的。

我的心一下子空了，十五岁的我一小步一小步慢慢走到那座桥中间，闭上双眼。我的灵魂切割成了三个自己，呈现出了三种尾声——

第一个我解开了大桥下水舟的绳索，划动了船桨，飘向未知的水域。

第二个我从桥上翻过栏杆，纵身一跳，跃入引力无穷的江面，想一直游到江水变蓝。

第三个我睁开眼，走向了我的前方。

三角路

查权鸣

1

三角路应该不是三角形的路,也许仅仅是一个名称,某种符号。它居于我家门口几十步远,是我小时候上学的必经之路。我也曾怀疑过这条路是一个均衡的等边三角形,并用我的脚丈量多次——走过分岔路口,穿过楼与楼的间隙,被混乱的电线握住脚踝,接受刚洗好的被单的滴水,践踏草丛(准确来说是碎石、排泄物、弃物,泥、蚁、蚯蚓、三叶、狗尾巴、车前、牛筋草,蒲公英、小飞蓬,兼有槐、瓢儿树、构树、桂树、桑树、广玉兰、石楠花、夹竹桃环伺)。但它那一块被翻新重建,经历某种迅速,获得林立的高楼、商圈、以及多个地铁口,粉色的2号线和绿色的4号线。现在已经追寻不到任何往日踪迹,我亦无从考察我的记忆是否准确。

一天,A告诉我,这条路是有路牌的,路牌左指的那颗长了瘤的大桑树往里走就是三层楼、鄂电村,我们小时候住的地方。当我循着那条阿里阿德涅之线,分明感到潮湿、焦糊,真相搁浅在那里——我回头跑掉了。从那天起我开始意识到,世界由隐喻构成,隐喻套着隐喻,互相吞吐,拙劣而吃力。

十四岁之前的我，总是会梦到这些：逃杀，从桌上直直下坠的笔，老式木沙发框架，生锈的钢铁滑滑梯，袖子很长的脏色手织毛衣，水老鼠，巨大的女人的器官，一些不明的动作、手势与肢体语言，被围猎的色彩，以及湿润的沉默。这些东西往往与我的出生一起预示着未来，我被一个八零后的子宫生下，丰硕的头部下坠，撑开。活跃的感官开始复苏，不似常人。某天一个女人告诉我的：眼睛睁得很大，四处打量金属、酒精、嘴角、白色。三角路尽头新开业的妇产医院，鲸吞圣母玛利亚的雕像与名称，那儿总会变成索多玛的，不过那是后话。这个子宫年轻，会说周围人不会说的语言，后来上学后我知道那是英语。我记得三角路那时还串联着几个臭烘烘的大水坑和沟渠，现在都被填埋了，当时我以为水坑里的生灵就是在以这种语言交流。健硕、黝黑的男性，父亲和他的朋友们，则用粗放而同一声调的语言交流，他说那叫武汉话，并拿来中国地图，告诉我武汉的位置，连绵的水域、地势的起伏、驳杂的植被，像极了人类的身体。

三角路的尽头有一个最大的水坑，或者说，沙湖。那年沙湖周围没有建造生态公园，没有修筑昂贵的高楼，我可以亲吻那里的植株和昆虫。那儿少有人至，我和 A 算是唯二的踩踏过那里每一寸泥土的人，他比我大一岁，但是与我同年入学。他是我们班成绩最好的小孩，不仅是语数外，还包括历史、科学、美术与音乐。我常常崇拜他。有时候，他随手捡一根树枝便成为画笔，在砂砾间构出奇怪的图像。我的部分记忆早已走失，他亦再未提起过那些事，只记得有人、有生灵、有建筑，还有他为我们作的宗教与图腾。他懂得很多，这源于我们常常从沙湖边拐个弯便走到湖北省图书馆。十二岁之前，他还会跟我一起去一层的儿童区，等他阅读了各类史书，四大名著以及古典诗歌，又阅读了不知道藏在哪个旮旯落满灰尘的荷马、维吉尔、《圣经》、但丁、弥尔顿、歌德、席勒等，他说他觉得一楼有些乏味了，于是提出意见，上楼看看。而我还呆在一楼阅读童话故事，整个小学期间都是如此。他开始教我说，什么是科学，什么是宇宙，什么是文明。我听他讲述了很多新名词，诸如爱因斯坦、霍金、加来道雄、白矮星、热寂、暗物质。当时他教我写过一个很奇怪的字，后来我在高中化学课上与那个字重逢——熵。这个字仿佛承载着某些超脱于字形又依附于字形的东西，像是关于A的诅咒、关于我的启迪。一看到它，我恍然感到难以遏制的惊恐，这种惊恐，就像闻到了沙湖的水臭味，染黑我们幼年的血液。

2

无论在哪条小路的拐角处，荒诞情节都会直接扑向另一个人。就这样，赤裸裸的，令人气恼，亮而无光，根本抓不住。这是A对我说过的，我从未想过这句加缪的话会如此深地刻入我，因为在那之前我从未懂过他对我说的话，并且不以为意，我幼稚、轻薄，只知道课业，只接触现实，而他是天才，是虚构之神，怪异、特立独行。比如他曾说，我妈在骗我，我根本不会有一个大我一岁的姐姐寄宿在五楼的用澡盆养大龟的孟爷爷家。他说我妈说出这句话的灵感是因为她打过胎。他早就看得出来，鄂电村里住着的人，嘴里说出来的语言经历过某种程度的扭曲。我也早该看出来的，语言是最危险的东西，时间在其面前也会乱了阵脚，风景纷纷失重，踏错舞步，流软糊释。

鄂电村里，电厂工人的身份是我们的爷爷辈。我看过老照片，我的爷爷长得标致，笑得温和，一身工服、有板有眼，热爱劳动。而我们的父辈继承爷爷辈的遗产，三角路旁的电厂则废弃了，这村、这人却还滞留，有的小店关了门，又有新的店铺开张。在"家和万事兴"的牌匾下，有的还坐着爹爹婆婆，有的则只剩爹爹婆婆的后辈。他们其中有"混道的"，但也会笑眯眯地向孩子们展示雄性气质浓厚的文身，买两斤粘牙的敲糖。每到傍晚，鄂电村总会回荡着粗放不堪的语言。呀，是哪位同学又在被打！我们彼此相识，在校园的白昼看清楚彼此的眉毛、眼睛、眼睫毛、耳朵、鼻子、嘴巴、痣。我们也彼此陌生，在家庭的夜晚听不见彼此心灵的呼唤。不仅仅是孩子，还有女人。女人的尖叫声此起彼伏，好像每家每户都曾以窗为嘴，加入怨愤之合唱。不知起因，也不知去向，只是机械地重复着武汉一百年前码头上水手们的豪歌，那些令人从头到脚、从而今到历史都被激怒的脏字眼。那个时候，不知哪一天，你走在三角路上，便可能看见两个扭打的人影，背景是路上翻涌的黄尘。尘中的黑影，一个是男人，一个是女人，他们一个四十多岁，一个三十多岁，叫嚷着要去马路上同归于尽。有人劝架，有人看热闹，有人跪下哭泣。女人的指甲很尖，男人的拳头很硬，要把女人打服才行。男人打完女人，女人则打小人，小人打谁呢？

"因为贫穷，或者某种扭曲。"A说。我能够记得清楚，他说这句话的时候带着的疑惑不解。在这句话说出的节点上，我的生活被分隔开，那时我十岁。

3

我十岁时，我患肝癌的外公停止了在医院昂贵的治疗，抬回家住。妈妈在网上买了各种便宜的灵芝，炖水给外公喝。外公嫌苦，不肯喝。妈妈拿出白巧克力，说，喝了就给你吃巧克力。于是外公喝了。

外公存在于外婆和母亲的叙述中，于是叙述包含了两个视角。一个视角内，他是浪荡子，是不要命的赌徒，也是中国改革开放后第一批下海经商的"吃螃蟹的人"。一夜之间赌博输完了所有产业，而后赌博的精神转向家庭。另一个视角内，他是父亲，传递习性、制造习性的那个角色。妈妈是独生女，从小习得物质的重要性，于是在旁人的诱惑下把钱投了地下彩票、P2P、股市，在短暂的、迷人的、彰显生命邪恶本性的满足感后血本无归。在冬天，点燃一根香烟，顺着渐行渐淡的烟线爬向生活。好像一切争吵、性格、疾病的形成都有迹可循。有时候不用借助自然的慰藉，因为早已步入自我圆融的城市命运。

送葬时我们一家人都很平静，尤其是我。三角路的尽头有家殡葬一条龙，都是他们在操办，亲朋好友负责哭就好。我对外公的记忆只有他给我买的日本漫画和冰淇淋，那是他在武泰闸做生意时给我带的，比起今天在各大商场买到的冰淇淋，那个冰淇淋化得厉害又劣质。A尝了一口，说和冰柜里冻起来的那种不一样。

那天A在某个时刻把我拉出去玩，我们沿着三角路一直跑，他说，不要回头，我们会跑出去的。我说，跑出哪里，到哪儿去？那时三角路没有铺上沥青石子，更没有高楼、商圈、地铁口这些长在皮肤上的汗毛与水痘。我就这样踩踏那片真实的、坑洼的泥地，每一脚都踩实，踩得大地镇痛，向我发出哀鸣。我能够想起那是七八月份，因为应该很晚了，天却黑得很慢，云层粉蓝。水沟自下而上由黑变红，由狭至宽，逆流成湖泊，那是一个神秘的时刻。A拉着我的手、叫喊着："啊——"我也喊："啊——"我联想到洗衣机翻转、鄂电村对面新建的金灿灿的楼盘、火箭升空、别处飘来的地震余震、人类的死亡与粪便、肝硬化、奇大的肚子、公墓、疗养院、长江、沙湖、荷叶、莲藕、滑滑梯、文身店。尽管它们关联不大，或许毫无关联。

4

三角路的海拔不是平的，因为后面有个堤坝，是长江防汛时建造的，之前被淹过。我听老一辈的人说，他们不怕长江，经常在里面游野泳。父亲也说，当年他像我这么大的时候，曾随着母亲的工作单位在汉江旁住过一段时间，那时他已经是淌过两江两湖的"江湖"人了。但是我不被允许游泳，如果要游，必须带上救生圈，必须不超过父亲一米的范围。说来惭愧，我至今不会游泳。Ａ一家就住在堤坝上，听说那儿的居民楼是干部级的，拆迁费也给得高出不少。那儿离卖东西的地方近，小蛋糕、卤菜、小商超、以及看起来就会中毒的苍蝇馆子。Ａ说，其实还挺好吃。三角路后面那块有个菜市场，里面几乎包含了人这一生，生、老、病、死，需要的所有东西。事实上很多人也未曾走出过三角路，它太大、太长、太完整了。人不需要外界，只需要两点一线的简单结构，便足以生活。

是什么时候，我开始思考秩序也会如时间般崩盘，人也可以不按照惯性生活。那是一段夜晚，这个夜晚笼罩了我一年，甚至更长。那段记忆也许有被修饰的嫌疑，我自己都不甚相信，但也无可奈何。那天晚上，我看见Ａ从三角路的这端，慢慢走，走出去，走向水沟深处，是左转后的水沟，还是右转。这构不成疑问句。那里有被剪开的铁护栏与沉默的旧屋，他停下了，像雨水穿越广玉兰的花叶，滴入灌木，滋养砂石，像走入神话里深色的湖水，像远藤周作在长崎的密语，水面盛满慈悲。我试着抓住他，但是伸不出手，袖子特别长，我搂了半天。他回头看我，眼光禽动。语言节奏也被吓了一跳。第二天早上，母亲说，新房装修好了，我们搬了过去，离我的初中还比较近。自那之后，没过几天鄂电村轰然倒塌。三角路口香了几十年的热干面馆、男士五元的理发廊、下象棋打扑克的孟爷爷、碎车窗玻璃、小太阳幼儿园，那些早就圈起红圈、写上拆字、围上水泥墙的将欲颓圮的建筑，我再未遇见过。

5

2019年12月，伴随着我日益增长、蔓延的青春期，和我日益增长、蔓延的十四岁之冬，我得以有大把时间接触手机、电脑。我总算有机会去确定A。那时，我正饱受精神危机。之前的我有多么依赖现实，而后的我就有多么依赖虚构。或许虚构与现实本无边界，是我们人为虚构出边界，借以抵御那些虚构对现实的侵袭。我前十四年对外界说了太多太多话，在那个初三，我却缄口不言。网课期间，我得以了解母亲从来禁止我使用的网络不仅仅有娱乐功能，更有一种文化功能。其他小孩与接触网络早的小孩就这样被区隔开，通过游戏、亚文化、社会思潮，我们被人为制造为孤独。不是大自然下油然而生的旷远，只是人工的，纯然不染风雅。

我翻阅列表，找到A，发过去消息，你去哪儿上学了，最近怎么样。他没有回我，或者说，他从未上线，他的头像始终黑白，像陷入雪盲。我恍然意识到，原来心安不应寄托于有他的号码，或有他的好友位。我对着他的过时的黑白头像，重新思考他的脸。我悲哀地发现，记忆早已走失了，他的脸，他的真名，都模糊不清。但是那些触感，那些话语，那些超越，怎又能如此真切，真实地构成了一个活过的、有血有肉的人。我为自己的没用哭起来，这是我第一次因为纯乎自己的缘故哭泣。这是值得喜悦的哭泣。这时，父亲已离我远去，与他的情人生活，我则与母亲生活。地域的搬迁、金钱的纠葛、房价的疯长，摧毁了一些东西，拯救了一些东西。被摧毁的包含昨日的记忆，被拯救的也许包含来势汹汹的未来。

后来，是母亲告诉我，我总是一个人去图书馆看书。看来，故事还须从头讲过。

一天，我发现，三角路是有路牌的，路牌左指的那颗长了瘤的大桑树往里走就是三层楼、鄂电村，我小时候住的地方。当我循着那条阿里阿德涅之线，分明感受到潮湿、焦糊，真相搁浅在那里。我总感觉，记忆老是分配不均，给予气味、色彩、感觉以过多的比重。我好像只能承认我一个人长大。我被灌注几代人在这鄂电村里的地域色彩，萦绕在三角路的盘旋与分叉中。弗洛伊德教会我使用比喻，于是我幻想在那个地方没有 A。金钱、性、暴力，足以构成一枚完美的等边三角形，框入我，附着我，尽管海拔不一。我无法逃离，我钻到一片废旧的红砖中，一栋高楼就建起，阳光开始炽热，器官开始飘离身体，我变得透明。我发现我走不出来，有些东西被水泥压住、填埋，然后永远留在这里。

一把枪

李佳宬

在我比现在要年轻许多的时候,我拥有了一把枪。

一把手枪,黑、沉、重,来自上海,来自父亲。当然,那不是一把真枪,也射不出装填了火药的子弹。那是假枪,塑料裹着合金,雕琢着刻意的花纹。当然这些都不重要。对于孩子来说,什么都可以是玩具,什么都只是玩具。

我为这把枪高兴了很久。

不过,在那座南方小城的市中心,在那个小区,我并非第一个拿起枪的人。快活的孩子们早就有了自己的"部队"。有枪的孩子会把各式枪支悬在房间最显眼的位置,再邀请没枪的孩子到家做客。我常被邀请,一次次赴约。

"喂!来玩陀螺。"

"不好玩。"

"看枪。"

"现在?"

"快来吧,我奶奶不在家。"

我放下座机的听筒。阳光借窗帘的缝晃了眼,空荡荡的。他知道我不会拒绝。他是我唯一的朋友,直属的长官。

不过现在我也有了自己的枪。

"喂?来我家玩吗?我家没人。"

"没什么好玩的。"

"来看枪。我爸刚从上海给我买的。"

"什么枪啊?"

"手枪。"

"那你带过来我看看吧。"

我放下座机的听筒。原来家里有没有人根本不重要。对那些坐拥军火的长官,那些有着步枪、霰弹枪、狙击枪的枪王们来说,我必须登门拜访才有机会得幸成为他们的一员。于是我走进厨房,那里的抹布都是崭新的。我把我的枪擦净,妥帖地装回纸质的包装盒。它于是恢复了原貌——一个父亲的礼物。

"你看。"我把枪连带着盒子递出去。他接过。

那一瞬,我看到最纯粹的鄙夷,不过半秒钟的来自孩子的鄙夷。多年后我常想起那个神情。我试着模仿,一直重复,却始终复刻不出瞳孔和眼白的比例以及嘴角那点精妙的弧度。后来的我只是鄙夷,不再同情。

"你这枪还挺重的。"

他语焉不详,而我一阵兴奋!

"明天下课你和我们一起玩吧。"

于是第二天我带着枪上了一整天的课。在几乎所有的时间里,我的右手握着笔,佯装听课,左手藏在课桌下一次次探进书包。我在抚摸一把枪。我抚过它的每一处,触碰它的每一处瑕疵,我说服自己爱上那些特别的缺憾——金属的枪身有了人类的体温。那天,也许是我足够小心也足够克制,也许是别的什么原因,没有任何人发现我关于这一把枪的秘密。

"谁要和他一队?他是手枪。"

夜色将至,无人应答,大家几乎要散了。

"那我自己和他一队吧。反正我这次玩狙。"

我真感谢他。我立誓,他从此以后就是我最好的朋友,永远的长官。

战斗开始。夜幕下我们分头行动——他很快跑远，我埋伏在滑梯一角的阴影。关于这座滑梯我没有任何温情的回忆，自打我搬到这里，我就不喜欢它。这里总有很多人。而且它太复杂，长与短的组合各自分明，彼此隔绝。不过这些特质确实能让它在此时成为最佳的掩体。我半跪着，右手持枪，高度警惕。一分钟、两分钟，我在期待，期待一个敌人到来，赋予这里一个新的意义。身后有车驶过，留下白色的光，照出影子。我举枪对着自己的影子练习射击，幻想着击中敌人的瞬间——那是一种隐隐的疼痛。在被瞄准后，在被射中前，这种疼痛会被放得很大很大。从前在我还没有枪的时候，作为肉盾，我的游戏职责就是承担这样的疼痛。

我反复抬枪。练得不错！只是无人到来。

于是我拆下弹匣再装回去。

于是我拆下弹匣再装回去。

于是我拆下弹匣再装回去。

一颗子弹滑落，留下一点黄色的残影，坚硬地在夜色中消失。我这才意识到时间，电子手表的荧光提示我应该已经过去很久了。但我记不起开始的时刻，所以什么也没法确定。我走出阴影，回头看我的掩体。

一座滑梯。

月光落下来。

"砰！"

一声巨大的枪响击碎了思与想的可能性。原来他就在不远处。我走上前，看见草地上的空瓶颤抖着，慢慢地停止旋转。

"他们被抓回家了。"他语气平淡，像是在叙述遥远国度的战火起了又停。

"那怎么办？"

"他们说明天再战。"他看向我，放下那把狙击枪。对于一个孩子的身高而言，它实在是过分长也过分大了。

"那我们现在干什么？"

他没有回答，只是看着我，一言不发。我想他在思考。直到如今，我也常常思考这个问题。

"那就……试试你那把？"他把手伸过来，我把枪递过去，一切都是自然而然的。他握着我的小手枪，身旁竖着那把他最得意的狙，强烈的对比让他看起来像在拿着一个真正的玩具。但他用力地上膛、举枪、瞄准。

"砰！"空瓶又一次在地面上忽悠悠地转起来。地面灯透过瓶子折射出的各种角度的光线射进黑暗又消失。当瓶子再次停下，似乎什么都没有发生。

"你这把好像比我的狙威力还要大。"他掂量着我的枪，再次对它的沉重做出了认可。我第一次在他面前流露出得意。

"我爸在上海给我买的。"

"那子弹能通用吗？"我们显然在乎着不同的方面。

"应该能吧？你可以试试。"月光下我们交换子弹。

事实证明，一把来自上海的枪，它的子弹并不能在小城市流通。

"那你打完就没有了。"他做出了这个具有哲理性的论断。

"我可以让我爸再从上海给我买！"我几乎脱口而出。

电视里，巨大的推土机在航拍镜头下是那么小，如同一个粗糙的劣质玩具。

那天晚上回家之后，我去冰箱拿了牛奶，坐在电视机前和外公一起看电视剧。可是牛奶已经过期了。

我的外公，他以前是个军人，放下枪以后他变得沉默，爱在摇椅上睡觉。

那是一部老港剧。那一集,一位父亲在和前妻的争执中错杀了心爱的儿子,他们都想占有他们的孩子。为了补救,父亲把儿子制成标本塞进机器人玩具的壳。他又担心儿子孤单,于是把儿子的朋友们也一个个地杀死,去除内脏,制成标本,装进玩具摆在儿子身边。后来他在每个机器人的脑袋上都装了会发光的眼睛,他还在把他们当成孩子。

我也有一个会发光的机器人玩具,那是母亲送我的立式台灯。它的上半身是一个凹凸不平的椭圆,边缘是一圈暖光灯,眼睛透着长条形的荧光,就立在衣柜旁的角落。夜里,我望向它,在光亮里想起那个父亲,想起我的父亲,逐渐模糊了虚构与真实的界限。

我记得母亲睡觉最不喜欢亮灯。

那颗头亮了一夜又一夜。

所幸当我握住枕头下的枪,它是温暖的。

而当一把枪变得温暖,很多复杂的问题就开始变得简单。一天天,在一次次放学后的战斗中,我用一把枪收获了一切。我开始拥有同伴:可以告别可以相约,可以在枪响后得到反馈,得到笑或哭,甚至是争吵的同伴。当然!我当然没有忘记我曾对自己许下的誓言,我依旧记得谁才是我的朋友,我的长官——是他首先愿与一把手枪为伍,第一个接纳了我,带我走进了这一切。

一切都开始进入安稳的良性循环,唯一的不确定因素只剩下——弹药。那些难得的,来自父亲的颗颗馈赠。于是那段日子我不再在乎空旷的房间、过期的牛奶、旁观的外公和那颗一直亮着的机器人脑袋,我只期盼着父亲的造访,期盼他双手捧着礼盒,里面装着永远用不完的子弹。而在父亲回来之前,我能做的只有反反复复地告诫自己节省弹药。也许对于我的生活而言那早已不是弹药，而是时间本身。我急迫地需要占有时间，我期盼未来，也想守住过去，而在当下，为了这一切，我需要不断地证明这是一把好枪，一把上海来的好枪。为此，我尝试着用最少的子弹射穿了三个纸杯、十片树叶和一块木头。我让这把沉重的手枪成了小区里的明星。一把神枪！当然，我想证明的远不只是枪本身。

当颗颗子弹射出、击中、碎裂。很快就只剩下最后一个弹匣了。

父亲还没有回来。巨大的推土机还在行驶。

终于，我还是失去一切了。没过多久，他们又有了新的神枪，那是一些来自省城、北京，或者同样来自上海的枪，不只是手枪，还有步枪、霰弹枪、狙击枪。拥有者们骄傲地把枪举过头顶，在太阳的见证下，他们说自己手头的都是绝版枪，以后再也买不到了。甚至，他们不再玩枪了。然而我不关心这些，我只是在深夜，在月亮出来的时候抚摸我唯一的一把枪。我只是在想念父亲。

推土机开着，轰鸣声震耳欲聋。那是父亲回来的前一天。

"出来玩。"

"玩什么？"

"玩枪。"

我从枕头底下拿出我的枪。还有一个弹匣，共计五发子弹。

我们挑在滑梯处会合。一反常态，那里居然空荡荡的，只有阳光透过滑梯上塑料与塑料之间的缝隙摇晃着眼睛。

他还是拿着他的那把狙击枪，在别人纷纷升级枪械的风潮中，全小区最早开始玩枪的他，却奇怪地没有添置任何一把新枪。他说，他对枪不再那么感兴趣了。也许这是真的，也许是他的奶奶不再给他那宠溺到过分的零花钱了。也许，也许是因为他根本买不到外头的枪，于是只好这样骗自己。我就这样想着我最好的朋友、永远的长官。

"你带那把枪了吗？"

我看着他，点头再摇头。点头是因为我相信明天父亲一定会回来。可是回来又会怎么样呢？我不知道。于是我摇头。

可我还是递出了我的枪，像第一次、第二次，和不会再发生的之后每一次一样。

他接过，握住枪把，原先在那里的塑料装饰片几乎已经脱落了。说到底，玩具而已。大家都知道的，孩子不爱惜一切，尤其不爱惜玩具，即使这个玩具是那样重要。

他抚过枪口，那里一定是冰凉的。忽然他猛地上膛，瞄准了地面。

"别射。"

"我快没子弹了。"

这两句话本来是连在一起的。但之后的我总是刻意把它们分开。

"砰！"一声巨大的枪响。

那是一只很美的天牛。它的甲壳反射着太阳的光，它的触须很长，生长着黑白相间的条纹，它迅捷、强壮。如果没有被射中，它应该是这样。

"砰！"

它还可以行动。一只沉默的、沉重的、黑色的生命。

"砰！"

它还没有死。

"砰！"

还有最后一颗子弹。那只天牛，远比电视里的推土机来得巨大。于是电视里的推土机开得愈发迅猛。

"砰！"

我终于直视那些绿色的鲜血。圆形的黄色子弹深深地嵌在它的体内，一些早已成了粉末的黄色碎屑和绿水混在一起，像它的卵。它爬过，留下狼藉的、拖拽的痕迹。它还在向前，不过我的朋友已经把枪递回来了。又是那种神情，鄙夷和同情都那么真、那么纯粹。不过已经不重要了。它死了。一个玩具，就该死在不被玩弄的瞬间。于是我上前。

"砰！"

我射出一颗虚无的子弹，我不知它从哪里来。也许就是在那夜的月光下遗失的那一颗，那没有被射出的，第一颗子弹。我不知道这颗子弹是否真的存在，是否真的击中了它，也不知道这一枪是为了杀戮的快感还是解脱生命。总之，后来谁都可以说，一个孩子，亲历了一次慈悲。

电视里的推土机不再开了，开够了。

我真的拥有了一把枪，一把真枪。

太沉重了。所以我们又玩了一会儿他的那把狙击枪。很长、很大的那一把。

第二天，父亲没有回来，还是那些原因，我早就不在乎了。

摇椅里睡着的外公在看电视。母亲置换了新的过期牛奶。

电视机里，巨大的推土机被俯瞰时显得那么小，比一只天牛更小。阳光下，它身下的土地泛起金属的光泽，黑、沉、重，那是一整片的枪的坟墓。一把又一把的枪被堆叠在一起，无论是步枪、霰弹枪、狙击枪还是一把来自父亲的手枪，离开了孩子以后，它们不再是玩具，也不再可能拥有人类的体温。它们只是被碾过，一只死去的天牛用残缺的身体碾过它们。"砰！"发出巨大的声响。

《一把枪》对父代与子代之间的关系、同代之间的差距把握得很微妙,这种微妙性和复杂性可能是目前年轻人在写作过程中所欠缺的。它将暴力集中到一个孩子身上,并且试图影射巨大的城市化以及当代生活对人的暴力(比如"我"的父亲、"我"的家庭就是这一宏观暴力的牺牲品),但目前在微观的暴力和宏观的暴力之间的连通性还不足。前面的部分一直是一种现实主义的写法,讲述两个孩子之间的关系、他们来往的过程以及父亲的缺席;但在故事的结尾,枪的意味、父亲的意味、城市的意味和子弹的意味都被象征化了,而事件本身的逻辑在这里是断裂的,并没有得到解释,以至于没有真正凸显出作者想要讲述的观点。

点评人　于是(作家、新概念作文大赛评委)

红砖

陈一帆

1

驶过"安徽包子铺"的招牌，绕过"道路抢修，禁止通行"的路标，拖拉机压过砖头的轰鸣愈发接近了，但在她穿过尘土飞扬的泥土路时这怪兽的咆哮似乎又远了。从熟悉又陌生的灯光球场拐进去，在不太正规的小诊所左转后，共享电动车开始像冤魂般申诉着"您已驶出骑行区域"。

她没看见那条狭长、泥泞、铺满零散石子和水泥块的路，没看见攀满爬山虎的灰色墙，左手边的菜地和一层平房以及右手边的破旧不堪的灰色两层小屋也没出现在她的视野里。空气的味道变得尖锐，使她尝不出过往种种的起起伏伏。她心里一紧，不禁忧心起那坡路旁的大树——那棵她甚至不知道什么品种的、有参天之高的树，那她骑着带辅助轮的自行车从斜坡上俯冲而下的喜悦的唯一见证者，那默默聆听每日傍晚带着口音的闲话家常的安静知心人……那样高、那样大的树应该不会消失吧？她不敢细想。

直到，她看见——

满地的红砖。

像一片血色的大海。

她知道砖红与血红相去甚远,也明白有棱有角的砖块与畅快自由的海洋毫无相似之处,但她因这砖而翻涌起的心潮以翻江倒海之势迅速裹挟全身,以至于生理上无法控制眼泪夺眶,在泪水落地的一瞬间所有的回忆被激发。

回忆与当下重合。这满地的红砖曾是一栋两层尖顶房——听大人说,那是苏联援助时期留下的产物。公公婆婆和她曾在这里拥有一间厨房、一间卧室、一间储物室,还有几乎远离现代工业的几年记忆。然而这记忆在她目睹满地狼藉后轰然倒塌。她本就爱做梦,在梦境循行之时她太自得其乐,以至从梦中抽身回到现实时反倒会恍惚。长此以往,对于那些亦真亦幻的记忆她也不抱有半分信任——尽管它们所流露出来的情感绝对真切。

矗立在倒塌世界的中央,惊惧、虚无在周身巡视。写下来吧,她想。写下来吧,不论那些红砖是否也曾是房屋,不论那棵大树是否真的存在过;写下来吧,写下月光下的白色砂石,和永远在阳光下奔跑着呼唤明天的他们。

但她还是没能止住眼泪。

写下来吧。

2

这里是七区,H都七区。

H都虽说是老城区,没有林立的高楼,但大体也赶得上小康水平,七区就显得落后了许多。从灯光球场拐进去,在不太正规的小诊所左转,通过一条狭长、泥泞、铺满零散石子和水泥块的路,便来到了一派新天地——左手边是菜地和一层平房,右手边是破旧不堪的灰色两层小屋。从一座爬满爬山虎的房子往前走，就抵达了我的童年。

行文至此，她被一股来自十年前的风吹倒。她开始怀疑平房和两层小屋到底谁在左谁在右，它们和爬满爬山虎的房子到底谁先出现，又在行进多久之后方可触及她的童年。往事历历在目，记忆一清二楚。但她就是无法相信，相信一切真的发生过。就算只是普通得不能再普通的一个个、一件件，迟钝的心总是难以接受世界变化的迅速。匍匐在地，她听见了往事的呼喊：或许不必在意真实与否，只要记录下脑海中正在演绎的、似乎存在过的、她相信如此的那个过去。

3

小时候，父母工作忙，只得把我寄居在公公婆婆家，也就是七区。我们住在一栋红砖砌成的两层尖顶房中——据说，那是苏联人的馈赠，那儿的一楼有三间房屋属于我们——一间睡房、一间厨房、一间储物室。那儿的人们管出 H 都叫"去 N 城"，即使我们也一直是在 N 城里。

七区最令我难忘的是一段坡路旁的一棵大树，尽管我到现在都不知道它是什么品种的。每日或午后或傍晚，做工的人从外面归来，几家人搬个小板凳排坐在这棵树下，闲话家常。他们所说的话语充满口音，在一旁痴痴的我只能听个一知半解。这棵树还肩负了多重责任：夏日炎炎时遮阳，阴雨绵绵时遮雨。当大人都外出做事时，我们几个小孩都会在树下做游戏，像长手长脚呀，跳房子呀，三步回老家呀，都是我们常玩的。时而有人带来一副羽毛球拍和一个球，大人小孩就会轮番上阵，在树荫下赛出风采。但我从不敢上去挥上两拍子，只叹技不如人了。那个时候找人玩都不需要打电话通知。只敲敲门，门也大多没锁，这就约上了一个人。七区之前貌似是个工厂，在一片空地上有一台硕大的倾倒了的机器，电线散漫地挂着，地上铺满了白色砂石——对年少的我们而言，这简直像一个游乐园。我们常从简陋的梯子爬上废旧机器的顶部，纵目远眺。几经攀爬后来到电线那儿，坐上去当秋千荡。旁边时而堆了些形状各异的建材，艳阳普照下，我们兴冲冲地爬上去，在上面肆意奔跑。

············

深夜已至。任由残破的心跳驱遣，着一身睡衣的她漫步至楼下，眺望小区外的天。如果此时场景里出现了一轮月亮那就再好不过，她想。月亮是多好的一个意象啊，自古以来的文人都钟爱在寂寞披衣起之时遥望一轮明月，发出或感时伤春或去国怀乡的悲叹。可叹此夜浓云蔽月，目之所及唯有一片深蓝。她也不是什么文人。

4

她又回到了那片红砖的海洋。不同上次，她收敛起了眼泪，平静地审视了周身的一切——至少看起来很平静。

当记忆之建筑搭建完成，透过悠悠岁月她窥见的除了温情外多了破败。斑驳的墙面、参差的石槛、开关时吱呀乱叫的窗户、在夏日肆意生长的野花野草带来了无数来自蚊虫的困扰……她在七岁时就离开了这里，她不会知道当多年家园面临拆迁这里的人们的忧愁和喜悦哪方会更胜一筹，也不能参透在他们心中七区究竟承载了什么。

或许，与他们而言，这满地的红砖是幸福的前奏。

5

走在过去时光的碎片上,她仿佛又看到了七区那唯一的一条路。

记忆里,路边常常会有一个男生坐在石坎上一言不发,无神的双眼流露出若有若无的悲伤。那个男生姓孟,但她已记不清他的名字。他家住在那栋红房子的二楼,整间屋子看不出装修的痕迹,只是一片黑灰的水泥色,几乎是没有一件通电的家具。当步入那间屋子时,她感到那儿缺少作为"家"的温暖,或许这就是比起回到住所,他更爱在外"流浪"的缘由。

有天妈妈来看她,两个人打算上 N 城去看电影。妈妈看到路旁坐着的托腮男孩儿,提议他同去,她不想别人破坏和妈妈难得的相处时光,但绞尽脑汁也想不到用什么合理的理由拒绝。发出邀请的那一刻,这男孩儿眼里好像闪过了从前没见过的光,但稍纵即逝。他有些拘谨地爬上汽车后座,呆呆地挺着背。还是一样一言不发。他说这是他第一次坐车——不说也能看得出来,没开出几段路,他便吐了出来。他看起来手足无措,不是因为晕车的痛苦,而是一种惊扰别人的慌张。妈妈急忙靠边,帮他处理呕吐物。他一动不动,缓缓吐出了一句抱歉和一句谢谢。在电影院,他的紧张并没有削减,和刚刚一样坐得端正——她猜这也是他人生中第一次看电影。

思绪转回当下。余晖正在大地上游走,披着金光的万物并未让她想感慨"夕阳无限好",而是在这一刻发现记忆中的童年并非是快乐的,当她蓦然回首仔细阅览时才发现,原来懵懂中夹杂了那么多感伤。

她想起了更多童年的玩伴。

写下来吧。她对自己轻声说。

6

一开始，七区并无我的同龄人，我的玩伴有大我几岁的李英、曾星、黄磊、徐萌，还有我记不得名字的小胖和一个姓孟的男生。我四岁时，和我同岁的来自桂林的嘉琪随父母做的生意搬了过来，她随即成了我最好的朋友。

我经常去李英家，因为每当我造访她家时，总能收获成堆的笑脸和快乐。从坡路旁的小径走进去，第一个院子就是李家。她家和这里其他人家的房子一样不大，在睡房里一张大床摆在中间，几乎占据了所有空间，他们一家四口都睡在那儿，最亮堂的地方摆了一张学习桌供李英学习。李英有个哥哥，叫李龙；他们的父亲叫李良；李妈妈是一个面相很柔和，扮相很朴素的女人，但从没人告诉我她的名字。李家的氛围很融洽，至少我没见过他们家的大人争吵或是打骂小孩，对人也总是满满笑意。李英也很争气，成绩很好也很上进，她妈妈常带她来我家借成语词典。后来她上了初中，也一直是年级第一。

在我的记忆中，和李英一同浮现的脸庞是曾星。她们俩比我大两岁，都是瘦高个儿的女孩。曾星有个弟弟，叫曾日行，从取名的正式程度来说，不难看出她是重男轻女家庭的受害者，隔三岔五，她的脸上总泪水涟涟。她也是几个小伙伴中唯一一个脏话常挂在嘴边的。

二年级时，爸爸来七区看我，带我去我和他常去的一家奶吧。碰巧那个时候我和李英、曾星待在一块儿，于是我们四个一起乘车去，我们都很开心。几天后，当我再去那家奶吧时，我惊奇地发现原本刚充的一百元只剩了五毛——可这几天我明明没有光顾这里啊。心中一丝不安掠过，那天我输密码时，曾星站在我身后，若有所思。调监控发现，果真是她。那日老板并不是没有怀疑她的身份，但她谎称是我的姐姐，老板便也没有追究。她在这几日，常常在课后用我家的钱请她的同学大吃特吃，以我的"姐姐"的身份。

7

第一次见到嘉琪时，我正在路上闲游，远处她的妈妈抱着还在襁褓的她的弟弟，旁边是四岁嘉琪，我的婆婆上前与这远道而来在这定居的新来者交流。作为同龄人，我理所当然地和她熟识了。

嘉琪的爸爸是做三轮车外壳生意的，厂就开在七区深处，于是他们就从桂林来到了这个偏远的小镇。她的妈妈很年轻，肤白貌美；而她的爸爸矮胖矮胖的，五大三粗。她有个弟弟，不知道是否是智力有问题，五六岁了还不会说一句完整的话，涎水天天挂在嘴角，两腮抹满了炭黑。他的力气倒是特别大，天天欺负嘉琪。嘉琪很乖。

在某天后，她的妈妈不知所终，我们都不知道原因。

一天小伙伴们（曾星、李英、我）同去嘉琪家玩。她家很简陋，只有两张铁架床、一台电视机。平房因回南天而湿漉漉的，加之进来不需要脱鞋，所以白色的瓷砖上铺满了乌黑。当然，充满活力的孩子们不一会儿就对那台电视失去了兴趣。不知为何，我们开始翻箱倒柜以解乏——从柜子里的某个抽屉一摸，一张离婚协议书赫然出现在我们眼前。我们傻眼了。她眼里是无奈，是惋惜，唯独没有震惊。我不知道她这是早已知晓还是在掩饰悲伤。她或许被告知了，又或许没有。那几张纸藏得不深，若有好奇心驱使她寻找妈妈无缘无故离开的原因，找到答案并不是难事。在父母先前的貌合神离中，我想她也能对事实参透一二。我不知道她的父母在做出这个决定时有没有和她商量，她又会不会噙着泪水说不要。或许有过，但都对结果于事无补。那一刻她是局促的、手足无措的，只能苦笑。她是有多么懂事，多么无助，才能不让悲伤主宰她的行为，放肆大哭一场。我不知道不懂事的我还有没有做出什么伤人的事情，说出什么伤人的话语。无论如何，那份愧怍留到了现在。我已经记不清这件事的结果是什么了，只记得往后的日子一切都像什么都没发生过一样。

另一件事发生在别人的家里。具体是谁家，我记不清了。我四个坐在床前看电视。房子里很昏暗，只有电视光亮着；房子里很安静，只有电视声响着。"世上只有妈妈好，有妈的孩子像块宝"，电视里放着的是这首家喻户晓的儿歌和这首歌的MV。"世上只有妈妈好，没妈的孩子像根草"，放到这里，我突然指着嘉琪，开玩笑地说："你就是那根草。"她没说话，附和地笑笑。曾星对我说："你不也是草吗？"也是开玩笑的语气。我愣住，她说的没错，我也见不到我的妈妈，她的工作太忙，朋友太多，生活太精彩，以至我的人生中她的身影出现得太少。后来她永远地离开了我，我比谁都更像一棵草，却还在这里笑嘉琪，开这种没轻没重的玩笑。所以我一直以来对《世上只有妈妈好》这首"动人"的歌喜欢不起来，它让所有被妈妈捧着怕摔、含着怕化的宝们感到被幸福包围，却狠狠刺痛了那些没有妈妈的小草。我不明白为什么要用他人的痛苦来衬托自己的快乐。但我还是没向嘉琪道歉，我恨无知的自己，恨那首伪善的歌。

嘉琪去了桂林，再也没有回来，她的妈妈在那里卖洗发水，她将在那儿继续完成学业,母女俩过得很好。我换了微信,与她永远地失去了联系。我将她写下来,永远也不会忘记她。

8

思绪在脑海中堵了车,零零星星的回忆霸占了她心中最柔软的一隅。还有好多好多碎碎念念可以倾注笔尖,但她实在是无法写下那些真假莫辨的文字。她想结个尾,但反反复复也想不出称心的。

那,就这样吧。

9

结束了。

尖项房在放下笔的那一刻被解构为了红砖,散落在心脏不规则的每一角。

失去童年的证明是痛苦的,但她没想到回忆童年居然也能体会到伤感。在这座被遗忘在深处的老城和这个落寞的区,这种来自秋日傍晚的零落之感似乎是主基调,所以当她身处其中大部分时候不会感到悲伤。

她又一次,也是最后一次回到了那片甜美的废墟,伴着拖拉机的轰鸣和共享电动车"您已驶出骑行区域"的申诉。

红砖和红砖连在一起,绵延成一片血色的海洋。

植物在旅行

/ 涂远旭

簸箕里盛放着爷爷刚从地里摘来的刺梨，还是熟悉的味道，香甜之中带有酸涩。它们还并未经过强烈昼夜温差的洗礼，自然没有太多甘甜的滋味。如用白糖水腌制再做成罐头，那便是一种不可多得的美味。

某次下雨，我给阿洁送东西时，也顺便给她捎去了清甜的刺梨罐头。她在朋友圈盛赞这样的好滋味，感动于我在雨中为她送东西。她邀请我留宿，但我因其他事情要走。她只好帮我穿上雨衣，戴上头盔，嘱咐我要小心。阿洁还说以后会给我买一辆车，不要再让我奔波淋雨。那天的雨是一种幸福的催化剂，谁都会沉溺其中。

我毫不避讳它坚硬的刺，任由它们摩擦我口腔，一股淡淡的血味从口腔中弥漫开来。那种感觉像是熬了很多个夜，血液冲到胸腔上泛至口腔。人们总说人类的悲欢并不相通，但我想对我自己是相通的，那些过于兴奋与悲伤的情绪都会让我失去睡眠。

国庆节，我还是见到了阿洁。我匆忙买了向日葵去见她，她主动跟我讲话，带着笑脸也带着些许小脾气。我自然也笑着，心里却无比忐忑。我照例和阿洁坐在一侧，对面是别的朋友。我落座时有几分犹豫，又顺势坐了下来。那天夜里，我们喝了茶。果茶里的冰块落在地上，我盯着那冰块慢慢地融化。我听着阿洁和另外一个朋友说着近况，并不多言。我想我们的确有所改变，没有抬头去望一眼星空，也没有一次拥抱。茶多酚刺激着神经，脑子里的某根血管兴奋地搏动。次日再见面时，我还是没有办法在阿洁面前高歌一首《不再犹豫》，我的反复犹豫已经消耗了她太多。我只用衣服盖在我的头上，掩饰自己的情绪。我的愧疚涌上心头，哽在喉中。她揭开我的衣服，要我同她一起唱歌。但我拒绝了她。随后，她还是耐心地教我玩游戏，让我对每一件事情都有参与感。我只好去学一些无聊的游戏，让我变得稍微有趣。在幽闭的空间里，我阵阵眩晕来袭。我抓着她的手，她的手还是那么有力量。终于，阿洁用她的智慧引领我们走出了那让人窒息的环境。

在国庆之前，我一直执着于一件事情，去找刺梨深加工的产品。例如果干、果冻、泡腾片、冻干营养粉。本该八月底就成熟的果子，一直到今天也没能看到它们的附属品出现。我只是想找一个理由同她说一句话，或者去弥补一些什么东西。直到见到她，我都没有这个机会，我只好用文字诉说这样的痛楚与愧疚。

四月，我同她去过万亩的刺梨基地。因为走错了路，又不想再绕回去，我们跨过河流翻过小坡，总算是徒步到了那个地方。我们一爬上山顶，细汗布满额头。山上的刺梨还没有开花，花骨朵儿都少见。一路上，我们的手臂和肩膀始终在一起。她手上戴的银镯子在太阳下闪闪发光，但并不刺眼。那天太阳很热烈，云里送来的风却很清凉。我把四月未开花的树深刻脑海。我知道，那是我和她最后一次短途旅行了。

那时麦子已经收割完了，田里又该种稻子了。稻田里晒着栽种秧苗的水，倒映着把山川土地一一承载。阳光和风是最好的活性酶，偶有一两片粉色的花瓣落进去，它们不用船帆也能驾驶春天，开往下一个季节。风在吹动水面时，撒一张流动的白色大网，然后又变成我的头纱。我拍下了几张农人插秧的照片，保存在手机里。也许，明年就看不见家乡的四月了。等下一个季节到来时，我要同她去看海了。

我们没有看到万亩刺梨花的开放，那是一种玫红色蔷薇科花朵。我们又找了一个机会，去看火遍全网的蓝花楹。

我们去看蓝花楹时，已傍晚时分。远远望去，就可以看到道路两旁盛开的蓝花楹。有的相触在云里，有的独自站立。再走近时，无数小小的花瓣已落在地上。有盛开的，就有落下的。我们走到一棵大树下，抬头看花，高空的浪漫下，阳光穿透细密的花。大概，就是像动漫世界里描绘的那么美丽。对了，那条路有个别称叫"卫星路"。这本是一座航天城，控制中心就在这条路上，所以人们也叫它"卫星路"。两边店铺的装潢都以蓝白色为主，绝无杂色。这符合中国航天城的装饰，庄重里又带着一些浪漫。卫星发射基地在不远处的北面，那就是我的家乡。我与阿洁有幸去看了今年第一颗卫星升空，感受宇宙级别的浪漫。那种震撼人心的场面，不过是几秒钟的时间，就到了九霄云外。但那短暂的几秒，让人一生都难以忘怀。那天，我重要的家人朋友都陪在我身边，彻夜未眠。我们在饭间讨论了一些新奇的话题，将刺梨做成面膜，将狗尾巴草酿成酒。我想到这酸涩的果子还是嘴角上扬，我也愿意花很长时间去收集狗尾巴草的种子。我在那个夜里享受着新鲜的活力，在那片小山坳里看到某些腾飞的希望。那个夜晚，满天的星星在闪烁。我想起那腾飞的火箭，是否已经成为了天上的某颗星星？当然，要摘到星星还是遥不可及。只是两个人同行，应该会走得更远，会离星星更近。我们看过了最美的人间四月天，不过几日，她便南下了。

五六月刺梨花竞相开放，长出绿色的果实。我忙碌地准备毕业事宜，阿洁去了南方开疆拓土。我们日日分享生活中的酸与甜，苦与乐。她总是那个解决问题的人，一直庇佑着我，我得以顺利毕业，并在毕业时收到了她送我的向日葵鲜花。我在夜市摆摊时，算是与她并肩作战。我不停被顾客拒绝，被他人质疑。疲惫与劳累压在我的身上，苦涩挂在脸上。我无法想象她孤身一人有着多大的力量，似乎无穷无尽，似乎随时消耗殆尽。她一边鼓励我，一边安慰我。她一边对我诉苦，一边笑对生活。事实是，暑热与失去信心一同袭来。我买的一只行李箱被搁置，什么东西都没有装过。空空如也，崭新空白。那故事就该变得寡淡多了，毕竟行李箱有四个轮子也不会自己走路。

　　我清楚，我舍不得我的稻田，我也舍不得阿洁。但人在选择的同时，一边得到，一边失去。不过是，我贪心的都想拥有，或者拥有更久一些。那时候稻子已经成熟了，等稻子弯下腰时，我们变得沉默寡言了。

　　我有幸看到它们被栽种，但没能陪伴它们一天天长大成熟。我可能是一个有心的路人，但又是一个慵懒的路人罢了。每一个季节都不可复制，不过是金色的九月会给我答案。

　　那片稻田如期如约变得金黄，田的中央立有一根电线杆。太阳照射时，会有那么一小片阴凉。那些不规则的一小丛稻子，便没有其他的那么金黄。我开始认真体会"有阳光就有阴影"的道理，远近亲疏不停地此消彼长。互相温暖时是阳光，相互疏远时是阴影。又如我们表里不一的性格，互补的特征，终归还是一个平衡的人。那些青涩同样被收割，混入其中。在阳光的洗礼下变得成熟。起码，你看不出来，也挑不出来那些黄绿色的颗粒。庆幸是它们都自由生长，未曾遭遇虫害。不过，那一小部分是的确存在。

我把阿洁作为风向标，像是追赶太阳。但好像，我并没有追赶上太阳，只是顺着河流追赶上了树荫。一直这样，一直这样，这样的结果并不算太差。高原山地热烈的太阳有大量的紫外线，给我黝黑的面庞。我们也向对方倾诉"黑色的秘密"，她说雨会淋到每一个人身上，没有什么大不了的事情。

强烈的紫外线灼伤了我们的皮肤，是一黑与一白的对比。不过是紫外线更容易晒伤到白色的皮肤，黑色的沉淀亦无声无息。我把信任推搡在黑与白之间，站不到太阳和阴影之间。哪还记得抬头看看云朵与星星，或者干脆愧对它们。或许它们离我都太远，只在我的相册里出现。唯有云，会变脸。那些不同步的热烈拥抱啊，没有办法跨越时空去回应。雨落了下来，偶尔出现的彩虹就是我们相伴的岁月。谎言和遗忘哪一个更重要？

几阵雨落下来，被收割完的稻子又长出一些绿色秧苗。像是春天一样的美好，但尖尖的秧苗刺痛着我的神经。农人们管这个季节叫"小春"，我想这的确不是真正意义上的春天了。烧过的秸秆，留下一些黑色的痕迹。虽然已经过去，但你能够想象到烈火燃烧秧苗时的疼痛与煎熬。

这一年，我结束了我的大学生涯。我回忆起第一年离开家的九月，铁质的文具盒里，有几粒稻谷。那好像是比土干净又方便带走的东西。我那时并不懂得吃饭的意义，只识得离别的滋味。我从未耕过田，却懂得了一粥一饭的意义。今年产出的新米，是旧的思念。

此间，我们没有任何争吵。她应该控制着内心的愤怒，没有对我说一句狠话。她仍然祝福我，愿我能够做自己，做自己想做的事情。我数星星的夜晚，她还数星星吗？沉默被一个个夜晚吞噬，又在白天复活。我只好再去我们去过的地方走走吧，在阿洁没答应见我之前。

我又去了我们看卫星发射的地方。我迎着风撞上了飘落的树叶，它尖细的叶片像是一把刀，想要刺入我的心脏，替它完成落红的使命。遗憾的是，我停了下来，它落了下去。只是与它偶然相遇，轻飘飘的东西没能成为利器。我只好这样宽慰自己，风的确吹乱了我的头发。可无论如何也吹不透我烦闷的心。我又往更深的山林里走去，看到了山的尽头。但走路还要走很远，攀登还很费力气，可它的确挡在了我面前。我想我是爬不到山顶了，但我还是好奇山的那边是什么？我询问向导山的那边是什么地方，不管向导怎么回答，总归是我不熟悉也没去过的地方。我没再用瘦弱的双脚征服大山，蹲下身来抚摸这条溪流的温柔，溪涧里飘零的花儿也为它的清澈动容。我看到针叶林、落叶林、阔叶林同时出现在荒无人烟的地带。流动的清泉里蝌蚪在游动，打破这一片深远的寂静。水发源于山的另一边，可不知哪个方向是源头。

　　阿洁走的那天早上下着雨。我工作回来时，路过了"卫星路"。蓝花楹早已长出了深绿色的叶子，一些果实挂在枝头。惊喜的是，还有蓝紫色花儿零星地挂在枝头，不多不少地开着。没有人停留，也没有人观赏，大概我从未错过它的花期。我快速地逃离了那场秋雨，逃出了那场寒凉。她又去看海了，我还在山里攀登。大山给予我坚毅的性格，给我一直攀登的勇气。我不知道山的那边是海还是山，或许翻过去是一片有风的平地。

　　有一天我会识得百草，成为半个植物学家。去找一只鸡血藤——鸡血藤，性甘温，活血化瘀。戴在手上，色泽光亮。

土地庙

/何艺鲜

鞭炮手舞足蹈着,乳白的烟乱成一团,缠缠绕绕。停留在人家门外的枝头鸟也因为突如其来的炮声受到了惊吓,霎时拍着翅四处逃窜。炮响,鸟窜,鸡鸣,狗吠,人闹,就意味着年来了,庙里香火最兴盛的时候也来了。

传统的乡村似乎总还与上世纪有些联系,像是刚脱下裹脚布的女人,即使接受了新风的洗礼,也还留存着几丝质朴和古板的味道,对鬼神也表现出一种格外的敬畏。大大小小的事皆要看黄历,请风水先生,烧香拜佛请鬼神。过年时大大小小的神仙往往拜个遍,迎灶神,接财神。

村里的神仙似乎也多。有四处散落的小神,睡在一间小小的石屋里,前面摆着积灰的小碗,这些小神很少有人祭拜,我也很少弄清他们的职责是什么。只有土地庙里的神仙受的供奉最多,逢年过节香火不断,平日里也会因为某些事得到供奉。土地庙算不上大庙,也只是一个小庙罢了,只有几间土屋供奉着几座神像,没有经过装潢和翻修,仍旧是刚建起的样子,只不过随着时间的流逝而衰老,残垣断壁像散落的四肢。土地庙也不仅仅用于拜佛,里面还有一个原始的作坊,用于最初的搅面、打粮,所以佛像身上久而久之也就堆上了粉尘。阳光有时候透过来,他们就披上了一件银光闪闪的袈裟,倒真像是神灵显世。

而岁月轮转，村里换了一辈又一辈的人，村庄也已经脱掉裹脚布许久，新的肉体长得越来越好。新的思想在村里人脑海里所占有的位置愈发大了，"走出去"的想法已成为盘踞的大树。越来越多的人也将想法真正付诸了实践，但村庄人的流失也使村庄迅速衰老。新的想法带走的不仅是人，也带走了神仙。小神仙的屋子无人问津，此时已经被杂草掩埋，早已是人去楼空，而土地庙里那些神仙的香火也因此日渐惨淡，终于，那闪烁的烛火停止了舞动，只剩下桌上无声凝结的蜡油，诉说着这曾经留下过的许多人内心的渴望或欲望。

大概这儿的每个人小时候都想过走出去，可重重的山筑成一个坚固的牢笼。即便会在机缘巧合下短暂的离开，心里也不快活，总是带着悲哀，像要死掉一样知道自己还无法逃脱。

后来我也成为了离开队伍中的一员。我和我的爷爷，在这生活了一辈子的一个人，站在路边等着进城的车来。那是深秋了，早上六点的天像是黑色与蓝色的墨水被混合起来倒进了鱼缸，不至于太暗又带着湿润和腥气。我们彼此就这样沉默无言，我想着远山外的城市，而他大概也正思考我未来的日子，也或许还是思考这儿，这儿的土地，房屋还有以后的日子。直到远处的火光窜了出来，我才从对未来的幻想中出来，思考那突如其来的火光，会不会是哪个小神仙有了香火，还是哪个送鬼请神的人也在路边烧着纸，点燃几炷香，去除厄运。

后来我坐上车，想起去年。老家的西北侧新修建了一栋房屋，机器的轰鸣，嘈杂的人声断断续续持续了大半年才停止。那时我还被关在这儿，儿时常嬉戏的麦田上修筑起他人的房屋，沟底的一颗红豆苗也被压在了水泥堆里过早夭折，以及四处飞扬的沙土将空气搅成沉闷的泥水，烦躁的情绪爬上心头，我时刻希望能将它们驱赶走。

更让我害怕的是，村里的人家没有挨家挨户，而如同一座座孤岛。这座楼房的出现打破了以往的平静和规律，如此近的距离使我措不及防，就这样裸着身子任人肆意打量。但对于村子来说，那两位"不速之客"却如同归巢的鸟儿，只是伤痕累累。从他们回来，前往那栋房子的人就源源不断，而后那个男人的病情就被大家传开了，听说是胃癌，晚期，没得治。长期以来生活的压力都被挤压在了小小的胃里，胀得鼓鼓的，最后只能被撑破，胃液，鲜血，还没消化完的食物全部炸开来，压力终于得到释放。

大家心知肚明，这次回来他大概会永远留在这儿了，这是他的最后一次归巢。

老家的春天在昨年来得格外的早，未及三月份，油菜花开的泼泼洒洒，漫山遍野入眼尽是那热烈的黄。而那栋房子也即将完工，一辆面包车从几个月前就开始往来，只是那会儿它来往的比现在更加频繁。如果半夜尿醒，习惯性地走到窗边，你可能会碰巧看见这里一个个巨人围坐着，他们都凝视着那点黄黄的灯光，那栋楼里几个人影匆匆闪过，狗吠异常响亮，呻吟与哭泣声隐隐约约和着，在深沉的夜色里显得悲凉而瘆人。随后面包车打开双闪摇摇晃晃疾速离开了，而过不了几天那辆面包车又会在某一天慢悠悠的回来。

渐渐的，面包车往返的次数越来越少。大人们说，他似乎快走了，可能撑不过那个春天。

回到落叶归根的地方他就不常在家里待着了，总爱四处走走，帮别人做些小事干点农活儿，像是要将最后的生命力也用得恰到好处。最初他来我家里帮忙撕玉米时，好像个没事人一样，只是不再开我的玩笑，说着带我去浙江找爸爸妈妈。没几次后他就不来了，总爱孤身一人四处逛逛。有时他牵着一头老黄牛顺着大路走，又从某条小路绕到山上，直到傍晚，又拖拉着步子牵着牛回来，满脸疲惫。他回来后我就开始躲着他，我知道他活不久了，我的心里像是堵上了棉花，再开口也无话可说。

我只是想在这他终于不再忙碌，不再有压力，最初的牢笼变成了母亲温暖的臂弯。再往后些日子，破烂的身体已经无法支撑他再长时间行走。所以最后他干脆坐在田埂上，一坐就是大半天，和路过的人唠上两句。更多的时候则是他独自沉思，浑浊无光的眼里映着绚烂的黄。以前读过一篇文章，作者在结尾写道："一刹那，花站成了我，我跪成了花。"我想，一个将死之人，恐怕再难融入这些鲜活的生命中。而他最大的感受大概也不是孤独，或许有不舍，更多的应该是回忆，回忆他的儿时、青年、恋爱、成功。

现实已无望，他们又将那仅存的一丝希望寄托在了土地庙里早已灰尘满身的佛像上。随着"咔嗒"一声，神仙随着香火的燃烧，在愿望的指引下重新回到这方小小的庙里，静静注视着跪在蒲垫上的男人。后来每逢土地庙开门的日子，他们一家子都会前去烧炷香祈祷，香蜡的味道游走在昏暗的房间里，白烟在火光里被染红，一跪一拜，生命在这时好像才成了最宝贵的东西。奇迹的是，他竟然挺过了那个春天，大抵是真的被神佛眷顾。

有的人得神佛眷顾，多活了日子。而我那有相同病症的二姑婆仅仅半年就早早逝去了。也是那时我开始真正思考死亡，思考这些所谓的命数、神佛，是真是假。也是医院医治无果后，她就回了家开始等待死亡。而她的丈夫在这半年的时间里四处烧香拜佛，花了数千买了大把鱼苗后又放生妄图多为她延续些时日。而她却因为长时间躺在床上加之缺乏护理，褥疮就如寄生虫一样在她要腐朽的身体上只增不减。

最后一次见她是暑假的时候，那会儿她还没有异样，眼里尽是慈爱。我和姐姐去她家里住，她毫不犹豫的就将自己的空调房让了出来给我们。而当大家提到她时，都无一例外觉得她是个朴实善良的人。这样的善人却在寒假就走了，姐姐去看过她一次，她回来只告诉我，她太憔悴了，满头白发，瘦骨嶙峋，而这样仅仅半年时间罢了。

那些神仙为什么不愿意庇佑她呢？或许人才是真正的鬼神，拥有着超乎寻常的悲悯之心，也会冷漠得如地狱恶鬼。我开始减少对鬼神的信任，就算是庙会，我也再未踏进庙里一步，再未像先前那样虔诚的跪在铺垫上许下自己的愿望。

时间回到现在，当我身处于当初幻想的未来的日子里的时候，有关村子的记忆就被罩在了磨砂杯里，神仙的身影也终于在我心里消失。

这个使我魂牵梦绕的大城市，与小县城天差地别。县城的高中傍着山，比这更接近一种自然野性的状态。夏季，会有很多山虫造访，像是荷尔蒙分泌过盛似的撞得玻璃窗膨膨作响，胜利者则溜进了教室环游。这儿还养着一群鸟，不论天晴与否都会定时演练列队飞行。墙外有一栋红楼，长年的水印使部分墙体的红更为深沉，搭配上湛蓝的天会展现出一幅绝美的画作。

而在这座城市里，我们住在一栋高楼上。站在窗边，可以看见楼下前方的工厂紧紧挨着，并不是想象的那样光鲜亮丽，反而是灰头土脸，匍匐在高楼之中。工厂旁边是还未被开垦的土地，上个世纪楼房的瓦砾嵌在湿润的泥土里，大簇的野草在上面野蛮生长，挤满了整块荒地。顺着这些草色，目光逃离这里，去往更远的地方，依旧是楼房，不再有山、炊烟，也很少再听到鸟叫，只听得半夜楼下汽车行驶过的车轮声。我在思考这是否是新的牢笼？

不可否认的是，这座城市也确实美丽，她具有一种时尚圈元老的风范，总是仰着高傲的头颅，展示着丰腴的身姿，毫无羞涩内敛。但是，除了这儿漫长的冬季，那时候她就缩着脖子像只鹌鹑一样。这儿的冬天被严重的雾霾笼罩，城市奄奄一息，而人在城里像是会被淹死的鱼；而县城的雾却是清冷，朦胧带着情绪的，又清新脱俗一样的。县城的雾又总会让我幻想起一座小城，它像是城乡结合部一样的存在，虽然我在那待的时间少得可怜，随着雾气的消散它却越来越清晰。

小学时远方传来的车鸣与小城里把我吵醒的车鸣声相重叠，然后我躺在床上，理所当然地认为外面的世界应该忙碌起来了。在小城里，早餐铺的老板会掀开铁蒸笼，白烟使了猛劲儿四处逃散，商铺会准时准点开始营业，傍晚时四面八方传来广场舞狂热的音乐，霓虹灯也会定时亮起来。可事实是怎样，我一概不知，因为我还躺在昏暗昏暗的房间里，只是把最美好的幻想留给了它。

而关于这里是否是新的牢笼的答案日渐浮出水面。在这只有到了周日，那扇小小的铁门才会如约打开。其他时候则都被关在这新的牢笼里如流水线上的工人重复着三点一线的生活。在我成长中有很长一段时间，我对自己原来生活的地方都有着一种自卑。使我在偌大的城市里像小偷，躲躲藏藏。所以即使门打开了，我却自愿待在了牢笼里，经过一个多月的试探才终于迈了出去。

最初我也觉得这里与自己格格不入，我害怕科技发展的速度，它把我远远抛在后面，却又是我隐藏土气的衣服。我在第一次坐地铁前看了很多遍视频，带着怯懦与忐忑，独自走了很长的路去到地铁站，跟着地图顺利到达了目的地，才松了口气，不再像个小偷。

对这里越来越熟悉后,我记起过去的时间更少了些。但也是到了这灰蒙蒙的冬天,某些熟悉的味道与声音却一次次将磨砂的玻璃杯打磨的越来越光滑。例如炮响、柴火香,以及香蜡燃烧的味道。这样熟悉的味道来自不远处的密林里,起初我以为那是一座森林公园,直到一次意外的闯入,才发现里面竟是一座城中村,是一位抄近路的出租车司机将我带到那的。车子摇摇晃晃,昏昏沉沉的我被嘈杂的人声吵醒,入目是乡下朴实的装扮,被捆绑着待宰的鸡鸭、破旧的三轮、拥堵的人群,一时都聚在这里。这座城里的小镇和我所生活的乡镇几乎无差,所以经此一过,有关乡镇的记忆就开始源源不断涌了出来,再也止不住。

等再次回乡时我是带着期盼的,这时已是寒冬。这儿的冬天是极少下雪的,霜冻倒是厉害。南方村里也没有暖气,就靠最原始的方法取暖,只需一把惹火的柴,随便找个破洞的大锅即可。火焰的温度迅速升了上去,越来越多的人围坐在一起开始谈天说地。

因为很难挤进大人的话题,没过多久我就离开了火堆,沿着泥路走到田梁上。今年的油菜苗还矮矮的,也不茂盛,裸露出棕黄的地皮。我又朝那栋楼看去,房门禁闭,也没点声响,里面没人。离过年还有十几天,乡里的年味儿也不算浓,红灯笼,中国结统统未挂。但没过上几天,那栋房子却率先戴上了装饰。不是窗花红纸,而是白纸黑字,一条长幅挂在屋前,纸花成串,纸钱飘扬。

他走了,神仙最终也没留住他。

到了要下葬的前一天,逝者家属就办起丧席。哀乐悠悠响起,宾客纷纷入座。临近除夕的日子,除了逝者家属,谁也没当这是丧席，只当一次普通的坝坝宴罢了。席到一半，他的妻子过来敬酒说些感谢的话，我注意到她肿胀的双眼，里面装满了木讷，悲伤隐藏在最里面。她被她女儿搀扶着，似乎不搀扶着就会立即倒地化为一摊死水。席上的人也止住了笑容，纷纷说着些安慰的话。而在她离开后笑容又挂在了他们脸上。

于是我看见逝者坐在门框上，看着悲痛欲绝的亲人以及笑容满面吃着他丧席的宾客一言不发，在散席后又悄悄走回棺材里一言不发地躺着。

而那时我也不知道他可怜的父母又将在几个月后差点再次经历丧子之痛，因为夫妻之间的争吵，那个男人选择了引火自焚，这都是后话了。

过完年后我再次返回城市。不似之前，我在这个城市混的愈发自在，好像它已经完全接纳了我。

回去后，我和 A 经常坐在湖边的长椅上看夜景，初春的夜晚依然寒冷刺骨，寒气顺着裤腿、袖口席卷全身，手指揣在兜里仍然不可避免被冻得僵硬。这儿的空气里弥漫着水腥味儿，我们谈论着过去与未来。我说，有时我觉得我成熟的过快，很小时就盼望着离开我的家乡，却又不过数载，思想就已经迟暮，像将死的老人，以前的回忆总游到脑子中。

而关于鬼神、土地庙的一切也如鱼一样始终游来游去，只是偶尔会再次在某种气味里因此失神。

第三辑　浅海里的金枪鱼

奔流到海不复回

张瀚心

后来我不止一次地近距离观察那条巨大的疤痕，一条纵横填满苦痛的峡谷。海水从高处溯源，于极细极浅的曲折中喷薄而出，无数道黑色的水流汇聚着笔直冲下，在一段漫长的疲惫奔涌后又分散开去。母亲抚摸着我冰冷的头，月光从外面照进来，映在她埋葬遗传秘密的长睫毛上。我感到头顶上一种模糊的神奇力量，像是要将我连根拔起，带到我来的地方去。那里长满了初生与年迈的湿润杂草，宛如一个不透光的空腔。我曾无数次梦见那条细长海水的隐喻，有关我的出生与过去，很多很多，但都一无所获。我感到那里只有悲伤，伤疤丑陋的褶皱像刀，深深地切开我童年的小腹，寒冷在那里滋生。

多年以后，我去黄河壶口，第一次看见梦中的场景——巨大的瀑布仿佛从天而来，以恐怖的疯狂飞流而下，将每个人心中的那点脆弱劈开。人们为这样的磅礴啧啧称奇，我却感到恐惧。那种决绝果断的横劈之势让我的腹部隐隐作痛，这样的软弱使我羞赧。黄河惊天的浪涛声中，我再次回到那条细长海水的源头。同所有世纪初流行的剖腹产婴儿一样，我独自悬于潮湿阴冷的星球，周围包围着潜伏的未名之海。威压声过，海水也随之摇晃。

然而人们惯于将不曾有过的东西称为梦境，描述这些事物时总是力不从心。故乡，我出生的地方，四面环山，没有海，也望不见尽头，只有一条长江的支流幸运地从边缘流过，造就了她很久以前的繁华。蜗居在中国西南地区的小小县城，或者说城乡结合部，新旧两个城区，六条路，摩托车盛行，出租车可以轻易拼人，公交车没有站，到了哪里喊一声便会停下，一条八路的线可以坐完城内所有地方。就是这样的小城，刚好足以放下一个不大不小的童年和无数段狂想。这里几乎构成了我十二岁之前的全部世界，我的意识在这里根植，并习以为常。童年的风在时间中趋于平静，城外的江水也亘古不变地流着，寒来暑往，年复一年。

习惯的诞生并非总是风平浪静。譬如某个饭店里挂的写着"2012，世界末日"的日历，譬如深夜莅临的那些奇怪疯狂的梦，譬如错乱的记忆，譬如母亲小腹上的那条疤痕，让母亲再难以生育。我后来才知道那不是我一个人的"杰作"。"你还有个哥哥。"母亲轻描淡写地偶然说起，像叙述一段空白的历史，足以改变我的世界。我和哥哥不同，我有一颗健康跳动的心脏。这颗心脏从封闭黑暗的子宫中取出来时，恰如其分地带着狂喜，它象征着一万年前某场森林大火中爱情的延续。后来我想，那颗心脏是否也象征着一种轮回，孤独延续的传统。它和那条细长的海水共同组成我的名字，是我的图腾，也是我的诅咒。

我常常想，名字是人类延续至今的精神传递，是自生物染色体分裂后的社会遗传。人们将自己的半生浓缩，把最精辟的色彩书写在这张新的空白上，借以流淌精神血脉的火种。然而再稳定的基因也会出错，正如父母准备好将这个世界交付我们时，却忘了修改这个早已不是他们童年的世界。那条长长的江水，我的母亲河，曾多次在我鼓足勇气为她小声念叨"无边落木萧萧下，不尽长江滚滚来"的时候，用阵阵波涛将我胆怯的豪迈淹没。再往下游，是诸葛亮摆八卦阵的烽烟之地，我真正的祖籍。十几年前修筑三峡大坝,长江从那里涨水,淹没了我祖辈生活的老城。人们溯流而上,迁居至此,依山而傍,建成我的故乡。或许是蝴蝶效应,父亲和母亲藉此得以相遇,从此五六十年家族历史的风云变幻得以平息,从改变命运的涨水开始,到我的出生才有些或轻易或不甘地结束,而族谱却在那场大水中丢失。我在那场大水中出生,名字也源于此,寓意却与之无关。你该有颗浩瀚的心灵,然后平平安安,母亲这样告诉我它的含义,那段历史的升华。然而总是事与愿违,我从小体弱多病,没有遗传母亲善良宽广的胸怀,我只遗传了那代表多泪的长睫毛和女人一样小巧的嘴唇。我自私、贪婪、软弱、安于现状。十二岁以前,我从未想过逃离故乡,我有的只是顺从。那些年我的梦中反复出现一张看不清五官的黑色面孔,没有任何主题与情节。漆黑静闭的房间里,大水蔓延,涨起又跌落,那张脸上留下忽明忽暗的烙印。醒来后我脸上有深刻的灼烧感,关于梦中的记忆却所剩无几。

童年的顺从来源于日历,一日日漫长的习惯。我至今无法想象小学六年是多么漫长,我又是怎么习以为常地走过。童年,江的那边没有远方,只有山、荒芜、懵懂和独立于世被拉长的时间,永恒的梦境。学业和人生是长大后才担心的事,童年时我们总是为一些微不足道的小事而终日惶惶,比如牙齿,比如近视,比如光怪陆离的梦。我一直怀疑童年是永远的,只不过岁月的某次偶然失足,才把我们从相同的日子中拉扯而出。父亲和母亲都是中学教师。幼儿园,那时母亲还没转到县里,父亲在城里实习,周一我一个人被丢在园里。中午我躺在午睡室的上下小床上,透过缝隙看见窗外连绵的山,旁边中学的铃声传来,我的腹部涌起阵阵莫名的绞痛,像梦中海水的余韵。小学低年级时每天傍晚从奶奶那儿回家,一个人走在石梯子上时抬头看见远处如幕布中的黑压压的山头，在黄昏手指特有的残影中显得诡谲。再大些，对山的记忆大多是被父亲逼着背诗的情景，在自家的阳台上对着对面的山念出"噫吁嚱，危乎高哉""八月秋高风怒号"这样的句子。这些句子后来让我在语文课上大放异彩。诗词大会盛播的那几年，我坐在电视机前答得比里面的选手还快，亲戚们都一致认为要是有平台，我一定能少年夺魁。只有我自己知道我背的每首诗都是山的模样，曾经很长一段时间里我想起那些诗，脑海里只有山和父亲狰狞的面孔。

几年后我重新拾起这段充满喷泉与风、阴影与威压的或田园或晦暗的时代碎片时，想起多年来我无数次望向这些我耳熟能详的连绵山脉，这些屹立的黑色雕塑，无言之塔。我将我性格的软弱归咎于这些横贯阻断的大山和父亲毫无疑问失败的教育，我无法从中得到祖辈们的豪迈，我只有恐惧、封闭紧紧拽住我纤弱的童年。为此我曾对海情有独钟，幻想她可以打开我紧闭的心扉，找到我的源头，可我却在九岁跟团到厦门真正见到海时，还没靠近就被沙滩上的腥臭逼退。对海的执念不过再次证实了我的软弱，从此我在庞大之物前真正地屈服。我不属于海，不属于一切广阔之物。我没有母亲所期盼的像海一样的浩瀚心灵，我只有山，只有那一座座埋葬我目光的山，那一座座孤独又冷漠的山，和山下环绕的江水。它们是我的宿命，我的枷锁，我漫长童年唯一的印章。

久居地窖的人总是对阳光情有独钟。对我而言，是海，也是自由。十二岁以后，我拼命地想要逃离故乡，或者说逃离这里熟悉得令我发臭的、堆满我太多童年残留尾絮的生活，而不可否认其中绝大部分来自我对父亲的逃离。初一那年后，父亲在的学校给了小城孩子一个机会，我得以去市里读书。那时我疯狂地迷恋三毛，迷恋她的奔放和自由，想像她一样无所顾忌地浪迹天涯，逃离这烦躁的一切，故乡的山、故乡的江、故乡的枷锁与牢笼。我最喜欢的书是她的《撒哈拉的故事》，最喜欢在作文里用的比喻取自那篇《雨季不再来》："我走出了金色的童年，而迈入青春的雨季。"

然而这雨季太过漫长，以致我似乎已忘掉童年的种种记忆。我成了北岛诗中那个不敢与别人握手的人，在自己心中留下深深的烙印。好在小时候被迫打好了坚实的基础，我被提前保送进了市里最好的高中。中考结束后的那个暑假，我们全家人都处在其乐融融的氛围中，哪怕父亲闪烁烟头的目光也柔和了许多。至此童年的一切似乎都已经结束，如那场大水般销声匿迹。但是往日积淀的岁月不会轻易流逝，正如蓄势已久的火山不会善罢甘休。

至今我回忆起那段日子，都恍惚得如一场梦，一段不存在的时间。高中初始时我经历了一段疲惫的奔涌，浑浑噩噩几经断流。在无数次穿行于夜灯与独自痛饮后，我方才懂得所谓孤独，不过是发现我们与世界之间的巨大代沟，幼时腹部的莫名绞痛、对巨物的胆怯不过是它从未察觉的表象，悄悄伴奏了我的整个童年和青春。梦中我再次降临黑色紧闭的空间，细长海水摇摇欲坠，童年的记忆水落石出。

"一个人意识到自己开始变老，是源于他发现自己开始长得像父亲了。"仿佛冥冥注定，我猛然发现自己与父亲是如此地相像。尽管不愿承认，我们都习惯逃避不愿提及的事，都在某些不必要的细节上过于苛刻，都有着一种根植于心的自傲，有着相同的自私与嫉妒，当然，都同样孤独。我在一个深藏的盒子里找到父亲和我年纪相仿时写的诗。我双眼通红，像《霍乱时期的爱情》里弗洛伦蒂洛·阿里萨读那些炙热的情诗一般，赤裸着上身在房间里来回走动，一遍遍大声朗读那些属于父亲的诗，终于明白历史重复，我所谓的逃离不过是妄想，孤独基因的轮回，我的诅咒。

我想起我那刚出生便早早夭折的哥哥。我曾不止一次思考那两个截然不同的心脏于家族历史中出现的含义，一颗回到过去，一颗流向远方，宛若孤独轮回中的命中注定。为此我得以出生，我有时感到庆幸，因为哪怕现在三胎开放我也没有弟弟或妹妹。然而历史倒退，多米洛骨牌推倒又重建，我不禁思考另一种可能，假如那场大水中遗留的心脏不是一颗，而是两颗。那么我就会有一个哥哥，和我有相同的面孔，名字仅源于父母姓氏的组合，不需要背负太多的寓意。假如我有哥哥，我是不是会变得更加骄纵，不会在童年时感到胆怯和恐惧。我大概不会那么孤独，不用在幼儿园午睡时腹痛，一个人走那么长那么长的夜路；我也许不会再背那么多的诗，不必在读诗时想起那些山和山后那沉重的父爱。父亲和母亲把哥哥丢进那条城外的江水里。我不知道当时他们是什么心情，如今，滔滔江水前，我只看见无尽的浪花从远方而来，又奔向远方。那颗心脏去了哪里呢？或许早已汇入长江，奔流而去了。哥哥，你如今又去了哪里呢？为什么将我一个人留在这永世的山的轮回、海的羁绊中了呢？我想起那句"日日思君不见君，共饮长江水"，哥哥，我多么多么思念你，这滚滚的长江，我的童年，这些弃我去者——逝者如斯呵，皆不可留！

母亲说带我去看心理医生，然而终究没去。期末我史无前例地考了倒数。那天，走在学校门口大桥的夕阳中，我看着无数的车闪着霓虹灯驶去，嘈杂的穿梭声从耳边穿过，突然明白我也是那浩荡车流中的一员，和它们一起不停地向前奔流。城市空旷的日影中，我别无选择，只有朝着那个相同的缓缓落下的模糊远方奔去。

高二下讲《将进酒》，"君不见，黄河之水天上来"的读书声在黑白分明的教室中响起时，我觉得莫名突兀。我仍旧双手插兜走过学校的很多路，仍旧每天下午和朋友们一起去吃饭，然后独自离开；仍旧喜欢每周五一个人躺在市大礼堂的石阶前看碧蓝碧蓝的天和天上缓缓移动的云。"我们""他们"——与别人交流时我一如既往地习惯这样分开。我是如此地坚信，却又不禁怀疑。我自恃才华横溢，认为自己以后绝非凡类，却在年龄的增长中明白自己的平庸，并没有展现出哪一方面任何惊人的天赋。

课后语文老师破天荒地让我们写一段赏析，我想了想，写了"其实孤独"四个字。在代表愤怒的红叉中，我听着台上的优秀范例，一众赞美"豪迈狂放"的讴歌声音此起彼伏，我不禁黯然，埋案于理科无尽的题海。直到我听见一位女生写的评语，那句话至今被我记在手机的备忘录中：

"私以为李白之'寂寞'，不是世人的骄娇二气的发泄，以'古来'展现千年圣贤寂寞的图景，实则是他最为骄傲但同时最为谦卑的姿态。他能意识到时空浩渺并仍若蜉蝣撼树。他能对话与古今圣贤若'独立苍茫自咏诗'。他能自满傲慢地认为自己一定能同饮者留名青史，使仙人抚我顶以结发受长生。"

我不禁恍然，一股醍醐般的冲刷直流而下，流淌过我的全身。李白，盛唐的明月，酒中的精魄。他的才华暗室明珠，他可以叹黄河不复返，高堂悲白发，他可以扼腕叹息如梦般的浮生。而我，我又能扼腕什么？我只有逼仄的疤痕、象征命运的大水、过去和我的名字，它们都是我的烙印，命中注定的羁绊，弃我去者。我只有梦中细长的海水——曾经我以为是大海，后来才知道那不过是故乡城外那条窄窄的绵延的江水。

高二快要结束的一天，我去医院看牙齿。出来的时候，外面冰冷的风迎面而来,刚补好的牙有些发痛。"这是一颗乳牙。"我满脑子都是医生指着那颗坏牙对我说的话。医生问我是拔还是补。我想起晚上那场宴席,说:"补吧,一会儿应该还能吃饭。"轻易地决定了这颗陪伴我十六年的乳牙的命运。

宴席结束后,父亲喝得大醉。我搀扶着他走出饭店,和众人告别。我看着父亲蹒跚的满头白发,想他真的老了。父亲在车上疯狂地呕吐,出租车师傅见怪不怪地抱怨着。父亲一边接过纸巾一边说自己没醉,嘴里不停地喃喃自语。车窗外无数红灯与黄灯闪烁,又飞快地隐匿在夜色中——我忽然明白,我们都是那颗坏牙,在城市里腐烂发蛀。

回到家,我把父亲安顿睡下,母亲在下面和出租车师傅解决清洗赔偿的事。我躺在床上,外面穿梭的车流声传来,有些睡不着。我戴上耳机,循环着一首常听的歌,沉浸在里面如海浪般的旋律中。

凌晨,那颗牙齿开始钻心地痛起来。我仿佛置身冰冷的潮湿空间。重力向下,午夜的寒气顺着墙壁透出。黑暗中大水肆意翻涌,充斥在房间的每个角落。细长的海水从源头顺流而下,浸过模糊的视线,融入一个黑色的空间中。那颗牙齿左右晃动,拉扯着神经猛地坠落,像石头一样砸在我胸口。

我一下从床上惊起,察觉到背后早已湿透,耳机不知道被压到了什么地方。时间已过了两点,父亲的鼾声从隔壁传来。我摸了摸那颗乳牙,没掉。窗外月光静谧地透进来,仿佛一场丢失已久的梦,奔流到海不复回。

浅海里的金枪鱼

马欣瑶

我把眼睛闭上，眼前就是大海。

深夜吝啬地洒下月光，照在漆黑的海面上。海浪像石油一般涌动，缓慢的，黏稠的，一切都浩瀚无垠。我就坐在海岸边，鼻尖沁入了海水微淡的咸腥气和沙土的味道。我把脚伸到刚好能被海水浸没的位置，能感受到海浪静静带走脚下流沙，以至于让我越陷越深，越陷越深，一直触到深埋沙下的贝壳碎片。偶尔在礁石的背后，能听见鱼虾蟹类的窃窃私语。

我妈常说，淹死的都是会水的。但活在近海，人人会水，这一论断又似乎没那么的有说服力。所以这从没阻挡我和其他小伙伴去海边的冒险。我家以前就住在靠海的一个村里。那个时候海还没有名字，岛也没有名字，人们在的地方都统称叫渔村。我也就住在这样的一个村子里。自有记忆起，父母都在外面打工，几个月才能回来一回。从来串门的七大姑八大姨口中，我知道他们都去了大连。或许这也是命中与海结下的一种不解之缘。

十岁以前，我都活在白墙黑瓦与大海沙滩之间。我在闲来无事时逗弄家门前那条土狗。它是那么的小，黄黄的，毛茸茸的。或许初生的事物总能勾起人心中对于美好的微薄向往，我总乐意用手挠挠它的前脖颈，或是捋顺它后背的毛发。我愿意看着它用依恋的目光望向我，或者朝着我摇起它的尾巴，就像空中的螺旋桨。我有次做梦，梦见我骑着它，飞离地面，这座小村庄，飞去了远方。

远方是什么样的？这个问题很少被我考虑到。不过想想，大概也就是更多的白云，更高的楼，与更宽阔无边的海吧。

我有一群非常要好的玩伴。不过现在里面大部分人的脸我都不记得了，唯独记得一个阿青。他常常寄住在我们家里。后来我知道，他家里没什么人来照顾，只有一个远房亲戚和他住在一起。而亲戚又要早起捕鱼赶集市，因此就总把他托付给我爷爷——也就是他的邻居来照顾。日子久了，他跟我越发熟稔。早午饭我们一起吃，爷爷出渔回来，我们三人，有时还有奶奶一起抖网。原本的枯燥乏味，就在爷爷奶奶老两口的唠唠叨叨与阿青的插科打诨中过去了。在他们口中，我知道了对街邻居亲戚来抢房子的热闹事，以及爷爷的某一个一起打鱼的朋友捕到好货的惊奇。而一到下午，阿青总鬼鬼祟祟地喊我去我们共同的"秘密基地"。其实就是最靠近海边的一座废弃的破破烂烂的房子，里面装着阿青的不少小玩意儿——捡到的完整的钉螺，还没来得及处理、正泡在水里冒泡的海瓜子，几个青岛啤酒的瓶盖，或者长而纤细的稻草秆。我们就如天底下一切稚童一般玩闹，我们也正是这样无可担忧的稚童。海水是如此清澈，涤荡净世间人们心里的一切尘埃。日光此刻九分满，大海纯洁无比，金光闪闪，凉意渗透进我们两人的心头。

然而什么样的东西能永远纯净天真呢？即使是大海也无法做到，因此不能免俗地成为命运的执行人。十岁以前的记忆总是模糊不清，然而却又恩赐般的留下几个片段与印象，这些片段又往往伴人终生。

阿青亲戚的去世很突然，以致于我现在回想起来都仿佛一场梦一般。当时我好像也迷迷瞪瞪的，一直到了晚上，被爷爷要求站在海边时脚才触到地面。阿青一直沉默着,但我觉得那更像一种迷茫与木讷。我们什么都不懂,但却在什么都不懂的时候失去了一切,这更凸显出一种残忍来。大人们的脸上都是庄重严肃的神情,没有人哭,也没有人闲聊。也许是因为没有多少亲戚朋友,他的死与众人似乎隔开了好远好远,远到成为了一个符号,一个象征着所有人命运的符号,因为这就是他们中大多数人的未来。这是他们无力躲避,因而只能接受并与之相融的未来。

"潮涨了。"阿青被带到前面去了。远方月亮升起,星子四散飞落,打散天空中堆积的云。我听不见他们在说什么,只看见阿青不一会儿就站在了海岸边最前面,向着大海大喊些什么。

无声的静谧如同水波纹般涤荡开来。篝火在沙滩上噼啪作响,如同人们头上的黑发被拔断,再长,再断,再长,再断。阿青的声音好似离我很远,我的眼睛专注地盯着火光边上一只经过的小蟹,我看到它几条细小黑色的腿快速地爬动,转瞬间就钻到岩石堆里了。这一次我突然听清了。

"你回来呀!你回来呀!"

漆黑的海浪涌动,不断靠近又靠近。潮确实涨了。阿青正缓慢地后退着。道士正坐在一个模糊的高台上,念着咒语,即使我眯着眼睛看过去,还是看不清。看不清,就决定不看了。我重新望向海边去。那浪头仍在永不止息地奋勇向前,然而此刻的它,丝毫不见那夺人性命的凶恶样子。它是沉默的,又是怒吼的。它像石油一般粘稠地涌动着,厚重的,滞缓的。在它沉默的背后,是否也有不愿言说的东西呢?

"你回来呀!你回来呀!"

阿青的声音突然变得沉重而断断续续。我不由得将其与那天阿青捡到稻草秆子发出的清脆笑声做对比。

"你回来呀！你回来呀！"

这样的声音什么时候才会停止？我们都活在海边，海面，以至于海底。于白沙边我们渴望呼吸水中最纯净的氧气，溺于浪潮时我们又拼命回头，最终一生于海中漂浮，随波逐流，成为蒸发的蒸汽与泡沫。

"潮退了。"和阿青站在一起的叔叔说。我收回思绪，一切又沉寂下来，只有那道士在高台上挥舞起一块不知是什么的布料。夜里有风吹起来，大风将我的外套吹得猎猎作响，也给予他手里的衣袍变幻的形状——是阿青亲戚的旧衣。人们渐渐三三两两地走了，我也顺着那条回家的小路慢慢往回。阿青就在我身边，但我却丝毫没有与他说话的心思。恍然间我知道，似乎发生了一件非常重要的事，它影响了阿青的一生，甚至也将会影响我的一生。

到我家门口的时候，爷爷温和地和他说："你到我们家来住吧。"

我侧眸看他，他轻轻点点头。

第二天早上，几个邻居和爷爷帮扶着准备丧事，我百无聊赖地站在一旁玩自制的粗糙陀螺，一抬头却发现阿青正盯着桌上一个东西发愣。我站起身，顺着他的视线望过去，发现是一个贴着生辰八字的稻草人。此后不久，我便进城里读书了。

时间如同流水一般过去了。阿青去了台湾，我们二人的见面也于七八年前中断了。我们很少见面，也很少联系。我现在也只会在走到海边的时候想起他。

我如今已半身沉没在闪耀的灯海里。时间催生出许多深眠的种子，唯独腐化掉天真与光洁的面庞。矛盾繁杂的心思如同野草碎碴，让人置身其中只能拼命地绽开笑容，用力呼吸。离开了小村，离开了那条青石板路，我恍然间才发现我并不是那个自己以为的奥特曼，不是与阿青玩闹时自称的铠甲勇士；我只是一只小螺，只是一根漂浮在海中的稻草秆子，我只能和那些我曾经从未理解的、鄙夷俯视的人一样发出富有酸味的慨叹。我又想到了阿青，我想到那一位在那个有风的夜晚沉在浪里的渔民。我终于明白原来我们的命运就是最终的沉沦，只是在午夜或是在正午的差别。然而，死亡究竟是浪里的沉没，还是最终的上岸呢？

我妈常说，淹死的都是会水的。转瞬间我回到那个夜晚，海浪如同石油般涌动，而人们却像静止一般四散在无限远的海岸上。那个时候我们什么都不懂，但却拥有现在无可拥有的一切。那时我们的眼睛前蒙满雾纱，看不见他们已半身浸入大海，只能看见夕阳落日余晖金边栖息于他们耳旁，勾勒出那样一道耀眼的弧线。

总迷茫于生死之间。迷茫于海，迷茫于车流，迷茫于人世，迷茫于不停的时间。总在缅怀已死的过去，而忘记了曾经的远方。但请不要悲伤失望，因为人生海海，浪潮永不停歇。如果真的不知道怎么办，就暂且随波逐流吧，漂向未知，本身也算一种前进的方向。

走在深夜灯盏万千的街头。我把眼睛闭上，眼前就是大海。

从桥边跌入河中

/吴晨语

妹妹和我讲,那座桥真的很远很远了。我向那里看过去,桥就像纸团一样燃烧起来,最后蜷缩成为一摊灰烬。

这只是开始,一个月的开始。

那座桥实在是很老了,如果它是人的话,应该也是干枯的黝黑的老人,疯疯癫癫的那种老人。母亲说过,她小的时候就已经有了这座桥,高大古老,让她感觉自己像个孩子。她起身掸了掸身上不存在的灰尘,指了指像个鬼一样蜷缩着的妹妹说:"看看你妹妹那个样子。"我于是转头望过去,妹妹细细地笑起来,声音尖利就像气声,她捂着肚子看着我呆呆的样子嘻嘻笑起来说:"姐姐你真是傻了。"她的手冰凉,光滑,就像夏季冰凉的河水。她突然毫无预兆地指着墙壁嘻嘻地笑起来:"这里本来漆的是蓝色的,明亮的天蓝色。"

我用手指尖擦了一点墙灰看。对于它曾经真的是天蓝色这一点,我始终保持着怀疑的态度。它只是污涩的白色,夹着一些流水或者铁锈的颜色,丝毫没有天蓝色的趋势。它现在不是天蓝色,将来也不会是,甚至它的过去都值得商榷。

母亲轻轻地拍打着我的脊背,就像最原始的拍打一样,没有任何的规律和节拍,就像雨水拍打河面时一样。拍打到最后会夹杂一句"好去写作业了"的啰嗦,然后我会起身离开,一切恢复原点。

我的家族生性疏懒，根本不去想把墙壁重新漆一下。窗外在下雨，铁锈顺着雨水下流，把原先就已经焦黄的墙壁又染的焦黄。奶奶伸手去关窗户，吱吱嘎嘎吱吱嘎嘎，关节处又漏下一些未知的粉末，密封条早就失去了弹性发硬发僵，发出惨叫一样的嘎吱声，就像女人被虐待发出的尖利的惨叫声。她破口骂了几句，大概意思是这个老天爷眼睛简直是瞎得厉害，非要和我们过不去才是。

我把自己的书包放下来，并没有回头去看她，只是用自己不大的声音说了一句："为什么你们就不能重新油漆一下。"

奶奶僵硬地转过头来嚷了一句："一天天你在嘟嘟囔囔什么东西，什么话不能大声说出来。阿弥陀佛，主保佑，她气死我。"

"没什么。"我轻轻地回答她，嘭的一声把门关上，门锁早已经破裂。我关门的那刻，失去了清脆的锁入鞘声，只剩下闷闷的木头和金属撞击的声音。妹妹在身后，她坐在床上，书包并没有打开，似乎用得有些发黄。她再一次笑起来，依旧细细的。她细细的手指指着微微有些绛色天空中的那个白色球体，头却转过来看着我，她尖利地细细地说："月亮，你看。姐姐，月亮。"

我并没有看她，走到书桌前面，轻轻地拿起来我的日历。日历上画满了叉，那是天数已经逝去的标志，以及废弃的回忆。我总是要过完一天划掉一天，有时候力度过大甚至可能划破撕裂开来，不过我并不在意这一点。

她好像恶作剧却没有被发现的小孩，叹了口气说："啊啊啊你真没意思，那个破日历都多老的人才会用的了。"她钻进了我的被子，我照例划掉了一页，也躺到了床上。我们都是可怜人，裹着被子因为空调过冷而冻得吱吱乱颤。房间挤得像人的咽喉，狭小而让人感到不适。人就像老鼠一样。妹妹的皮肤变得更加冷，她的肌肉连带着皮肤一起发抖，也不说话，只是把自己蜷缩起来，蜷缩成母亲子宫里的姿态；漂浮在黑暗中，蜷缩成为好小好小的一团。我甚至怀疑她就这样死掉了，就躺在我家里的床上安静地死掉了。

我望向窗户外面，那个月亮就像是一个死去婴儿的面孔一样惨白，令人恶心的柔软，甚至于富有弹性。我感觉口鼻被捂住，窒息和恶心的空气反上来，就像肮脏的透明的层层包裹。我想到地理作业里面快速变化的月相，把头从窗户里探出去努力张望的那种淡淡的忧伤。我努力地扒开那层肮脏，挣扎，痉挛，最后昏厥。

学校煮的带鱼软烂，灰色的皮几近脱落，就像墙灰。但是我已经习惯了麻木的吃饭，把面前的那一碗米饭吃完——北方人说我们南方人喜欢吃米饭也不是不对。把带鱼的骨头也一起嚼碎，在胃里吱吱嘎嘎吱吱嘎嘎，像窗户一样作响。

栏杆外面红色的货车一辆辆地驶过去，激起来的水花也是很闷的声音。浙江总是有点水的，是总是这样的。我并不觉得这有什么特别，只是在扒进最后一口饭的时候轻轻放下我的筷子说："对不起了，我吃不下了。"同学扒着饭，非常平淡地说："你要回去了是吗？"饭卡颜色暗沉，塑料碰撞发出水花一样闷的声音。

我抬头，像鱼一样吐出一口气，然后只是笑了一下，就这样无声息地消失在食堂远处的夜色里。货车巨大的轰鸣声震得地面和我的心脏一样被动地跳动。我没有忘记抬头去看月亮，睁大眼睛辨别她的形状，那个可怜的可怕的孩子的形状。孩子，那个白皙的孩子。我没有看到月亮的形状，周围的人骚动起来，货车的轰鸣逐渐消失在夜晚，妹妹再次细细地笑起来，让我感到不适，我轻轻地说滚远点，她却要贴在我的旁边，继续细细地笑，然后轻轻地讲："姐姐，我知道月亮。"

我感觉冰凉黏腻的汗流下来，顺着我的下巴，流进我的身体。我努力地打开声带问她，来我高中这里做什么，接我放学没这么早。她却看着天空，一下子冷下来说："雨已经停了吗？""滚远点，"我虚脱地讲，"我说了你给我滚远点。"我伸手去推她，我不想在现在这种时候看到她，就像涨潮一样，唾液分泌过度，我知道那是呕吐的前兆。我只是指着大门说："滚远点，现在，马上。"

她露出一种很悲悯的样子，却仍然不想放弃询问我，她轻轻地说："那么，姐姐，你想跳进那条河里吗？"

我剧烈地咳嗽，干呕，眼泪横流。我只是摆手，然后很疲累地说："我今天肠胃炎犯了，没工夫管你发疯，你今天爱干吗干吗去，死外面我也不管。"

"妈妈也不会管的吧。"她好像有一点难过。嘟着嘴，眉毛倒八，她好像在哭，有一点点尖利地抽噎，带很大成分的气音。

"那么，姐姐，你想跳进河里吗？"

我瞪大眼睛，妹妹却同样瞪着我，我伸手去抓她，她却逃开去，她轻轻地说："姐姐，你没发现我烧起来了吗？"

我的眼前突然出现火光，我想起来那个白夜，被火光染得飒白的夜晚。我记得她融化扭曲的脸庞，她叫起来，凄厉而夹杂着头发燃烧的气音，她说姐姐，你没发现我烧起来了吗。我叫起来，周围的人按住我的手臂，他们几乎要把我的手臂按折，我的眼泪流出来，顺着脸颊流进我的身体，我的脸颊发痛起来。火光炙热。

我向后退去，滑倒跌进河里。我又一次看见那个月亮，那个白皙的孩子，我想起来那天晚上也是这个月亮。水花乱溅，白飒飒得就像月亮。那个孩子猛地睁开眼睛，眼珠棕色滚圆，我轻轻地问它，你凭什么和我妹妹长着一双眼睛。

月亮是我杀的，我把它埋葬在深夜。我的手腕出奇地细，手掌可以以一种惊人的柔韧度弯折起来，它银白色的手铐从上面滑落，然后发出雨水掉在河面的声音。没有人发现它的残骸，或许是因为它根本不足以成为一颗恒星，永远无法发光。宇宙不会怜悯任何一颗行星。红尘本就是破的，所谓看破红尘的人只是看见了真相。真相这一人类千万年来所追寻的东西，到最后也逐渐变得不那么重要，就像已经褪色的天蓝色墙壁一样模糊难辨。

我抹掉脸上月亮流出来的黏稠的血，吃力地把它埋在土里盖好，我突然就想不起来它原来的样子了，只记得诡异的银白色的光。我害怕起来，把铁锹攥得紧紧的，逃跑一样狠狠地转头不去看。

奶奶快速地老去，皮肤失水皱拢，肌肉无力地下垂。她一天要抱怨好几次她的腿脚不灵了，唯恐家里不乱一样地要求我们带她去杭州这种大城市的医院才好。我很无情地坐在那里正着眼睛看她，她和我没有关系，我甚至想不起来她到底是什么样的人。我似乎跌入了情感的怪圈，我讨厌繁琐俗套以及她所有农村妇女被培养出来的那种刁钻的口吻。她认为自己的人生是这样，那我的人生也必须是这样。我不知道这种恶毒自私的想法为什么会与生俱来，或许这是她应得的，是对她的报复。我虚弱地关上门，瘫倒在一地鸡毛里，母亲大喊了一句你在发烧，耳朵边嗡嗡作响。我的房间不隔音，楼上的邻居总是要和她的儿子吵架，然后波及我这块贫瘠的地方，除了歇斯底里，有时候会有玻璃陶瓷破碎的声音。我已经过了和他们吵架的年纪，我只是随他们，我讨厌争吵。我的叛逆期是沉默、血迹，以及谋杀月亮的冷冽。我的铁锹倒在床尾，它曾经触碰过月亮破碎的肢体和土壤，我没有去清洗它，它的头部结成僵硬发白的粉末，却没有，或者不能掉下来。

我想到妹妹扭曲天真的脸，还有她所说的那句"姐姐，我知道月亮"。我想到溅到我一身的水花，白得如同那个婴儿一般的颜色，消失融化的那张脸。我跌跌撞撞地划掉那一页日历，随后蜷缩起来开始崩溃地大哭，鼻涕眼泪糊成一片。

这个月的尽头，母亲跪坐着刨开我曾经掩埋的那片土地，然后平静地转过头脸对着我问我这是什么。

我轻轻地说："妈妈，那是月亮。"

有时唱歌

/何晨曦

我喜欢唱歌,这件事几乎没有人知道。在家里,我爸常说我可以把嘴挂牌出租,因为除了进食饮水,我可以做到整个月不和他说一句话。这是个误会,他的工作早出晚归,只有晚餐时间我们一家才能坐在一起,当我尝试在喉咙里激荡空气好对他说白天发生的事时,他往往已经喝醉了。而过去他主动找我谈心时我正值叛逆期,比起对话更钟爱自言自语。随便吧,我已经认定了此生笨口拙舌,谁愿意买下这张嘴用来给社会建设事业发挥点功用,总比留在我脸上做个装饰品要好,何况它不甚美观。

我第一次鼓起勇气在人前唱歌大概是在高中。那时我和一个学音乐的女孩坐在公园的角落,南方稀薄的雪正在融化,打湿了我们的头发和脚踝。一曲歌毕,她向我指出了一个细节上的问题——我唱歌没法听。以她扎实的视唱练耳功底,我不敢反驳,于是只能选择相信。一周以后她就不再来找我了。起初她和我交往,是听说我在某个作文比赛上获了奖,对文学一定有独到的见解,但我只会像保镖似的跟在她身后,一提起书籍和写作就支支吾吾。之后很多年,我终于磨炼出大言不惭的技巧,可以对着同好们放开嗓门,像考试后宣布班级座次,一排排罗列作家的名字。但聊起音乐,我依旧只能掐紧嗓子,装作伤风感冒。唱歌是更私密的事,比起磐石般一旦写下就不可反悔的文字，它更像是蒲苇。我惧怕它不够准确没有人听，更惧怕它过于准确，被人们听出其中的变形与孱弱。我不是一个能直面自己的人。

说起来有些奇怪，在Y面前我少有这样的顾虑。Y是我本科的室友，我关于大学的每段记录几乎都有他出场，如果他有兴趣，就可以像我写他一样交出一部"某某唱歌通鉴"。甚至我们最后一次见面就是在长沙的一家KTV，我对着满座的陌生人开唱，而他喝得酩酊大醉，直到临走才逐渐清醒。他还要赶赴下一场盛会，而我独自跋涉八百公里回到南京。表达自我总是要付出点代价的。

有时候我会想，两个人能做成朋友，是因为彼此清楚对方隐藏在表面下的不堪，它构成了某种攻守同盟，在拮抗中维持着互不出卖。这当然只是我的偏见，源于天性的多疑。我同样怀疑，最初见到的他和后来躺在沙发上的醉鬼是不是同一个人。新生入学时，学校规定所有军训的男生一律把头发剃成不长于两公分的板寸，理发师拿着尺子来一个个丈量我们是否合格，如瀑的长发在我们面前投下了巨大的阴影。短发加上日晒，让我们面对面时都不敢轻举妄动。劳教所已被取缔，谁能保证对面这张好像上过《今日说法》的脸不会危及你的生命安全？所以前几个月，我只能记得Y是个面色黢黑的小个子，和谁都有交往，总能在你提到他时出现。

十二月，南京的初雪淘洗了肤色，我们才终于能把名字和脸一一对应，打开国门着手建立邦交。同寝的另外两名室友，一个只钟情游戏不理俗务，另一个是南京本地人，只把寝室当成储物间。Y一开始也并不和我同路，直到我们发现对方都喜欢香港流行乐，才逐渐有话可聊。在追星这件事上，我大概算个研究型人才，总在搜罗网络上各种少见的资料和新鲜的传闻。

而他不一样,身体力行地把明星的名字纹在了手臂上。之后几年里,他不断重蹈着洗掉文身又再次文上的覆辙,整个人也变得像屋里紧锁后褪色的空响,久久盘旋在房屋中央。

暂时先忘掉后面的事。我们刚开始熟络的那一阵,他还是精力旺盛的社交动物,偶尔出现在教室里也只是为了塞给我什么东西,让我帮忙带回寝室。我还在用"您""同学"称呼别人时,他和老师之间已经率先用上了"老""小"之类的前缀。他尝试留长发,穿港风服饰,每半个月去逛一次古着店,淘来的衣服堆满衣柜,同行的女友光芒四射。与此同时,我正把自己困在寝室的桌前,叠积木般地罗列一些没法实现的写作计划。那时我还相信文字的力量,认为锻炼一行纸上的表达胜过拥有婉转的喉舌——我的文字也许能引发别人歌唱的欲望呢?他像彗星般飞掠回寝室时总会劝我多出去走动走动,别跟小老头似的。偶尔他临时取消行程,也会拉过凳子到我的地盘,一起看部粤语电影。那些电影绝大多数是我看过的,但他始终保持着新鲜,无论多老的片子,总能看得捧腹大笑。

我应该承认,在很长一段时间里,他都是我与外界接触的浮标。可能是受到他的感染,大二开学时,我终于后知后觉地把目光移向了窗外。夏季的热浪蒸腾着草地和树木,令人晕眩的气息汇聚到上空就形成了云,一切看起来都明亮而干净——这是修辞手法,事实上从窗户望出去只可能是另一幢男寝,但多少提醒了我应该接触具体的人。我和男同学们没有话题,女生们倒是接纳我加入她们血拼的行列。一天下来没少拎包,在三福和优衣库之间疲于奔命,好像抢了赃物却无法处理的笨贼。用过晚饭后,她们开始商量接下来还要去哪儿,唱歌和抓娃娃势均力敌,后者最终因为橱窗里娃娃的种类太少而落败。我举起手颤颤巍巍地表示,我从来没去过KTV,招致了一致的鄙视,她们语重心长地开导我：现在都说练歌房了，要早日摒弃被淘汰的称谓，积极拥抱变化，没有人不喜欢唱歌吧？我点头称是，尾随她们杀向前台，献身堵住头顶霓虹灯的枪眼，抵御走廊沿岸老年塞壬们充满杀伤力的歌声。然后我艰难地进入堡垒，在她们高音与回声的轮番轰炸里坐足了两小时的冷板凳。

听我描述这个场景的时候，Y正在玻璃门的上方悬挂彩灯。胶带没有固定好，闪烁的轨迹如蜿蜒的蛇行。他在学校附近的街道盘下了一间店面，打算开一间小型的音乐酒吧——音乐全来自他淘来的闪光音响。我一向知道他家境优渥，但没想到能搞出这么大的阵仗。他从梯子上下来，对我摆摆手：哪儿的话，还问朋友和老师借了很多外债呢。语气轻松得像输了一把没有赌注的牌局。

他社交动物的属性在校外同样管用，租下店面没出两天就和隔壁烟酒商行的老板结成了朋友，常常借用后者的厨房烹制员工餐，煎炒烹炸，花样很繁复。一开始我只是蹭饭的帮厨，后来莫名其妙地就成了酒吧的员工，和他一起装修店面，布置陈设，往天花板上放飞难以计数的气球。我大概称得上是合格的员工，从不迟到早退，唯一的短板在于完全不懂酒，什么洋酒、精酿、工业啤酒，个中的差别听得我头大，培训了几天还记不得那些瓶瓶罐罐的价格。Y足足花了一整晚才消化这个事实，然后叹了口气，用门口灯带一样歪歪扭扭的字迹在小黑板上写下了价目表。有客人来的时候得把它翻过去，只能偶尔瞄一眼。生客熟客的报价不同呢。

他煞有介事地向我分析过，酒吧只赚两类人的钱，第一类是生客，第二类是熟客。生客不清楚价格，熟客一般三五成群，不好意思在谁多喝了一瓶酒这样丢份儿的事上饶舌。扩大规模和开分店的蓝图似乎就在眼前展开。为了实现它，酒吧在头一个月里分别举行了开业庆典、两周庆典、万圣节活动、感恩节酬宾。每天夜里他都在朋友圈晒出满座的照片。

正式营业那天我没有去,只是从他的朋友圈里看到穿着入时的红男绿女涌入一楼的吧台和二楼的沙发,在镜头下张扬地举起酒瓶。他们随着音响合唱一首歌,酡红的脸上笑容真挚。后半夜我突然醒了,看见手机屏幕上跳动的来电提示,接起来,电话那头乒乓作响。Y自顾自地说店里还剩最后两组客人,很快准备结账走了,今天店里真是好忙啊,你应该来帮下手的……我一边打着瞌睡一边听,嘈杂的声音始终没停。他拉拉杂杂地说了好久,最后才问,要去唱歌吗?

这回终于听清了,我在一片漆黑中点头说好。

尽管答应得很快,但真正坐在练歌房里,我还是矜持地一声不吭。高中时那个女孩的判断言犹在耳。面对这个世界,我真的能够发出自己的声音吗?Y打着哈欠,问我在胡说八道些什么,随后在平板上点了一首我们都会唱的歌,开始高一声低一声地哀嚎。我被他从沙发上拽起来,跟着屏幕上演唱会的录像跳跃。这样子很怪,我们像两个心有不甘的冤鬼,在包间里直上直下地蹦跶。

我接过他递来的麦克风,试着低声跟唱了一句,声音听起来很不像我。屏幕上很快显示了我那一句的评分,至少及格了。调节着胸腔里音量的旋钮,我不断往外吐出滞涩的气流,一次比一次用力,直到逼近喉咙的极限。我再次确信自己依旧喜欢唱歌,整个房间都因这个发现而充盈。雨水从高处落下,携带着许多负累逐渐离开我的身体。抛开失败的交际和天性里的犹疑,我重新获得了声音。

这种说法当然很夸张。事实上,重新学会唱歌并没有给我的生活带来改变,硬要说的话只是在酒吧不营业而我俩都有空闲的时候提供一个去处。但我的确因此欣喜。文字和歌声是两个极端，洞穴中的壁画和兽骨上的卜辞千年不腐，古代人痴心的秘密就此被我们看见。而声音留存不过是这一百五十年间的事，在此之前，人们说的话和歌声一起随风而逝，即使能在记忆中拓下副本，再唱出就已经不是原来的样子。比起文字，它要求歌唱者的完全敞开和听众的绝对忠诚。但两者之间又有重合的部分，其中包含着获得、遗失和遗失后的重新唤起，人们借助这个过程建立起心灵的通路。我还有个更现实的解释：Y在好多家 KTV 都开了卡，作为员工跟着他去唱歌，花费自然由他包圆。不唱怎么对得起他办卡的拳拳之心？我们从愚人节唱到端午节，从中元节唱到感恩节，直到冬季再来，路上的行人顺积雪打着花样百出的趔趄。

唱歌之余我们也谈天，把自己包裹在伴奏声里聊很多不会在外面讲的内容。他很多次向我提起他父母总也打不成功的离婚官司，他爸爸过去失败的投资和脑部复发的肿瘤。他并没有表面看上去那样踌躇满志，无论是身体还是想做的事，他总怕它们会脱离掌控而滑向低处。面对他的这些问题，我只能不痛不痒地说，每个人都恐惧成为自己父辈的样子，但往往在逃避的路径上他会重复他们做过的事，就像俄狄浦斯的故事，这是自我达成的预言。我知道这不是他想听的答案，这种时候我应该肯定他酒吧的成功，而不是讲什么俄狄浦斯。但我们已经在俗世生活里听过太多好话。在门后，我们只说真话。

冬天是酒吧的淡季。傍晚裹紧衣服去开门，钥匙碰到锁孔时会毫无征兆地触发静电，短暂照亮周围。我在酒吧的工作是先于 Y 来到店里，清理前一晚没来得及收拾的酒瓶，擦拭酒渍，然后坐在吧台里发呆，猜测他和第一批顾客谁会先来。

独自在店的时候，我总是循环一支西班牙的探戈歌曲，它是很多部电影的配乐。我喜欢这支曲子的中文译名"一步之遥"——似乎还差一步，我们就能保有令人目眩的一切：流动的盛宴，上升的星云，不可及的事物固定在毫厘之间。但顾客的确在减少。起初还没那么冷，Y的合伙人会带着朋友过来。再往后，酒柜一晚上可能只开几回，店内温暖而沉寂的气流在玻璃上铺开迷雾，水珠在其中不断绕路随后下沉。随着几场寒潮过境，渐渐前半夜也没有顾客了，这时Y会让我先回去，自己整夜守在店里。他的作息时间几乎和其他人对调，偶尔上完下午的课回寝室，会听到他摇屋倒树的鼾声。我至今也弄不明白他是用了什么独特的呼吸方法，才能发出这种非人的动静。

即使抛开学业，经营酒吧的事务也并不省心，饮酒让他的脸色肉眼可见地暗淡下去，不是当初日晒的那种黑。新的任课老师也不再承认他从学院那里批发的请假条，上课点到某个学号时总会轮空，笔在考勤簿上划出沙沙的响声。某天他在半夜打电话给我，让我去店里帮忙。那晚合伙人带来的顾客和一对不常来的情侣发生了冲突，一时间酒瓶和凳子齐飞，灯影摇晃，好歹没有人受伤。其他人走后，他坐在台阶上按着太阳穴，目光停在破损的灯罩上。他突然对我说，他想休学一年，让我回寝室后帮忙找一下桌子上放着的一份诊断书，记不清搁在抽屉还是角落里了。我提议，出去走走吧，明早我来收拾，今晚不会有人来了。他将身子完全靠在台阶上，始终没有回答。

第二天醒来，我经过好一通翻找才从一堆杂物里找到他那份抑郁症的诊断书。一袋药物放在旁边的角落里，没有拆封。我无法否认，他是我在南京为数不多的朋友，但他总喜欢用真诚的语气说一些谎话，所以我拿不准这是不是他的又一个谎言。我在脑海里检索曾经和他聊过的话，每一次特别的反应，每一个推不掉的应酬，都暗自导向和诊断书相同的答案。他拥有的我所羡慕和鄙夷的一切，活力、酒量、充斥着声色的夜晚和成功的人际关系，每一样都是那么容易损毁。我不禁想，我们都在为预言所困，在世俗生活里耗费精力，而他消耗得更加彻底。

在他休学后，我们大概半年没有见面，朋友圈里关于酒吧的图片随着一个月可见不断后退，直至完全消失。他偶尔会给我发来几张照片：医生新开的各种样式的药丸、手腕上没能完全洗掉的文身、一条溪流、晚餐。我们聊的话题其实很有限，大多时候我只能用好好养病来结束对话。不用再去酒吧打工，我重新从电脑回收站里找到了当初的写作计划，但不知道是不是由于过着浅薄的生活，我仅有的经验很快在文字里耗干了，只剩下不着边际的幻想和苍白无力的比喻。写作无以为继，我变得很想唱歌，但我也说过我有着很多失败的交际。我只能独自哼唱，走在路上压低喉咙，小心控制气流，好让它不被人听见。某天，热衷于游戏的室友终于发现在学校打游戏不如家里舒适，直接丢下考试周回家去了。于是寝室里只剩下我一个人，不与别人分享呼吸，在夜里用最大的音量外放摇滚金曲，用以抵挡同楼层坏掉的水龙头发出的尖啸。

Y再次通过电话联系我时，大三上学期已经快要结束。他约我在学校外的一家海底捞见面，似乎休养得不错，尽管有些浮肿，但多少恢复了之前的精力。他往火锅里下虾滑，不厌其烦地用调羹把每一粒都攒圆，对食物感兴趣是好事。我注意到他的手腕上有伤口，随口问了一句。他没有停止手上的动作，有条不紊地下完虾滑，才向我翻过手腕，几条交错的疤痕刚结痂不久，在水汽的熏蒸下显得通红，像盘中的鸭血。他轻描淡写地解释，有时候药物不管用了会给自己来几下，褪色的文身呈现出扩散的紫色。吃饭中途他接了个电话，大声地对着电话那边的人，也像是对我说，他已经好了，问题都解决了，开心点。

然而我始终开心不起来。电话挂断以后，他继续对我说下半年的规划，他要继续经营酒吧，但同时也在物色接手的人选。之前的合伙人在出资后就当甩手掌柜，进货和经营一概不管，还在账上记了很多笔酒水没有结清，他打算同合伙人谈判，一分钱转让费也不会让步。他情绪高昂地规划着，转让完店面后要工作半年，和他共事的都有哪些人物，却一直把受伤的手收在腹部，不断抖着腿，指甲深深地嵌进手指的关节和指尖的肉中。明亮的东西正在流失。那些如同玩笑般度过的日子就要过去，而我们都没有做好准备。

几天以后，我在家里接到了Y的电话，照例是半夜打来的。他像是被丢进了罐子里，讲话瓮声瓮气的。合伙人果然对之前谈过的条件反悔了，欠下的酒水也不认账，他们不知怎么和准备接手店面的下家搭上了线，把转让费压得很低。他准备和他们打官司，该拿到的钱他一分也不会让出去。

他讲得很慢，好像一边说，一边忘了下一句该说什么，中间他沉默了很多次，只有微弱的呼吸声和一些杂音提醒我信号没有丢失。我等着他重新整理思路，努力克制自己不要问出："还有其他事吗？"就这么保持了两分钟，他才拾起掉在地上的话头继续讲。他和对象分手了，就是之前一起吃海底捞的那个。有这个人吗？我在记忆里搜寻了好久，才记起来中途是有一个人挨着他坐下，没过多久就离开了。他说自己交往过那么多对象，却越发感受到关心是这个世界上最珍惜的玩意儿，同水、空气和酒一样珍贵。有一段时间Y和那些人聊天时会往聊天框里插入几张图片，都是他残破的手腕，可能是想检验对方能忍受多久，或者是逼迫对方直视他生命力的缺损。所以那些人最终都离开了，没有玩突然消失的把戏，而是真诚地告诉他没办法接受，好好保重身体……说到后面，Y的声音不断加速，在电话里碰撞出嘈杂的回声，直到某一刻万籁俱寂，电话那边不再有呼吸声，我才意识到他挂断了。不知道是不是误触，他没有再打来。

这年的寒假在各种消息中牵拉着，被抻得格外漫长，直到三月才正式收到线上教学的通知。我依旧深居简出，每个人都如此，学着接受已经发生的停滞。半年的时间消磨过去，等再次打开寝室的门，满天的灰尘和霉斑显现在我眼前，我从来没想过自己有天能用生机勃勃来形容它，我留下的几件衣服长成了主题公园，白底上筑起绿色的高楼，风格很后现代。没有带回去的书被水汽泡得变了形，每一页都散布着黄点，真菌在书脊上长成森林。Y的桌子反而受益于我回家之前的打理，受灾程度最轻，只是满满一柜衣服成了远古遗迹，冬季大衣和烫了几个烟疤的古着彼此牵拉，盘根错节。我没有征询他的意见，用袋子一并装了，拖去门口扔掉。无数人褪下的茧在寝室楼前堆成山高，找个合适的角度走上去就能一直通到二楼阳台。

我无不夸张地想到，这是我们断裂的证明。焚烧后，它们会随着碾碎的霉菌一起重新回到我们的身体，被默默吸入和咀嚼，永久地改变我们的结构。一步之外，关闭的事物再也不会对我们打开。

Y在校外租了房子，但寝室的床位依然保留，偶尔会回来短暂地睡一会儿。他开始跟着低年级的同学上课。在他醒来后，如果我们都没有行程，就会像过去那样出门唱歌。世界如常地运行着，然而我们都清楚其中的变化。常去的饭馆不再营业，抄近路的行人不会选择穿过商场，而在我们还没去过的地方，更多店铺贴出了告示，"旺铺"和"转租"像是一对刻薄的玩笑。曾经属于他的酒吧终于在转让之后倒闭了，偶尔我路过那间黯淡的门脸，能听见断电的酒柜和制冰机仍然发出鸣响，灰尘自上方飘落。我和他在不知不觉中交换了角色，在屏幕面前像僵尸般跳动的只剩下我；对于他，唱歌变成了另一种行为的附庸，往往在进门后占据沙发的角落，一瓶接一瓶地灌下不同的酒；有时想起来了，就用酒水送服抗抑郁的药物，那能让他暂时失忆。我永远分不清那些酒的名字。

无数次我把酒醉的他送回住处，南京城中繁华的街道灯火缄闭，只有蔓延一整条街的警示带目视我们经过。情况最差的一次，他的电瓶车在返程的中途耗尽了电量，而离住处还有四公里。一路上他不停说着胡话，关于童年在树丛里见到的蛇，关于路边一只不吉利的黑狗，关于过去的恋人们没有带走的物件，关于药物，关于死。我尽量不去听他说的每一个字，拉着车子走在前面，想尽快通过一个上坡的路口，回头看时才发现他停在了路的另一边。他瘫坐着，仅用手肘勉强地撑起身体，不至于完全倒下。我尝试扶起他，让他用自己的双脚站稳，但还是无法阻止他的身体不断下坠，我像是翻动一袋石块般地让他转过身，好抓住我的肩膀，形成一个稳固的三角结构。他已经无力支撑，把脑袋抵在我的胸口，开始小声地抽泣。还有一次我带他回到寝室，他借口刮胡子把自己反锁在卫生间里，等我找来朋友一起踹开门，他手腕流下的血已经顺着积水流入地漏。从背后架住他，血液浸透了我的肋下。

我承认自己并不高尚，事实上，我很多次赴约只是因为知道他会结账。借他的眼睛我见过了那个年轻而闪烁的世界，足以抵消我的犹疑和老气横秋。我也有过危险的想法，比如顺从他的意愿。面对精神的逃逸和生活的断裂，他能处置的似乎只剩下身体，为什么我不能像当初那样，在听清问题后对他点头说好？我是自私的。那扇不会再对我们敞开的门，我常常在夜里感受到它的气流，将我推向某个我们还在为异想天开的计划而兴奋的日子：那些只见过一次的脸、她们真诚而跑调的合唱、往返的路上天气的变化、冬季街头明亮的结晶。正是这份自私让我越过他本人的意愿，不断将他带回俗世生活中，就像单元漫画里的三流反派。他们从来没有拯救谁的想法，只是不厌其烦地施展巫术，企图复活曾经的同谋。

毕业前的几个月，Y的妈妈给我打了电话，忧心忡忡地告诉我Y打算独自去长沙旅游，此前的一周他刚因为吞药被送进急诊。她说自己已经用尽所有办法，实在不知道该怎么对待他，怎样让他安心地待在家里。那时我很想刻薄地问一句，离婚呢？也许它不是根治Y的方法，但至少足够快意。我当然没有问出口。挂断电话后我打开购票软件，买了最近的一班列车，跨越三个省份进入中国南方的腹地。我不会劝说他回家。我并没有决定他去留的权力。所以这只是一次普通的旅行。穿过旅游城市街头密集的人群，我在一幢大楼的房间里找到了他，正和新认识的朋友玩狼人杀——关上门后，人们用伪装的逻辑相互欺骗。他看起来状态不错，至少维持着敏捷的反应。我退到门外去等，同楼层不时有人打开大门向我投来怀疑的目光，我一一予以回应。不久后他跟了出来，陪我等一部迟迟不来的电梯，夕阳从走廊一侧射入我们脚下，很像是南京的黄昏。只是我们都多了行李。

关于这趟旅行我已经记不起细节，似乎越远的事物越容易在记忆中掀起波澜，而对于近处的一切，我只能看见它风平浪静的边缘。我们好像走了很远的路去吃一家龙虾，途中一辆摩托车从人行天桥上呼啸而过，至于龙虾的味道已经完全忘了。我们在广场汹涌的人群中动弹不得，被迫淋了一场暴雨，却记不得那次出行的目的地。唯一保留着完整印象的是他不停在说，说他不会轻易地死掉，他尝试了很多方法只是为了确认这一点，确保他能够活到想要的岁数。每一天醒来他都感觉自己在变好，重新变回那个完整的人。他知道我会相信他说的话。可我真的相信吗？我们都说过许多自以为真诚的谎言，如果我们之间有友谊，也只是出于对彼此骗术的认可。但屏幕另一边，一个女人正焦急地等待回复，我向她报了平安。

回忆进行到这里，我终于可以用另一种方式复述长沙的最后一夜。复古的灯球将服务生装扮得如同节日的使者，领我们走过幽暗的长廊，我和Y在房间不同的角落坐下，他的朋友叫来更多的朋友，而我始终没有放下手中的麦克风。我从粤语唱到国语，从摇滚金曲唱到小众流行，即使不属于我的歌，我也在旁哼唱。陌生人的侧目怒视无法阻止我唱完该唱的歌。其他人走后，Y终于从一夜的酒醉中苏醒，对我说另一些人正等着他赴约，他会在夜里两点前回来，和我一起乘七点的班机飞回南京。凌晨四点半，我被夜风冻醒了，看见旅馆的窗帘高高扬起，拍打着窗下另一张空无一物的床铺。

收拾好衣物打车去机场，平直的大道通往陌生的出口，我打开微信，找到Y的妈妈，告诉她Y昨晚有些发烧，可能还要在长沙耽搁几天，不要担心。说完最后一个谎，我调出了和Y的聊天记录，按下清空。我们没有再见过。

毕业以后，南京这座城市在我的脑海中逐渐模糊，在那里我没有认真地生活过，所以遗忘理所当然。随着联系过的人在聊天列表中逐渐后退，很多事情也随之下沉，瞻之在前忽焉在后，难以辨别叙述的真伪，我只能依靠一些旁逸斜出的明亮的坐标，才能够确认自己身在何处。我记得二〇二二年初，我坐在广场上，看见一个小女孩因为被别人抢走了玩具而放声大哭，女孩的妈妈向对方的家长赔着笑脸，全然忘记了安慰她。我从口袋里摸到了之前在海底捞店员赠送的玩具，于是起身将那辆形状奇怪的南瓜马车送给了女孩。Y趁着他们没有注意，劈手夺过那名男孩抢来的玩具扔进了草丛。那天我们说要去唱歌，但最终没有去。

二〇二一年的五月，我第一次乘上飞机，紧张地感受气压在鼓膜和胸口施加的压力。能够正常呼吸以后，我不由自主地开始唱起那首第一次与人合唱的歌。在高空，我的嘴唇不断开合，小心地控制着细微的气流，好让它不被人听见。班机远离城市，沙洲上闪烁稀薄的灯火，我记得立夏已经过去，夏至不久就要来临。漫长的白昼里，我偶尔唱歌。

消亡罗曼史

于晨淼

那么,这就是东城了。她记忆中只有几个片段的故乡。她下火车后坐车沿着松江大道向前开,一路上车窗外的景色显得贫穷而荒远,让她不安。东城在傍晚沉默地静立着。麻辣烫小店和早点摊,稀稀落落的现代化痕迹像垃圾一样随手扔在路边;反之,一座座巨大的沉默的建筑遗迹被放置在东城的胸腔上,好像生活的痕迹完全无法征服这座死亡的城市。

当她还是孩子的时候,她记得这里不是这样,至少记忆的色调还是具有欺骗性的暖黄色。她的母亲和她在夏天挤在一张床上,汗液黏腻而亲切,如同活着和爱的证明。司机唠唠叨叨地介绍,从西三道街走下去就是原苏联大使馆了,现在成破烂了,政府也没钱修。那边美容院是法国领事馆改的,看不出来吧,还修的挺好的——啊,你定位是立交桥底下,我就给你放这儿了啊。

她下了车,给表姐打电话。对,是我,我找不到你。她的话被风稀释了好多倍,在这座城市里留下无能为力的回音。她身侧的立交桥是流浪汉的住所,她能看到变得陈旧的塑料布、缺了一角的洗脸盆和一只眼睛如同死鱼的流浪狗。在她身后十米一个中年男人朝着路灯撒尿,在她身后六十米她的表姐拿着手机朝她走过来,在她身后一百米一个如同白内障一样的广告腾空在折中主义风格的建筑上,庄严的外墙簇拥着女明星褪色的红色嘴唇和飞扬了十年的头发，尿骚味和烟味一起蒸腾而起，在风里盘旋。东城在夏天傍晚的风中脱光了所有衣物，只有一件雾蓝色的连衣裙挂在她身上，大风穿胸而过，她拱起单薄的脊柱。

她回到这里之前从未吹过这样的晚风，风从她胸中的血肉模糊的缺口吹过去，疼痛而悲凉，如同古老的爱的回音。在几个月前，当她下定决心要爱这个世界的时候，她感觉一种细密的疼痛从胸前生长，如同她第一次意识到母亲的离开或者第一次咽下汁水淋漓的樱桃。过敏阻塞了她的喉舌，她的神经沿着脊柱疯长，枝杈从她的身体蔓延出去，一种饱胀的疼痛溢满了她，她感受到母亲一样神圣的爱。那些时候，她感觉到无所不可，痛苦的褶皱被包容抚平了，杀害、偷盗、背叛与爱都无比自然。她穿着那条瘦骨嶙峋的裙子，踩着不平衡的高跟鞋走在街道上，接受空气长驱直入地刺入她的躯体，感觉自己在孕育一只宇宙一样大的果核。在那个淤泥遍布的教室里人很容易做她这样的梦，她做梦了，感觉世界母亲用子宫里的疼痛与朦胧包裹了她，她在红灯里投身进车流，好像鱼义无反顾跳出鱼缸。她随手从校门口文具店那里拿东西，她站在楼层最高处俯瞰她生活的城市，灰暗如同被嚼过又踩过的口香糖，一团萎缩的污渍粘在她的眼底，还有什么可看的呢？她觉得自己已经爱上并且了解了这一切。刀锋划过她的皮肤如同流水流过她的指尖，世界从她的神经末端延展出来。这种疯狂的爱将要归于何方？她从未想过，这是一种目眩神迷的体验，爱让她冲昏了头脑，她想要跳下去——她的爱已经涵盖了所有，除了死亡。

然而她应该想过，磋磨自己只是青春期的下脚料和文学的添头，但是磋磨世界便会招致影响到现实的恶果——她不该偷窃。校门口文具店的老板深谙学生那些偷窃的伎俩，在她拿走一支笔的时候叫住了她，然后便是警局、家长和处分。在警局里，她仔细想想，觉得自己早就料到了这种结果，幻想自己终究一日逃离法律的制裁才是痴人说梦，这也不算什么，她的父亲对她彻底失望，任由她停学期间在城市里飘荡。

晚上她和表姐坐在大教堂前面，她小心翼翼嚼着饮料的吸管，表姐在她旁边说，来了就别想那些了吧，反正你总有后路可退。这话说出来多么傲慢。她悄悄瞥了一眼表姐，她蓝色的头发在夜晚的烟雾里漂荡开，一头好东城的头发，自由而荒远。表姐说，我在美国也偷过啊，那里真的几乎人人都有偷窃的习惯，如同这里人闯红灯一样，是一种约定俗成的反叛。

我不是——她试图为自己辩解，又不想清晰地解释动机，只好继续把吸管嚼成扁扁的一条。人群慢慢从她身边经过，人好多，但是人与人之间又好像离得很远，你明明看到一个人就在你面前了，但是他像一个过时的幽灵，完全没法感受到他的体温、气味、呼吸，哪怕你们的皮肤相贴，城市依然毫不留情地降临在你们中央。

她感觉风直接透过她的T恤贴在她的身体上，亲吻她，干冷的手摸过她的乳房和肚脐，如同死人从坟墓中复活再来给她爱，她再次感到这是一座已经死亡的城市，只是在一遍遍重复它的回忆，它进入了一个时光的漩涡，在此做出的所有努力都是徒劳，都是回音。爱在这里没有办法成立了。

"我为所有流落在拉丁美洲的骸骨而哭泣，我为一切将死的人和已死的人哭泣，为此今夜我将写出最悲伤的语句。"男生坐在她对面读出来，把波拉尼奥和聂鲁达混为一谈。她耸了耸肩。那男生如此热切地望着她，眼睛里尖锐的蓝色冲破了咖啡蒸腾起来的热雾，又在她的冷淡里劈里啪啦掉在桌子上。

他不理解。她想，他是混血儿，蓝色眼睛带着高加索人的沉郁和冷淡，一句话里要加几句洋文。男生用纯粹的摇滚精神注视着她，她的身影映在玻璃窗上，肩胛骨向后耸动如同鹰隼折断的翅膀。

是的，魔幻现实主义。是的，兰波。是的，我喜欢伍尔夫——一个个名字如同娼妓从她嘴里滚落出来。她感觉头疼，好像被人塞进了一轮永无宁日的落日——国家的、作品的、作家的名字和一段段古旧的辉煌轮番在她脑内落下，直到真正的落日降临在咖啡馆之外。这时间里早就有不知道多少生死爱恨发生，而她被困在这个虚假的缪斯身躯里和对方讨论。

他充满希冀地说，我是女权主义者，我会写一本书，我要找回所有曾经在这片土地上而如今消亡的爱——而她在想出版一本书到底能为申请美国大学带来多少便利。她感觉到疲惫，又喝了一口橘子茶，包容这种愚蠢的炫耀吧，包容其他形式的爱。他是真诚的，他也想要学习爱，她想，露出一个有气无力的笑容，眼睛投向他背后的电视，一只鬣狗正在死掉的长颈鹿的肚子里做窝，咀嚼长颈鹿腐烂的血肉。

你怎么突然回到东城了？表姐问她。我爸现在不想看见我，我来躲躲风头——停学结束我还要回去的。她解释到，害怕不合群的真相被发现。她为什么回来东城？好像她已经参透了所有爱的谜题，但仍有那一个秘密困扰她，如同一枚脱水缩皱的果核。她偶尔会对爱感到疲劳，感觉自己好像一个巨大的回忆集合体，她不知道自己还能向哪里去。她试图从回忆的水潭中捞取答案，她知道那个答案一定在那里，但她的手臂太短，只能搅动答案之上的水波。回东城吧，那里是你的故乡，那里会有答案的。男生望着她，努力扮演一个睿智的形象。她没有把这回答当一回事，男生并不懂她的爱，他也不愿意去懂，光是马孔多昼夜不停的大雨就足够填满他的感情，但是他仍然遵循着寻根文学的传统建议她，回到故乡去，总没有错。

她听到器物的隆隆声。一枚铁制的硬币脱离了它原本在的位置，疯了一样在酒店房间里打转，把地毯压出一道绛红色轨迹。停下来。她想，望着自己干涸的笔尖。它不出水，就算出水她也写不出来任何东西。

离开她生长的城市时，她向那个男生承诺会给他写信。他的眼睛灼灼发亮，叹息，这座城市已经是沉重的腐尸了！我将要回到美国去了，祝福我吧。我要去找回属于我的时代，垮掉一派和那条漫长永无宁日的公路。也许它们尚未死亡。他注视着她，她无所谓的耸了耸肩。很久之前她便对这样宏大的叙事脱敏了，那些六层楼之上的死亡不再能够吸引她，她想。我和文学，我们是毫无未来的，她像一条光滑的裙子从文学和艺术的挂钩上滑下，颓然委地。

那么她还剩下什么呢？

她回避了他的正脸，因为那双蓝眼睛显示出了真情实感的忧伤，好像要踏上一条再也无法回来的铁道，一个离家远行的男人用目光亲吻他的爱人。她厌恶这个意象，于是只是随意挥了挥手。他们同样要离开，只不过他即将去到一个充满爱的柴薪的理想世界，而她，她只是逃离父亲的失望和爱的失望，她不知道自己要去哪里。她时常收到他的信件，里面细细碎碎说明他的新生活。她鲜少回信，后来后悔自己当初没有给他一个假地址，这些"你好吗""你还在爱吗""你喜不喜欢菲茨杰拉德"的询问让她厌烦，但这些信件依然躺在酒店的抽屉里。

你真的讨厌他吗？还是你在从文学过往所给你的养料中汲取虚荣呢？虚荣和被人纯净崇拜的错觉才能让你活下去，多可悲啊！你的爱呢？你找到你的回答了吗？

夜里她把脸埋在被子里。睡眠舔舐她的杂乱的水草一样的头发。她感觉自己的衣服和过去又紧紧勒住了她。在梦里，她驾车沿着一条旷远的大路奔逃。滚滚的日光如同洪水倾泻在她脸上，她听到铁器振动的声音，火车压过铁道的声音。她的起死回生的祖母和父亲在身后追赶着她，她骑过的自行车读过的书全都在她身后狂奔，她曾经着迷过的古希腊式的建筑，法国温水一样的阳光，那些遥远的摇滚乐的回音和工业时代的废墟发出巨大的聒噪，她越往前跑它们追得越紧，像是塞得过满的衣服撑开了柜子，它们都不能回头了。风在她的前方呼啸，东城为她准备了一座墓室。醒来时她试图戴上眼镜，手抖得没法打开镜腿，她感到久违的忧伤，想起文学如同想起了一个失落已久的恋人，朝她伸出变成月桂枝的手臂。这位恋人有着高加索人的蓝色眼睛，波纹流动，好像藏着飓风之眼。他的嘴唇温热，亲上去如同被蛰了一样疼痛，一朵剧毒的花。真正的文学已经消亡，消亡在蜡烛熄灭而电灯亮起的时代，他煞有介事地说，你也必须要离开了。

去城市里吧。表姐对她说。表姐和她分食两颗棉花糖，糖粉粘在她的手指上，好像心脏裹了一层磷粉被送入唇齿，那股酸甜味让人落泪，好像被爱了同时又被欺骗了。她和表姐走在东城灯火寥落的大街上，影子晕晕沉沉地拖下很长。她恍然发现自己穿着那条青莲色的吊带裙，衣带好像要被她突出的锁骨割断了。风吹起来，这座城市由于寒冷而带来的朦胧一扫而空。她想起来自己还是孩子的时候曾经在外婆家的窗户里居高临下地看着小孩子在地上玩弹球。母亲在厨房里做饭，手指上沾满面粉，油烟从门口飘出来，腥气如温水一样在光线里飘飘荡荡。是了，她要找到那个答案了。那个遥远的下午，东城曾以她弥留的温柔看顾她，她是一位行将离开的母亲，用日光和油烟制造了一个回忆的子宫，将她包裹在爱的羊水里，她从这样无望的爱里长大，注定要以同样疯狂的爱回报她。但是东城空空荡荡，她的子宫瘦骨嶙峋。现在它们都去了哪里？

东城的大街变得永远也走不到尽头了，每条路上都有垂死挣扎的建筑，周围是麻辣烫小店、早点摊和建筑工地，倒塌的砖石和垃圾压在地下通道入口，人体模特伸展残缺的肢体，破烂的塑料布像白内障一样颤抖。她走到了东城最深处，本地女人从散发出尿骚味的水沟前看着她，脸上露出那种教科书式的苦难表情：忧郁、逆来顺受和暴躁的结合体。她的手如同一节焦黑的原木，在她的背后树枝和死老鼠的尸体顺着雨后的积水漂流而下，鸽子呆滞地啄食着鱼鳞。她面对这一切突然感到反胃，如同她刚刚吞噬的就是这个女人的心脏。她想，她不会知道的，他们都不会知道，这座城市早就死亡了，死亡如同蛛网和白内障疯狂地占领了她每一寸荒远的土地，那座钟表指针脱落的建筑是一个世纪以前的法国领事馆——那座藤蔓和水草疯长的荒园，孩子撒尿的地方是曾经的俄国铁道办公处——你们生活在一个硕大的骸骨里啊！再多的尝试也不可能救活东城了，因为一个人死去还有复生的可能，但这是一座城市的爱死去了，那么它便永无可能再恢复生命了。松江咆哮地从她的身躯之下流淌而过，这是她曾经狂野的爱人，那一座座虚伪破败的教堂站立在她平旷的胸膛上，那曾经是她的乳房，植物从她身下的土地里钻出来，如同她剥落的血肉。文学和想象、世俗之爱和信仰对她始乱终弃，我们看到她曾经将自己的爱慷慨地分给自己的子民。现在她消亡了，再也不会回来了。东城在回忆的漩涡里等待着她的裹尸布。

她走在古老的鲜有人烟的街上，血液嗡嗡撞击着她的耳膜，聆听着东城迟到了几十年的死讯。那叮叮当当的铁器终于停下了喧嚣，似乎被这惨痛的死刑宣判吓得退回了柜子最深处。这就是了，你疯狂的爱的归处，是消亡、沉寂与铺张浪费的荒远。现在你的血肉还在觉得疼痛吗？你的神经和血液还在疯长吗？你还清晰的感受到活着的爱的痛苦在你胸腔里流转吗？现在你还思念着那个蓝眼睛的男生吗？是的，东城也有过她的爱人，东城也曾经用犹疑亲吻她流动的心；东城也曾经在文学与艺术的养料里痛苦地蜷缩起身躯，如同满身伤痕的孩子在母亲怀中感到疼痛。现在它们都离开了，她的爱人在学习那永恒的热烈的秘密，而东城默默隐入了消亡的尘埃。

她感到一阵哭泣的冲动，想到了自己曾经读过的所有诗句，鲜血淋漓的、暴烈的、有关生育、子宫的、疼痛的，末了却一句话都说不出来。她是东城临死前最后的女儿，她是她母亲的女儿，她是爱的女儿。她的母亲将这个痛苦的爱的秘密用子宫分享给了她，现在她将带着这个秘密继续走下去。

走失的猫

/李析桓

1

据王小晚说,我很小很小时养过一只兔子,就是大白兔奶糖上的那种大白兔,我还揪着它的长耳朵抓它。我总是难以置信地听这些关于我的旧闻,难以想象我是怎么从大力抓兔子的熊孩子变成被狗撕扯衣服都不知道怎么脱身的低能青年的,也难以想象从来反感一切小动物的王小晚居然给我买过一只兔子。大概是兔子之后又过去了十几年,读中学时,在一排低矮的铁皮房子聚集成的花鸟市场,我被特许买下两只松鼠,以期挽救我像废纸一样自甘堕落的学业。我们提着铁丝笼子带它们回家,突然,悬在半空中颠簸的两只毛团伸出细小的爪子抓住铁丝。这种名为松鼠但又与课本上的松鼠不大相同的啮齿类动物有着与小鼠相似的头部,但穿了一身华丽的皮衣,纵深分布的条纹让人想起书法课练习的毛笔线条。我爸叫它"居狸猫"(应是"狙狸猫"),说是从前山上有很多。几个月后花栗鼠还是被送去了乡下亲戚家,并死于北方严酷的冬天。我也曾偷偷领养过一只姜黄色小猫,尽管它在我手中甚至没有超过二十分钟。在短短的二十分钟里,它甚至拥有了名字。因为是黄色的幼小的猫科动物,便顺理成章地联想到了那部动画片——小狮子王被一众动物大臣向着太阳高高举起，接受祝福。于是便有了"辛巴"这个名字。不过这个寄予着美好祝福的名字竟是一语成谶。

王小晚反感一切会动的、非人的活物，尤其是猫。在很久很久之前，我还在与家一条马路之隔的小学上学时，就深刻地记住了这件事。那时马路的一头是那所小学，现在也已不在了。另一头是一家小水产店，门口支着简易桌子和案板，老板血污横飞地杀鱼，内脏随手扔进脚旁的桶里，有一张瘸腿小猫候在桌下等待。北方县城没有河流，也不产鱼，鱼肉是珍稀的食物。这些在节庆、宴席抑或是小孩生日的餐桌上众星捧月般的珍贵食物，通常在菜市场或水产店门头的泡沫箱里获得，与茄子、辣椒、西红柿摆在一起。临近年关的时候是鱼肉售卖的旺季，泡沫箱也相应地增加了数量，在菜市场门口摆成了一堵围墙，箱子里泡沫疯狂分裂繁殖以至于看不到鱼。泡沫紧紧贴着箱子边缘上涨翻涌，在即将溢出的边界却不会冲破临界点，只在有限空间的内部扩张。在清晨一切未开张时路过清冷的市场和街道，会见到经过北方冬季一夜的侵入后有气无力的粉红色泡泡。作为一种血腥的、极不雅观、极不卫生的景象，露天杀鱼摊在许多年后逐渐消失，再也难以在敞亮的街头见到。而水产店更是再也没有在县城见过一家了。或许只是我看不到它，就像它是无法进入视野范围的事物。

相较于那时众多急切的父母，王小晚并不算严格，否则我也不会如此一事无成了。我可以在五分钟的放学路上踩着花园的石围边走平衡木，绕道院子的另一头去并给柳树起名，把楼下邻居门口的脚垫都摆正，等先后放学的孩子都已经到家，院子里重归安静，我才慢悠悠地向家里走去。我早早就学会了撒谎，对自己的真实去向绝不诚实，小晚也没有精力去仔细追究，于是我们达成了心照不宣的欺骗。她那时是一个带着两个半大孩子的疲惫母亲。晚回家的几分钟到底是玩耍还是真的因为留堂所致，远远没有我是否偷藏了一张八十分的试卷重要。她有时穿着男人的花格子睡裤和尖头靴子出门送我上学，并带着歉意问我需不需要面包。到了晚上，她穿着买调味料赠送的围裙，围裙用了没有很久但已经满是油污。她呵斥不写作业的女儿，照看跑来跑去的小儿子，在已经写过的作业本背面一条一条记录她的丈夫喝酒和回家的次数。她会把我用整个午休时间小心翼翼描写的"书法作品"一张一张撕得粉碎，也会在下午上学临出门时突然盯着我；我想她或许会拿出魔剑指向我，然后我就变成了萎缩的果核或杀鱼摊塑料袋里翻着白眼的鱼。但她没有拿出她的魔剑，我也不会变成花园里的果核，只是从此说不出话来，就像上帝推倒巴别塔。老师问了许多遍后我还是像哑巴一样发不出一个清晰的字音，于是他们愤怒地离去。

但小晚知道我用这些时间去看一只猫时，她爆发出了歇斯底里的恨意和愤怒。猫总是新奇而惹人怜爱的，对于小孩子尤甚。有时候我们可以获得它的信任，小心地抚摸它，义愤填膺地讨论它残疾的原因。那个下午她打开窗户，像社区通知报告的喇叭一样大声宣读我的罪状，古时城墙上哨岗的士兵原来就是这样保卫家园。于是我被正义的箭矢击中，耳根感到麻痹和肿胀，僵硬地走向家里。第二天它们全都消失不见。于是我和小晚的对话词典便删去了"猫"及与其有关的一切，在后来的许多年。甚至在我谋划着要带走一只小猫时小晚也毫不知情。

2

高考倒计时开始的那个暑假，我就知道荣捡到了一只小猫。爪子、舌头、呼噜，荣总是兴奋地和我描述。是啊，多可爱，我也应和着。她说，小猫是如何赖上她而不肯离去。九月初的一天，荣一边低头在张开的手指上涂抹膏药，一边含混不清地说着她的猫毛过敏。人做出一个欠考虑的决定时，大脑是无法运转并列出利弊一二三的。在说出"我想要"这句话后，所有的思考都只是不停频闪的信号灯。几天后，在下晚自习后人流和车流交混的拥挤的路口，我见到了那只姜黄色小猫。

幼儿园时我就认识荣了。县城太小，我们走不出同一个学校，总是固守着恒定的半径，不能进也不能退。"我认识你好久了"，如此。但我们之间从没有产生过"朋友"的词汇，因为这个词早在小晚对着一张纸条咒骂时便已经删去了。小晚对待"朋友"这个词，也发挥了一如既往的二重叠加态法则。在她看到那张纸条之前，她也希望我能交个朋友。小学时代已经被推向了时间轴的远端，甚至说出这个词时也有几分幼稚和滑稽的效果。事物的具体面貌在记忆中逐渐虚化，但作为非实体而弥漫其中的感受却愈加强烈，愈加成为不可抹去的体验，比如那些在作业旁拖延、焦躁的晚上，伴随着广场舞的音乐、建筑工地的轰鸣、小晚的咒骂和突然惊人的大笑。下午早早就放学了，于是从日落到天完全黑透的几个小时中我就要与生字、练习、课本厮守。时间静止，像拖着重物的老头蹒跚前行，多时也前进不了一分。只有在我偷偷拿出藏在草稿纸下、床垫下的课外书时，时间老头才丢掉了重物，重新焕发起活力来。小晚便是在语文课本里看到了那张字条，于是从一些友好的语句中捕捉到了我即将学坏的信号。一个女孩子的交友信号，带着一些书里学的古早式样，构成了关于友谊和文艺的全部想象。当然，小晚不喜欢的，就不能继续存在。小晚丢给我一块巨石，第二天我把巨石还给了那位女同学，于是她便消失不见了。在那些偷偷摸摸看小杂志的日子，我曾看到有一个地方常年刮着剧烈的大风,小孩子上学时书包里要装着一块沉重的石头,否则就会被风吹走。小晚大概也是怕我被风吹走。

因为辛巴,我不得不传递一张巨石之重的字条给荣。荣看了那张字条,只是很勉强地笑着说:"没关系,没关系。"然而关系的边界已经赫然显现。那张字条上歪歪扭扭的小学生字体所说的内容,早晨时我已经口头听过,只是转换成文字后,更掺拌着假醋假油的刺鼻味,部分语句甚至像超现实主义扭曲的道路和楼梯过于夸张。不善于分辨真假的我也察觉到了其中的别扭。

3

那天晚上我们在路口分别后,小猫便跟着八十一回了家。这是我别扭的计划,如何能绕开小晚而拥有一只猫,我找到了八十一。理智的做法是,我该和王小晚彻夜谈心,沟通利弊,藉以语言和真诚,或得不到许可彻底放弃或达成妥协。但我说不出话来。

早六晚十的十几个小时中,我们都像干枯的标本被固定在各自的格子里。于是那些不在学业上的心思:争吵、想象、关于未来的期望,都在草稿纸的边边角角里顺着格子游走。我对八十一说,我是猫。这是一种昭示着控制欲的代入,它预示了一些令人怜爱的、可以被豢养的图景。我们也会天真地想象未来,许诺未来会养一只猫。我毫无质疑地信任这种草稿纸上的契约,相信它会像绳子上的结一样不可变易。那时我没有见过海,自然也不知道写在沙滩上的誓言就像雾蒙蒙的非主流图片所展示的那样,只需一次潮水冲刷的工夫就了无痕迹。我们互相传递着未经考量的绝对信任,其中又暗含了放弃和无能为力的潜台词。每个人对下一环节都不可预知且无能为力，但不想使问题终结在自己的环节也找不到更安全的路线。第二天在学校我没有见到八十一。我依然想着我和猫，甚至和八十一，会怎样度过许多年光景。我向荣分享我们给小猫取的名字，荣并不感兴趣地附和着表情和语气词。作为废纸，请假是不需要心理压力的，废纸不太在乎自己又比别人落后了几分，于是上午最后一节课我离开学校去了八十一家里。

八十一的母亲，那位身穿西装西裤白丝巾但总让我想起保险营业厅销售员的精致女士，让我吃腰果。于是我被钉在了餐桌椅子上剥腰果。她开始讲，猫是怎样实在养不了，八十一跟着附和，但似乎是对错了暗号，她赶忙说："怎么是那样的啦。"于是八十一不再说话。接着她又说，高中生很辛苦，又说，我们父母总是挂念着在学校的孩子。我跑题地联想到了小学时关于回家要多长时间的问题上和王小晚互相敷衍的那些事。在无法分辨话语的终点和情绪的面目时，我的注意力全在那些粗糙的腰果皮上。没有精加工过的腰果看起来更大一些，皮也是坚韧难剥；我的指尖上沾满了坚果皮碎屑。直到她说，还不快谢谢小杭。愚钝如我也明白这是赶客的意思。于是便起身离开了。

只是我不知道时间线的断裂，关于延长线上美好的想象最终成为了想象。关于辛巴的故事戛然而止在初秋的夜晚。它已经从前一天晚上我抱着的毛茸茸的活物，走进了一个猫狗大战、抓伤家人、夜半未寝、不得不送走的故事里流浪去了不知何处。而在断崖之前，小猫尖锐的指甲划伤的皮肤、幼猫特有的绽开的绒毛，像一层围绕着身体的光边。见到它从男青年的毛衣上扯不下来的瞬间，随着节点的断裂，也将成为记忆的一座孤岛，被淹没只是必然进程。

4

因为厌恶班级和教室，整个冬天我一直像个幽灵一样在走廊、顶楼、厕所游荡，与高三楼沉默压抑的气氛格格不入却又有种诡异的不违和感。砖房厕所是学校不同年份层层叠叠的新旧建筑中的一块补丁。大课间时一群男生聚在墙背后抽烟，教导主任带着"稽查大队"声势浩大地去现场抓人。在隆冬，热水孱弱地流过铁锈水管，聊胜于无的热量维持着温度的微妙平衡，像一个奇怪的发酵体。高三的晚自习要熬到快十一点，于是在低年级学生放学时会有短暂的课间以供学生去趟厕所，并有老师在距离教学楼五十米的路途中密切守候，用大嗓门催促你快一点。当然对于没有希望的孩子，过分控制的关心也不值得流向他们。在所有人都沉入试卷而寂静无声的时候，在砖房厕所里，一只肥硕的橘猫蹲在门口。这只猫总是蹲在学校食堂门口。大课间时来来往往的学生会撕下自己烧烤或一块饼丢给它，又在催促的喇叭中匆匆离去，谨慎地保持距离而不投入过度的情感；那是一种不被允许的浪费。于是我蹲下来，试图使它理解我的讨好。它向我走来，我感到了被回应的开心。但它攀上了我的后背，哺乳动物的体温和重量的压迫施加在我身上。我不敢驱赶它下去，尽管恐惧和不适。一切事物皆可以靠近我、拉扯我，而我只会像泥巴小人，顺着承压的方向变形。在无法计量的停滞时间里我一直保持那种半蹲的姿势，我像鱼缸里的鱼看着鱼缸外流动的物质和时间，看着零星经过的几个人以确认自己并未掉入异常时空。

后来几年里，我常常会经过八十一家曾居住的那片闹市区，在过去的某个时刻我错过了一节课堂，穿越这片熙熙攘攘的挤满家电、五金、扫帚、拖把、铁锅的街道。无数次重新经过这些沿街挤占了大半道路的杂货和做钥匙的老头时，总是会暗自惴惴的期待，会不会遇见一只姜黄色的猫，像做了亏心事的人怕被老仇家认出来。但至今为止，我还没有见到过。

失忆漫游记

/翁紫氤

那是两个月前的事了,假期的我宛如被舟中人手托起的大雁。寒来暑往,规律无比:一端总是上海,从本科读上来,心无旁骛,步不多行;另一端则可以被简言为"家"了。

通话时,我将新租的房子失口称为新家,便隐隐有不安。宿舍到出租屋,心底都不能托起一个家字。家有太多模棱两可的定义,容易证伪,难以证明,悲伤易知,喜乐他评。妈妈和我都愿意表现得生活很好,而衰老、疲惫,它们在我匀速追赶妈妈、加速习得世情时,扎根南北两个城市场域,在两副女性的身体里潮汐般交相呼应,嬗变为城市空间连续体中所书写的历史。

出租屋里,逐渐贴了些我记忆的补丁。第一张贴在洗衣机上:"洗衣液!"接下来,每个抽屉柜格都被便签可视化。室友也加入了这项活动。她在马桶上贴:"不能吃!"在自己的房门上贴:"世界上最可爱的人!"我的房门则贴着宠物友好社区传单、票据,多为值得留念的。大概潜意识视遗忘是件坏事,这些惯例活动乃至我日常所共事的文字,可以确凿地对我度过的一年年点头。

我需要它们。和同龄人比起来,我过于健忘了,难以去工作、学习,但还保持着书写的习惯。越是不记得,越是不想忘记,除了遗忘本身。它怀抱夜色,背倚钟盘,不需要听看闻触,只需要一点睡意和心跳，就同死亡般笃定坚实，挡住痊愈和沟通的可能，截断我情感和智识前进的阶梯；那也是我通向生活的阶梯。那些琐细物质则冲破意识的壁垒，孜孜不倦地向我证明一日三餐和睡眠的意义，证明有些事情就是在发生，像我短暂且脆弱的意志就是存在。

绝大多数时间里，这种遗忘已然适切。我只需要培养看和购买备忘录的习惯。照片一张张叠起来，致密到比我本质的延伸更丰富，路人和景观都被囊括。我眼中停留过的事物都进入了我的相册，但我们的关系算不上相互拥有。楼下的流浪猫欲蹭我的腿时，被我不动声色地躲过，它的叫声和眼神令我动容，也让我与它保持距离。相册里，它堂皇处在猫的归类下，以时间为轴，肉眼可见地消瘦下去，直到消失不见。

猫的照片中，所占比例最大的是我的猫，这些照片足以拿去制作一只比克隆猫更道德更栩栩如生的数码猫。我记得它在我的腿上和键盘上睡觉，不到拳头大小的头一点一点垂落下来，最后被我用手心承住。它一直喜欢枕枕头，有时候枕头是娃娃机抓来的廉价玩偶，有时是一件没有及时收纳的珊瑚绒睡衣，有时是味道刺鼻封皮坚硬的书籍，有时则是我。它在我脖颈处嵌实身体，我就什么也不做了。时间和遗忘变得非常缓慢，离开家乡、留在上海的所有努力都不作数，生命密码兜兜转转之间昭然若揭，猫头扛起全世界。

这些都是照片告诉我的。比起文字，图像在瞬间的信息量更大。有段时间，罗伯·格里耶是我唯一喜欢的作家，阅读他的作品疲惫、难以忍受，但我深深知道他在物质性的描述里试图表达什么并在传递怎样的文学观，因为这就是我生活的方式。我所捍卫的生活就是一摞摞内容层见叠出而微不足道的手机相册，以及一个遗忘周期中活跃的所有文字。我对它们如何等量齐观，都无法还原最打动我的事物。而我，当惴惴地视遗忘为失去的时候，就永远处于失去之中了。

我已经无法独立发言、引经据典或侃侃而谈，但仍然可以创作，可以活字印刷。这是比较抽象却也不奇怪的状态。思维就是文字，字里行间都是"我"的切片。一部作品写完意味着一部分我被断点式地上传了。文体虚构的表层下是大脑和人格的运转，我模拟和记录有趣的反应、眠动的情感，朴素地连接起天寒冰坚与一个人的心境。写到后面我会忘掉前面，回到头来重新看过，可以在某种惯性中稍微写一段。很快，同样的情况再次发生，每一层都有新鲜遗忘追加上来。我对认真看我作品的人抱一点惭愧，因为最好的我在平行世界，我没能掌握作品的整体结构和统合印象，人物弧光的存在未必经过专门设置，可能只是他和我在俱忘过去。但我可以保证，自己是那个读过内容最多遍的人。在自己塑造的文字迷宫里不断折返，逡巡于人生之书的某一页，词语间的景观令我安心。

制造移步换景的小园林不是我的初衷。记忆的体量小、思维的通路窄要求文本中布满更多镜体和反光物，似隔非隔，扑朔迷离。散文的园地中出现了太多"我"，当我对行文间的"我"句高度敏感后，我努力找补一些被动句和其他主语，有意克制，间隔几行，"我""我们""我的"又粉墨登场。

出租屋则通过压缩时空的方式使私人化的生存经验和"我"更加紧密，中间插不下喘息。聊天列表里有一个"吃什么"的家人群组记录着我的一日几餐，当我忘记吃饭时，就会被圈名提醒。我会拍室友更体面的外卖餐发在群里。

遗忘不是突然降临的，至少在我这里算是罪有应得。妈妈很早就确认了我的问题。一个适合外出的日子有很好的日光，在户外发呆也是对生命的尊重。爸爸照例独自去打牌欢愉，妈妈则试图领孩子出门，"宅"这个形容词还没出现在她的世界里，要等到孩子再长大些时她才能习得。孩子的长相、性格，妈妈看了觉得像爸爸，爸爸看了觉得像妈妈。她拒绝了妈妈的热情，因为某种诡秘的原因扭曲爬行起来，用爪子抓自己，再把血蹭到地板和白底碎花的睡衣，一切都有逻辑地指向一位年轻母亲的短暂崩溃。外面的太阳仍然很暖，事物在窗棂的影子里进入真空。但之后，她发现孩子竟然只是因为饿或者困。不知饥饱致使小孩不是吃得难以动弹，就是很快消化完食物，进入到新一轮蒙昧的饥饿中。每当再有争执，她都后撤一步问道：你是不是饿了？我给你做点饭吃吧。

到了假期，回了家，挨饿就绝对不会发生。"你遗忘是因为不想记得。"咨询师将一切指向窘困和受伤，但发生了什么呢？无从知晓，过往没留下任何蛛丝马迹，我推断自己销毁过让我难以接受的事，但它们是什么呢？"我不记得我忘记的第一件事情是什么。"黛西·约翰逊有一篇被翻译为《挚爱》的短篇小说，英语名是"A Heavy Devotion"。文章中，儿子夺走（盗取）了母亲的记忆，这使得母亲在记忆的残缺和需求的不满足下，不得不生成新记忆。记忆总发挥着类似货币的作用，支付、贮藏、流通、充当价值尺度。童年的愉快体验，我本该和妈妈一起记得，遗憾的是事与愿违。恰恰相反，譬如在某连锁快餐店过生日，妈妈把我留到最后吃的×××送给同事的小孩，那厮将忙碌的一只手指从鼻孔里刮出来，衣服上蹭了蹭后，伸向我们。染指就是一个意思吧，我想。细节都是我想象的，我仅愿意把×××送给萍水相逢的流浪猫狗。妈妈对此印象模糊，这不是值得耿耿于怀的。换言之，面对这么小的事和敏锐的感受，

187

防微杜渐都难做。

用记忆作为补偿来抚平裂痕，支撑关系的发展，培养足够的钝感，忘得越来越多，我才意识到遗忘作为捷径一直在攫取代价，就像未及时感到的饥饿和欲望。在将餐桌复兴运动摆上计划前，我无法忍受去把有限的时间花费到吃饭上，每一下咀嚼都是滴水之刑，将牙齿向根部消磨，我不知道这种消磨想得到什么。人要吃饭，但不吃饭会带来什么样的后果，我知道得很模糊。寄宿高中使得辛劳的母亲尝到了放假的滋味，但这些年的悉心照料并没有进入这个孩子的心智，她快成年了，仍不知道饥饱，感觉不到饿是种天赐。少吃几顿、少吃几天也没事吧？自此，她开始停顿饮食，我开始接壤衰弱、忧郁和失忆。

我们都在很辛勤地照顾我，对于母亲来说，这是正统的正经事。这当然也是"自然人"权责中最朴素的：晒太阳，供给体能，活动肌肉，补充睡眠；进一步，清污洗垢，衣能蔽体，保障安全；再进一步，好看或品质优秀。以上种种都是过分消耗，对人的降格习以为常当之无愧是种摧残。终日学习已经被祛魅，被赋魅者是工作、婚育。妈妈的成长被我垄断，换到一个叫母亲的赛道，弥补重复和一成不变的日常和三餐四季。而我只靠一己之力，开始走一条人迹罕至的路。我试图与妈妈聊那些她没提及的事，自记忆收束，我们仍能够为对方保藏。总有过去的我在她的想象和思念里鲜活，想必，我犯过一些错误，但她好像都可以原谅我，也许她忘了一件事要许久，也许等到她再年长一些，所讲述的故事就会由虚构向现实转型吧。

高考作文模拟题目曾考过表情包"笑哭"，一些父母对考题抱有异议。许多学生手指上有两道茧子，一道长在握笔的中指，另一道在辅助拿握手机的小指发硬。日本排核污水后，博主采访外国人是否知道此事，对此事抱有何种看法。我可以随意和接近耳聋的奶奶聊起这类新闻事件，她焦灼时聋得就厉害些。此外，她对退休人员养老金政策到了精通的地步。跟随网络、畅通资讯是维持城市生活的一种必需，我有一部分精力就稳定花在新闻和媒体上，从严肃到娱乐的网上资讯如一桶泄露在记忆之海的油污，学习新闻比学习知识代价小得多，它们轻，薄，随取随落，可以边记边丢，每个人的意义都在世事里缩小。信息已经逾越了提供帮助的节点，带来了混沌和不可知，让我难以梳理自己的所在。散文或自媒体是抽象的人格和定位，它们已经有些老了。后真相时代会把健忘的青年放在什么样的位置呢？当科技足够发达，人们会有一个优盘或芯片，它能够整理记忆、删除、保留，都不在话下。有些问题已经明确。失去记忆时，是捏造记忆，缩短现实和幻想的距离，还是接受空芜，并接受大片的土地不经历垦殖和结果？哪怕它们本质是一件事？

去回忆我的猫有些奇异，过于肃穆。妈妈说，它此刻正在不管不顾地要牛肉干吃。

妈妈的头发应该是棕色的，一副五官、四肢、白嫩的肉像被灌进透明肠衣般定型。我的猫喜欢在她脚下睡觉，确切来说是她的猫。也许它一直对我比较冷漠。先前，我缺乏认知能力。也许候鸟般的往返带给了它强烈的不安，断绝情感是必然的选择。敏锐地动知人能给予什么是猫的天赋。它凝视我：你能给我什么？

我努力地望着它的小脸。它用来蹭信息素的地方很秃。蓝眼睛、心形鼻子、黑脸，肉松弛的时候，尖脸会变浑圆。妈妈说她可以通过眼神来辨认，我把许多暹罗猫拼成九宫格，背面记录好哪张是它。妈妈居然猜得出。她还对我的老照片如数家珍，照片里的人或背景让我陌生而毫无感情波澜，妈妈流畅地讲照片和旅游的事,我羡慕她的神采,也邪恶地揣测这个故事的真伪,杜绝它们进入我的小传和回忆,只当它们插图来用。偶尔,我能意识到她脑子里还有一个遗传性的小肿瘤需要定期拍片检查。四五线的东北城市,最好的医院是特指,在这儿妈妈送离过她不少血亲。在华山医院看记忆力专症两次,队伍间不乏坐轮椅的人。医生更建议我到精神卫生中心去看看,毕竟我还在读书,成绩也还可以。我觉得问题又闭环了,我不认为我有精神问题。在偌大的医院,我从电梯下到外面,进入另一条队列,进入鸟鸣啁啾的林荫道。每个人都有隐疾。上海是适合遗忘的城市。

妈妈说,你长到哪里了?性格和长相都没怎么变。对着镜子,我看到了一颗痣下寡淡的眉毛、一双淡色瞳孔的眼睛、一张有点发紫的嘴,别的都很模糊。它们组合起来,一旦脱离定格和观察就兀自更迭顺序。这张脸若是给别人,在人群中也只觉得有些眼熟。在返校前,我盯着猫看试图记住它,对猫的感情比对妈妈的纯粹简单得多。当我努力回忆时,文字化的提示出现了,为图像解密和注解,就像我用文字暗示你去想象我的猫。有望保留下来的记忆由文字组成。这让我重新认识了世界。接收光线成像,玻璃体、晶状体、房水、三色视觉下被命名为地球和宇宙的空间。我双眼注视的前方,既是三种颜色下物质的种种界限,也是底层的字符代码、巨大的向量空间。众人意识涓流汇合成海洋,每一股欲语还休的海浪无限放大后一片糊涂,它们互相密实地嵌合起来,不断吞并新生的人类,甚至吞并与人类接近的动物。放眼整片海洋,到处是浮浮沉沉的离散、重聚。

坐在出租屋的床上,灰尘如猫毛般在光下停走。我回应室友的话,拍手的次数一代表肯定,二代表否定,剧烈代表赞美,不拍手代表不置可否或我睡了。那还是在上一个出租屋里。也像往常一样，是咽炎或无名之火让人有些不适，但室友碰到了我滚烫的手臂时立刻叫了出来。

"你在发烧啊!"她感叹道。

"我在发烧啊!"我感叹道。我如释重负般躺到床上，拉上被子，这些日子的怠惰消沉仿佛得到正名。那时想回家的心情，不需要记忆也可以浮现，或是被理解。

临行前，我孜孜地看，除了看，什么都不做。我已经不需要拍新照片，因为手机里太足够。包括但不限于这两个月的假期里，我尝试用许多方法去临摹、背诵、存档，复刻、召唤、还原，在她们身边的时候，心里默想：你们对我很重要。直到回到上海，确认了车票、钥匙、证件不只存于我的想象……没有坐反地铁，吃饱喝足，拆好行李，可以坐在出租屋里发呆……灰尘和霉味在房间中晕染出两端，我闭上双眼，把视野里的意象都抛诸脑后，努力运用空间思维使我站在家里，对面是妈妈抱着小猫……

但我什么都不记得了，回落到大病初愈的时刻，我发现自己仿佛从没离开。

安静的河

/刘栩杏

它好像在对我说:"安静地活着。"

贯穿四环和三环的主干路中央有人工河划分两向车道,在北京的水利工程以及河脉谱系中都难寻其下落,只有寥寥几笔将其释作泄洪用途。河水清澈,能看尽河底成丛水草。两侧车流不断,噪声悍然得让人惶恐,河息却始终安静平稳。每次经过河面我都会多作停留,去想许多事情,试想很多安然无恙的可能。我的朋友走远了么?她的存在让我想不到死亡之外的结局,针对诸多含意和万事万物。

在饭局上听友人说起她的自杀时,我首先想到是手腕上的肉疤、洗胃过后的苍白面孔、脖颈上没能彻底遮盖的红痕。嘴里咀嚼的肥牛卷并不会因此丧失咸甜,我停顿了一会儿,又照常吞咽,放下了碗筷,然后意识到她们同我说的并非事件,而是结局。她的名字在离我一桌距离的近处,她的生活依旧粘着我的记忆,只有她本身此刻远得措不及防。这种割裂没有臆想中那般惊心动魄,它只是安静,清澈得近乎空白,像她葬身的那条河,并不会自行流动,一切由人把关,除非天灾来临。

我和她的相识来自工作场合,不过在此之前我对她早有耳闻,入学不久后便和校内另一位风云人物高调宣布恋爱,恋情几分几合,最后惨淡收场。我能够知晓这些依托于她活跃的社交平台,那像她第二层紧贴在身的完美的肌肤,自拍里的她常将镜头稍稍高举，抬眸向上凝望，薄唇平铺直叙，有呼吸很近的错觉，美得没有悬念，也似乎没有丰沛的情爱能将其滋润。那时正逢短片筹备建组，我自顾自地揣测她的经历能够共情，便拜托了与她同乡的制片人作说客，得到一个酒吧面谈的机会。我酒量尤其差，又有俗称的瘾大，醉后的畅所欲言有借酒违纪的嫌疑。那天故意喝了很多，有意快乐地铺开我要陈述的悲剧，讲剧本，讲内容，扯上创作的宏大内涵，来讲人心那点幽微的小情小爱。我讲失恋的女人在酒店寻求慰藉，侍酒的小开熟练地借于怀抱。他像个空心的酒杯，接过无数种泪水沉淀在底，酿作他自己也难以描述的期盼。他希望她们能来，又希望她们永远都不要来。而这一切又被她那个固执又惯于残忍的兄长打破，他捍卫她，就像捍卫自己。两个男人和一个女人，我挑起筷子，敲两只骰盅和一枚色子，托着腮朝她笑，说这部片子想表达的主题是男人和女人不同的关系，一种或许可以被呵护的关系，我不想再容忍那些难以启齿的、被驯化的，你能明白吗？她移开我的酒杯，空出可以靠近的缝隙，伸手摸了摸我的头发，问我是真的吗。我忘了她反问时的神情，也遗忘那时是否有流泪的契机，只记她身上香水气息甘甜，没能掩盖住的酒气，像裹挟在华袍中的劣虱。我抱住她，作醉状枕在她的膝上，向上看她的面孔和直射下来的灯光，像仰望天空。她很漂亮，我握住她的手说了很多遍。这本是无心的褒奖，可我忍不住接着说下去。同样也因为美丽，表达就得在传播里被迫变质。行业里性别比例绝对失衡，故此凝视、狩猎美丽一定在关注内容前，人的注意力就是这样。抱怨的无用你我心知肚明，唯有忽视在所有领域中被一视同仁。我絮絮叨叨地胡说八道，有意识的醉意最折磨人也最讨人心。美丽是原罪吗？将庸俗的中心思想和盘托出，才能谈论更多。除此之外，我们能避开那些不公标准下的满分答案吗？她用指腹碰我的脸颊，让我不要哭，我说你也是。问题的核心应该更加悲切，关于抗争上的疲倦，关于无声。她搂住我的肩膀，其中夹着我染得干枯的银发，她笑起来嗓音同语言一贯低沉，总不像是快乐。她回应道："你也很美。"我那时卑劣地相信这是一句诅咒。后来她答应来我的剧组做人设美术，我也回想起自己寻她来的真正理由，她能将伤口画得尤其逼真，皮开肉绽，血液似有温度。

回忆起具体的物是人非十分危险，我警告过自己及时止损，可惜无用。聚餐结束后的返程，我在车上翻起从前的相册，杀青合照里她在离我稍远的地方，我的身边按照严苛的层级站着制片人、摄影指导、录音指导、美术指导、演员以及其他。我坐在他们中间，双手抓紧场记板，像在高耸的浪间忐忑掌舵，而她看起来则像是流放者。是我的过错吗？我的视线从问题和答案上移开，开始怀疑做题者本身；如果不是这样，负罪感为何没能让我掉下眼泪？当晚我很快入睡，一切状似无事发生，但我做了一个噩梦；梦见远在家乡的猫，它侧躺在我的床上，胖乎乎的软肚子被挖开，像红心火龙果被挖走果肉，它不肯阖上眼，还在朝我叫，疼得奄奄一息，直往心口最脆弱的软肋刺探。我的悲愤终于在此刻具体，醒来摸到自己的泪痕时甚至觉得满意，像债务被清除，完成偿还。我擦干这些凭证继续生活，深知世界不会因为任何一场死亡停止运行，只要逃往宏观寻找平静，总能如愿以偿。

毕业在即，还有更多具体的问题等着我去解决。我戒了酒，去互联网大厂上班，在早高峰登上输送向中关村的四号线，也因为规律的三餐迎来肥胖。餐间闲聊被教育购房等更具体的问题填充，看清前辈们泄露的惊诧，我才反应过来自己透露出的无知在她们眼里仿佛成了某种傲慢。工作后所有自由的不自由的时间被平等地填满，再无暇顾及其他。我过得安稳充实，平静得近乎梦寐以求，直到暴雨成灾，出租屋里溅落的墙腻子将我浇醒，才意识到原来这就是符合标准的万无一失。雨停后头一天我买了动车票，经过洪水没过房顶和树冠的灾区回家。梦里濒死的那只小猫叫咪咪，它甚至没有朝我叫唤。母亲说两个月前拎去了花鸟市场，贩子两百块钱收了去，因为知道我一定不同意送人，所以一直没有告诉我。我把行李箱扔在门口，当即订了第二天返程的车票。母亲说，你魔怔了吗？我说，你之前总骂我是疯子的话说不定是事实。她发鬓的斑白越发明晰，皱纹的每一寸深陷都在昭示时间挥刀的刻向。我得警告自己和时间一样无情，才能忍住那些重返平静的心软和愧疚。她快哭出来了，说你能听进解释吗？你还有人心吗？你不可以一直这么坏这么任性，你不可以一回到家就马上要走，你怎么可以这么对我？你姨婆前天走了，得了癌症晚期的那个小姨婆你还记得吗？你外婆腰不好没法从老家来省城，她当年自己乳腺癌把奶头切掉熬到现在，她幺妹却没熬过来你觉得她什么心情？这几个月我为了去医院照顾小姨婆把猫送了，你非得在这里和我发疯吗，你为什么到现在还认不清现实的问题？我把行李箱踢出家门，朝她嘶喊，那你为什么不告诉我，什么都不和我说，病危是问题，收养是问题，你凭什么觉得我留在北京就不该有问题，你爱的是正常、不自以为是的我。我解决不好问题，你失望吗，还是说想听我说对不起，你会明白其实不只病痛还有很多其他痛苦能把人送向死吗？好多时候我都觉得它轻易推一把我也可以跨过去，你要来逼我一把吗？她彻底哭起来，指责我的口不择言。你威胁我有什么好，你怎么那么残忍，就因为你是我的女儿我就活该被你这样威胁么？她把我的行李箱拣回家，双手握紧把手拖拽，三十二寸的行李箱有她半人高。我很想告诉她并非如此,只是我现在一无所有,最重要的事物唯有生命,最重要的人唯有母亲,以为抛下这一切就能真正自由,飞到天上做无脚的鸟永不落地,目睹着死亡这条唯一退路,就能心安理得地贯彻自己的意志而活,可唯独她能用爱和亲情来分割,我阻拦不了,只能对她说,为什么要这样对我。

  死亡能够具化成其他冲击力没有那么直白的词语,诸如"走了"和"火化"。小姨婆在我回到家的第二天火化送葬,道别式上怀揣悲伤的人能够以泪洗面,抑或用沉默撼动死别;像我这般怀揣恐惧的人便只能无措,站在很远的地方望着烟囱升起来邈邈尘雾,模糊得似是一层魔障。它不让我们轻易过去,但也像所有死亡势必封匣入土,所有生的驻足都承载着向下的胁迫。我蹲在角落里翻手机,半年前我带着纪录片拍摄任务返乡,经过交涉将摄影机对准了这次绝症的始末。母亲在车上说起小姨婆年初遭遇车祸,祸不单行,交通纠纷还没解决完,就确诊了癌症。这种时候巧合太多,让人不得不信命。母亲总说自己爱照相,可她其实很清楚何时避开镜头。我将相机下移,对准她的伴手礼,她说是在普陀山求的健康福,有两幅,一幅挂在我们家,一幅今天送去。我觉得她在咀嚼他人道路反刍自己的后顾之忧。病床上的小姨婆消瘦得和年前圆胖福态之时判若两人,她唤我的乳名。医生在一旁给她调整输液管液压,脓黄的药水逼近瓶口,顺着软管连线向下,在她手背的嶙峋间作红和黄的含混,看似是无状的病因在凭空操纵一副病躯。医生问她疼不疼,她见了来访的我,又重新盖住眼,摇头不讲话。母亲握住她挡眼睛的手,小声说着,拿外婆多年前抗癌的经历出来,试图向她验证和宽慰。两人没说几句都开始抽泣,母亲给她擦眼泪,用乡音哀求了几遍"莫哭"。我也听她的话抹掉泪水,料想她的后顾之忧大概是我。场景切换,我跟着表娘(小姨婆的女儿）去院外买粥，路上我与她交谈，将提问拙劣地藏在字里行间，我说自己和她年龄相差不大，而她已然在面对更大命题的苦难，这让我觉得不可思议，也对前路感到惶恐。我们边向前走，边尝试辨析到底如何是走到如今地步。她说是命。我说我妈也这样说。她说遇到就是遇到，没办法就是没办法，那些没发生在自己身上的事听着像故事，但为什么叫故事？都叫作"故"了那就是在别人身上发生过了，自己往前走不知道会不会遇上所以成了命，一个在后面一个在前面，其实很相似的，可以叫做镜像吧。我问，那我们的现在在中间，是不是可以叫作镜面。她说，你还是会形容。我说，镜子是玻璃，怕碎。她说，我不知道会碎的那个意外什么时候来，我也没有那么坚强，但还是坚固的好，我记得你从小就挺坚强的。我说，我妈身体一直蛮好。对话到这里结束，记忆中我们之后在粥铺跟人要粥上的汤沫，会带味道但没有粮食，肠癌吃不了要消化的食物。老板娘象征性地收了一块钱，表娘坐在档口外的矮桌，把汤里几粒软米挑出来吃掉。

葬礼后母亲开车送我去车站，途中煎熬许久后打破沉默，问我是不是有什么事没有告诉她。我说我打算把工作辞了。她说，那你照顾好自己，北京那么远，有些事情我帮不了你。我说，有个朋友自杀了，所以我情绪一直不太好。她在我的记忆里，我还记得她说话的样子和做过的事情，别人告诉我这些一下子都不复存在，我接受不了，感觉一下子很多东西都空了，重不重要的无所谓了，反正人会死，死了就什么都没有了。她说，你看，这件事情你也没和我说过，面对同样的事情你的做法和我一样，我总在凭这点确认你是我的女儿。我这样说，你不要露出那么可怕的表情。我只是希望你快乐一点，过幸福安稳的生活，你能不能不要总是那么敏锐？你这样会过得很辛苦知道吗，我说过很多遍妈妈是过来人，你这样我也会很痛苦。我说，我不是你的过去，也很讨厌你这点自作多情，可你会改吗？每次你问我能不能，我就想走，想到自己活下去就必须离开你。可有的时候我又得回来，有些问题我只能问你，即便没有通电话，我也会幻想和你在对话中思考一些事情。妈妈，我可以活得天真一点吗？我可能很坏，孤注一掷地锋利，以为不怕划伤自己就可以在伤害别人的时候也没有负罪感。尘埃落定，落叶归根，很多人说落下来是好事，可我还总是有愿望。其实我也担心自己在地上站不稳，只能给自己打气"摔了就摔了吧，不要期待太多"。可又唯独希望你不要把我当作破罐子破摔。她开始哽咽，说怎么可能呢，你是我的女儿，是最好的瓷器，就算真摔下去也是最硬的罐头。我又哭又笑，把脸埋进怀中行囊，说自己大概就是想听到这句才扯了那么多话。她说，你说什么？我说，我爱你。

回北京后我搬回了学校，几次在校门口的人工河边散心，除此之外便是去健身馆游泳时从桥上经过。两侧道路喧嚣，它的沉寂像种缝隙间的喘息。我想起来她某次在朋友圈公开的事件，她和男友一同去师兄的剧组帮忙，拍摄过程中她因生理期不适坐在空设备箱上休息，被外来的场工人身攻击，因为在剧组里有不成文的规定，女性不可以坐在任何与器材相关的物件上，因为会"湿（失）焦"，片子就拍不好了。当时有不少人在朋友圈下留言为她声援，最后事件不了了之。那个师兄的片子有没有最终成片我不清楚，不过就算没有，也会是因为其他问题。有点企图心搞创作的人，总在理想语境下说作品是自己的孩子。相片和影像可能只是外延的记忆，而创作能成为生命的外在骨骼。在大学环境里秉持这种论调的人不在少数，偶尔在这阵飓风中，我也恍惚感到快意，但又时常自虐般警醒自我，不能被一种倾尽走过命途的气力只为留痕的繁殖本能蛊惑。过刚易折，逝水无痕。河面倒映着沿岸街景，一如时态的折叠。我向下看，想到她，想到死，想到万事万物，想到那句话并非诅咒而是镜像。她的嘴唇也曾在这片水域开合吗？水草向同一个方向安静舒展，那个夜晚它们究竟是如何缠住她的身体，覆盖她的呼吸，合上她看向天空的眼睛呢？我想不到。它们明明看上去那么柔软，那么永恒。

第四辑　狮子翅膀的解剖报告

论轻盈

卢钿希

引言：一朵云的高度

科考队员钟鑫沿着绳索，慢慢地攀上了那株直插云霄的云南黄果冷杉。云南黄果冷杉高度惊人，利用传统的遥感技术无法准确测量，必须结合无人机的观测，同时采用最原始的方式：将粗壮的缆绳攀附到树身上，然后由科考队员攀上树顶，在树顶放下卷尺进行测高。科考队员事先已经在攀登教练的指导下完成了数次冷杉测距训练。然而，面对这棵中国第一高的冷杉，钟鑫仍然不敢掉以轻心。

五米，十米。钟鑫发现距离树根十几米高的地方非常潮湿，树干表面缠绕着各种苔藓和寄生植物，还有一些小型草本植物。二十米，三十米。藤本植物开始增多。最密集的是点缀有艳丽的紫红色花朵的紫花络石，还有喜欢在城市墙面上成片铺开的三叶地锦。五十米，六十米。来到了冷杉的树冠层。树身附着的植被已然稀少。这时，钟鑫视野里最多的是松萝、蔓藓等耐旱植物。冷杉每一处都滋养着一个自足的生态系统。

然而，钟鑫的注意力不全在这棵大树身上。在攀登过程中，他耳边回荡的是频率音色各异的鸟鸣，是簌簌作响的风声；手上触摸的，是那些萦绕的云雾。它们积聚于冷杉的周身，日夜接纳冷杉吐出的水汽，慢慢地，沿着树身抬升，先是在低处形成不成型的云气，到了五十米左右的树冠层，渐渐发育壮大，有了成云的迹象，而到最后，则在树顶或比树顶略高的地方，凝成一朵低空的层云，在枝叶间降下一场毛毛雨，将水汽还给冷杉，为冷杉乃至它的共生植物提供滋养。钟鑫想，自然中的云雾，每时每刻都在与这棵冷杉发生着生命的交换与联系。它们一道生息。

在短暂的出神后，钟鑫已经渐渐逼近了冷杉的树顶。终于，十几分钟后，科考队成功登顶。他们高声欢呼，如同攻克了一座高山。当卷尺垂直而下，科考队员第一次知道了这棵冷杉的准确身高：83.4 米。与此同时，钟鑫果然在树顶不远处发现了正在飘游的层云。这样，在测得树高的同时，他第一次得知了一朵层云的准确高度：83.4 米。

反题：从云端一跃而下

乘着氢气球，秦耿明与刘芳明渐渐地升上了天空。短短的几分钟内，他们眼睁睁望着足下的大地一点点远去。这是生平第一次，两人感到一种强烈的虚空和失重感。刘芳明急忙拿着手上的杆子，站起身，踮脚，将球上的救生阀门打开，没有见效。他又给气球厂家打电话，厂家在电话里头跟他"嗯嗯呀呀"了老半天才弄清楚状况，不紧不慢地让他用杆子在球体里面搅动，让氢气慢慢释放。"就跟搅浑水一样。"厂家还很幽默。两人照做了。刹那间，他们听见了一阵泄气的"噗噗"声，继而望见了气球尾部拖着一股淡淡的白烟。然而，这一点排放量，对气球内巨量的氢气而言，简直可以忽略不计。因此，气球并未有丝毫下落的趋势，反而还在一点点爬升。

咱们一块儿跳吧。刘芳明对秦耿明说。耿明没说话，他犹豫了。这么高，跳下去，即便有树叶托着，也很悬。但是，他看见一旁的刘芳明已经试探着将一只脚伸到了半空，进而整个人都坐在了气球的篮筐边缘。也就在短短几秒钟内，他知道，芳明已经做好了决定。很快，一个向下跳跃的身影出现在了他俯瞰的视野内。恍惚间，他以为那是一只扑向大地的大鸟。然而，这个巨大的影子很快坠落、熄灭，成为一个句点，骤然淹没在漫无边际的绿波之中。芳明是死是活，他不知道。但目睹了芳明下坠的全程，他更加恐惧，恐惧这种从云端跌落的感觉。于是，他只好暂时选择与眼下这只小小的气球一起飘游。此刻距离意外的发生，已经过去两个小时。

秦耿明与刘芳明是同村人，一块儿在广州打工。他们在一个工地上砌墙，工资日结，每天一百二。身份证做抵押，没有社保。芳明父母早逝，去年老婆跟村里一个富商跑了，只给他留下一个五岁的儿子。耿明至今单身，姐姐长年卧病，父母年纪大，腿脚不便，靠种植一点玉米糊口。今年九月，耿明要照顾急病的姐姐，芳明想着卖地，两人便一块儿回到黑龙江老家。在村里待了半个月，听村里介绍，现在山里的松塔正是时候，一天的松塔打下来，可以赚六百元。两人一听，都对这活计有了兴趣，毕竟闲着也是闲着，便学着同村人，租了一只氢气球，气球的牵线绑在松树的腰上，人坐在气球里，升上去打松塔。为了有更多的收获，他们还特地花巨资找当地的工厂订购了一个比别人大一倍的气球。气球出厂当天，引来周边村民围观。耿明的一位邻居说，我从没见过这么大的球，你们是想上太空？两个人被这么调侃，只是笑，没好意思再说话。

前几天都很顺利。两人都想着一个月下来，不仅跟打工工资差不多，还能把来回差旅费都给赚回来。到了第七天清晨，也不知是当天风太大,还是牵绳不牢靠,气球带着耿明和芳明,一下升上了半空。

现下,刘芳明已经隐身于大地。耿明独自一人,置身于近百米的高空。他觉得坐飞机应该就是这种感觉,虽然他从没真正坐过,只在电视上看过。无数白云在脚下流动,而更底下的松林则变成了一张幕布,连绵不休、浑然一体的绿,除了偶尔看见风吹起的一点褶子,没有一丝破绽。

这是一片树林的腹地,远离人烟。没有人可供求助。上午过去。正午。下午。云上的时间是那么漫长,然而,时间终于不可避免地逝去。他分明感到天色变暗,夜晚即将来临。保守估计,他已经在天上度过了近十个小时。

入夜,身上只有一件薄长袖的耿明开始感到刺骨的寒意。白天阳光照在身上,还没有觉得冷,到了这时候,气温开始急剧下滑,一阵又一阵的低温云流从周边"嗖嗖"划过,耿明不由得一阵阵战栗。他知道,要想活下去,唯一的办法是尽快入睡,最大限度降低消耗,保持体温。

奇异的是,不久后耿明真的睡着了。也许是紧张和恐惧到达一定程度,反而会引发强烈倦意。他仿佛还做梦了。虽然只是一个片段:他站在自己亲手建造的超高层住宅的顶楼,兴奋地鸟瞰脚下的人流。当他再睁眼时,汹涌的人潮重新换成了那张熟悉的绿布。光辉璀璨。新的一天又来到了。

但梦里的兴奋劲已经没有了。他整整一天没有喝水和进食了。首先是渴,进而是更为强烈的饥饿朝他袭来。他不知道人可以几天不吃东西,但他感觉,身体正在一点点疲软坍陷下去。

到了黄昏,他感到一阵强烈的晕眩,喉咙极度干涩,仿佛一阵阵刀割。也许,这么下去,死亡并不遥远。他开始重新思考回归地面的决定:无非将身体探出,闭眼,纵身跃下。没什么的。只要克服飞行过程中的恐惧，结局并不重要，无非就是摔死。死也是短短一瞬的事情。总比在气球上慢慢饿死好。

真正做出决定却是在第三天清晨了。此时他已经乘着气球飘游了四十多个小时。"自由了。"这是他后来跟家人讲起下坠体验时，说得最多的话。耿明没有死。他挂在了松树上，轻度脑震荡，全身多处粉碎性骨折。一小时后，他很幸运地被路过打松塔的村民发现，并送往医院。后面，有无聊的记者问，你跳的地方大概有多高呢？他戏谑地说，当时，至少有几十朵云被我踩在脚下，另外有几千朵跟我平起平坐，你说有多高？少说也有一百米。

飘浮于云端，意味着缥缈动荡、悬而未决的命运。也就是在耿明一跃而下的那一刻，他才终于重新抓住了自己的命运。当然，最关键的是，正如他自己同别人讲述的，从云端一跃而下，那是一种久违的自由的感觉。在短短的十几秒里，他以旁人无法企及的轻盈结束了长达三日的云端生活。

正题：住在云上的人

三十九岁那年，蒋玲用自己的多年积蓄，买了广州的一间超高层住宅。不大，六十多平米，也算不上处在黄金地段，但是售楼人员一再跟她说这种高层建筑的好处，楼高、采光充足，重要的是视野好，可以俯瞰半个广州，如果没有雾霾，还能眺望城郊的白云山。哦对，推销员补了一句，还能有一种奇妙的体验：把天上的云踩在脚下。这种感觉，不是你住那种十几二十层的房子能感受到的。

蒋玲一周后就交了首付。她也不知道自己为何这么果断。也许是厌倦了挤在天河新区的租房生活。也许是在一家互联网公司做了多年中层主管，没有孩子，没有伴侣，提前实现经济自由，又不需要考量什么家庭因素，因此，做起决定来就轻巧许多。

蒋玲住在五十六层。她住的还不是最高层。这栋超百米的高楼总共六十三层。搬进新房第一天，她做的第一件事，就是跑到阳台。应该是为了节约面积，阳台十分窄小，可以说仅有立锥之地，人站在上面，等于半个身子已经丢在了半空。保守估计，阳台距离地面也有一百米。蒋玲往下俯瞰，只见一层层白云正在缓慢游移，轻盈、从容，不断变幻着形态。地面是豆粒大小的绿植，豆粒大小的人影，无数颜色各异的零星小点。一股剧烈的气流扑面而来，耳边一阵巨大的轰鸣声，她感觉一阵眩晕，足下也不断颤动着。

她赶忙把视线挪开，关紧大门，给自己冲了一杯咖啡定神。一连几天，除了晾晒，蒋玲几乎不敢踏足阳台，更别提享用推销员津津乐道的住在云上、把云朵踩在脚下的感觉。她甚至打电话给售楼部，抱怨说他们卖房时讲得天花乱坠，一直强调高层视野多开阔，怎么不考虑那种从高处俯视时人类最基本的恐惧感。电话转到了售楼部的经理那里。他笑笑，说，蒋女士，凡事需要一个适应过程，可能只需要一次机缘，一次，你就会爱上那种高空的体验感。经理的话说得她云里雾里，她急着上班，不想跟他争辩，"嗯哼"两句就挂了电话。

三天后，蒋玲下班，天空阴沉，狂风大作，蒋玲赶忙冲到阳台，抢救晾衣绳上的衣服。收到一半，她中了邪，莫名想体验那种晕眩和恐惧感，就下意识朝下望了望。她怔住了。一层厚不见底的乌云，宛若一长排巍峨的山脉，凝定，固若金汤。随即，狂风吹过，山脉崩塌，变成一片汹涌的云海，涌动着，翻滚着，仅仅瞬息之间，云海上下已经翻覆了数遍。突然，一道光耀的闪电从云间显现，如同一条向下甩动的铰链，"噼啪"一声，幻灭不见。继而是一阵低沉的雷声，同样在脚下的云间发酵。现在，蒋玲感到的已不是晕眩，是比晕眩更深一层的迷幻感，仿佛吸入了大剂量的致幻剂。

然而这还不是世界的全部。不知过了多久，蒋玲惊诧地发现，在厚厚的云层深处，开始透射出一道金色的光路，一道缝隙随即在云间裂开。蒋玲简直怀疑自己的所见，难不成高空俯视过久真会令人产生幻觉？然而，她很快选择相信自己的眼睛。因为这道光路，已经蔓延到了自己身上，将她笼盖在一片金黄中。继而，云间的裂缝进一步扩大，乌云悉数散去，露出了漫天的红霞。狂风停止，世界重新回归安详和静谧，刚刚尚在酝酿的暴风雨似乎不曾存在过。

这仿佛是启示，来自自然的启示。方才发生的一切突然使她感到沉迷，乃至产生一种强烈的崇拜感。她甚至忘了晚饭，站在阳台上，俯瞰云朵飘转，直至天空完全暗下来。从此，她不再害怕站在阳台俯视，相反，那次经历过后，恐惧变成了震颤，震颤演变成沉迷，沉迷渐渐变作了一种难言的瘾。

晴天，她能在阳台上看到在地面无从领略的绵密的云海，在脚底或与视野平行的地方，一切的变化、流动、翻腾尽收眼底；阴天，她看到无数雨层云不断挤压、膨胀、变形，仿佛随时酝酿着一场恐怖的爆破；雨天，她常常感觉脚下的云慢慢绽开，从中挤出一条条细密的雨丝，然后，她循着雨丝落下的方向，看它们自由落体一般从高空坠下，自己跟着在惊颤的一跃里，感到身体彻底的失重和轻盈。

然而，长期俯瞰似乎带来了一个相应的副作用：她开始变得讨厌地面。准确地讲，是那个一层的世界。她从未觉得在地面行走时脚是那么沉重，每走一步都仿佛要卖力地把脚从地上挪开。她突然发现地面是一个低气压世界，压抑，黏滞。她经常会觉察到沉重的肉体对自我的压迫。她迷恋置身高空俯瞰时失重的感觉。更重要的是，她惧怕在地面仰望天空。是的，一旦爱上俯瞰，单单是"仰望"这个词便已经够令人恐惧的了。她惧怕看见万里无垠的天上那一朵高不可攀的卷云，惧怕看到暴雨来临前从半空不断往下压的乳房形状的云朵。前者让她觉得无限的渺茫和虚空，后者带给她一种千斤巨石般的威压。总之这种置身地面的恐惧随着她对俯瞰的沉迷而不断发展。

她很少再下楼了。一日三餐和日用，基本仰仗外卖和快递送货上门。没多久，她辞去了工作。同事知道她不愁吃穿，平日又喜欢到新疆西藏壮阔的雪山戈壁探险旅行，喜欢蹦极跳伞，向往自由洒脱的生活，所以对她的选择并不感到意外。然而，蒋玲的父母很焦急。一开始是为她不出来相亲着急。蒋玲虽然过去从未对那些事业有成的中年成功男士产生好感，但至少愿意和他们见面，现在索性闭门不出。后来他们知道蒋玲班也不上，在家也不做饭，连以前旅行的习惯都没有了，终日蜗居在家，便开始觉得她是不是出了什么问题。两人也纳闷：网上是有见过那种年轻的宅男宅女，整天赖在家里，但蒋玲这孩子一向上进，从小就是三好学生，本硕都在北大读书，年纪也不小了，跟他们肯定不是一类人。蒋玲父母到家里找她谈了几次话，还托蒋玲朋友开导，都无果而终。蒋玲每次都不怎么应答，实在被问得架不住了，才简单说了句："没啥，就是觉得外头没意思，沉闷。"

意外是突然发生的。那天清晨，天蒙蒙亮，对面住户在阳台洗衣服时，看见从蒋玲家卧室飘出一阵浓重的白烟。几分钟后，烟雾越来越大，住户赶忙报警。消防赶到后，发现蒋玲家不但大门紧锁，连卧室门也锁着。消防只好破门而入，只见家里其他地方都基本完好，只是卧室内的床头柜、木床和衣橱烧掉了一大半，显然，这只是一次局限在卧室的小型火情，火已经自动熄灭，除了屋内尚残余一片灰烬燃过的烟云。然而，令人惊异的是，他们没有发现蒋玲。按理说，家里和卧室的门都是从里面锁上的，蒋玲不可能从正门离开。另一个谜题是起火的原因。经过搜寻，消防员在被褥的灰烬里发现了一小截雪茄，他们合理推测，应该是雪茄触碰易燃的被褥，进而导致着火。然而，蒋玲的父母不相信如此简单的结论。他们说，据他们所知，蒋玲从不吸烟，更别提雪茄了。况且现在蒋玲还失踪了，电话完全联系不上。警方介入调查，他们还是把焦点放到了雪茄上。法医表示，也许蒋玲是初次尝试雪茄。头一回吸食雪茄，如果一次性剂量过大，会对神经系统产生很强的刺激，让大脑变得活跃、兴奋，同时产生一种飘飘然的晕眩感，有时甚至有致幻效果。也许蒋玲就是在吸食多支雪茄过后，在一种晕乎乎的状态下，意外点燃了被褥。警方又发现蒋玲卧室的安全绳不见了，那是高层住户的标配，用以火灾逃生。因此推测蒋玲应该在对面住户发现火情前，已经借着安全绳从窗口跳下，然而，由于当时缺少目击者，小区附近也没发现尸体，蒋玲最终是否安全到达地面，还是已经遇难，则有待继续调查。

当天的城市新闻报道了这一场火情，还有蒋玲的失踪。当然，也只有小小的篇幅，用的是那种营销文的猎奇视角。没想到"豆瓣阅读"上的一位作者注意到了这则新闻，以这场大火为原型，虚构了一篇小说。对于蒋玲的下落，小说结尾并未交代，只敷衍一句："蒋玲开窗，将绳索投向地面，身体探出窗外，纵身一跃，在一片弥漫的烟雾间，恍若驾云而去。"明眼人可以看出，这种玄妙的开放式结局，加上丰富的想象，夸张的笔法，显然是都市拍案惊奇的笔法。值得一提的是，这篇作品的作者 ID 是"爬树的钟鑫",不知究竟真的是那位科考队员,还是一位生物爱好者的假名。

《论轻盈》的完成度很好,对称式的结构和第一段的开头都非常吸引人,标题也起得很好,可以作为某种比赛型文章的样本。我会建议作者在语言上更进一步。小说的第一章创造了一种世界观,给读者提供了很高的预期。作者允诺接下来将带你进入虚构世界,这个世界更接近梦境,与现实世界存在距离,有一种荒谬感。在我看来,如果要实现这种效果,第二章和第三章中一些相对来说比较写实的内容,就需要再在语言上进行修改。现在的语言在描写现实时,有一点被现实世界的惯性带走了,我认为需要在语言中注入新的力量来抵抗这种惯性。我们不能被重复的东西拖累,而是要去控制它们。

点评人　周嘉宁(作家、新概念作文大赛评委)

狮子翅膀的解剖报告

赵铂仁

他曾经说过《四个四重奏》无聊透顶，我坚决反对；他抱怨学院派太幽深太高傲，我不置一词。那个时候老人比我大五十岁，我却不因学识微薄感到羞惭。一次，我明白无误地指出庞德一首短诗中贺拉斯的影响，并且肯定地告诉他这句诗化用自《颂诗集》。他不高兴，说：你这样看诗太没意思。谁看诗和写注一样？我笑得很轻蔑。这不仅是因为我对他排斥现代诗歌颇有微词，也与他对诗歌版本的选择有关。我天生厌恶帧装简陋的诗集，而他家中大都是八十年代出版的古早译本，封面花哨，庸俗不堪，甚至将拜伦的画像加到了勃朗宁的诗集上，译文也风格杂糅、毫无章法。

他拿下金框眼镜纠正我的看法：但我们那个年代的诗歌是美的，我们不懂外语但是懂诗歌。诗人不应该是一个哲学家或者社会学家，美才是每一个诗人追求的共同目标。我每每听见这话就喜欢拿出波德莱尔恶心他，骂他"老东西"。他忧郁的眼睛绝望地翻过来，瞪我一眼，马上又投入紧张的创作中去了。他大概确实是一个诗人，并且花掉了十几年的光阴创作"平民史诗"。

但这些分歧并不影响我们之间良好的关系：我们依旧读诗、写诗、争吵、互相贬低并引为知己。这同样解释了为什么我会选择他作为我高中最后一部微电影的主角。那个时候他已经接近七十岁，斜戴着贝雷帽，穿黑色大衣，站在我们精心挑选的海堤上，十二月的朔风吹过来把他的银发拨乱。他目光炯炯，站立的姿态也恰如其分，和艾略特如出一辙。

"诗歌，"他喃喃地说，"是存在与虚无的桥梁，沟通语言与梦境。"

接下来，我们喊停，因为开场白与结尾需要分别录制。他很不高兴，他不认为自己应该被打扮成这种现代诗人的样子：朴素、简单，看什么都带着高傲感，说些无聊而且毫无意义的废话。他说他本来想扮成彼特拉克或者华兹华斯，穿旧贵族的礼服。

我们都笑了。其实并不是因为我们想将他打扮成这个样子，毕竟我们知道他厌恶艾略特以后的世界诗坛。问题在于高三的元月调考已经逼近，服化道的准备极其草率：我们的摄影机是从摄影社借的，电池很不经用，而且用手机云台权充支架；调色师努力整晚，他的脸依旧处于过曝的威胁中；采音设备塞在镜头拍不到的角落，录出来的全是水声风声，他细小的声音简直就像魁北克腔的法语。我说：缓一缓吧。先等元月调考过去。他同意了。

需要说明的是，在当时，元月调考定终生的说法流传很广（其实现在依然如此），但这种传言不会对我们的行为造成什么影响。我依旧在作文中大量引用现代派诗歌的句子，使得整篇作文展现出荒诞、晦涩的紫色效果。作文的主题是"静谧与喧闹"。我写道：在静谧中——一壶梦结冰了——有何不好？……

这篇作文被当做文风不正的典范，他看了反而觉得有点意思。我说，当然，这是保罗·策兰啊。他点点头，说要去了解了解。我提醒他这可是现代派诗人，他摆摆手。等到微电影再次开机的时候我们已经准备好了一切，只是更加猛烈的北风带来了细碎的雪花，整个堤岸灰蒙蒙的。岸边有人撕碎马肉，穿在最粗的吊钩上钓冰海里的鳗鱼，浓烈的腥味污染了天空。"一股海底涌起的潮流在悄声细语中捡起了他的尸骨……"他轻声念道（这句诗被收音设备准确无误地抓住）。

我们都穿着最厚的羽绒服，此时老人既不像艾略特也不像华兹华斯，像一个饱经沧桑的鄂伦春老渔民。我被吓到了。喂，老东西！我喊他。怎么开始看《荒原》了？他差点没站住，扶了扶三脚架，把好不容易找准角度的摄像机弄歪了。我笑了。开场白拍完之后，我问他认不认识其他诗人。他想了很久，说他只认识一个搞诗歌评论的。这人嗜好学院派诗歌，肯定也不会拒绝学院派电影，只是他们俩很久没有联系。他给了我们她十年前的地址。

幸运的是这个评论家十年来都没有搬家。她德高望重，这可以从家中克制整洁的装潢中看出来。她翘好了二郎腿，坚持用法语接受采访，因为我们谎称这部片子会被送到戛纳。

"知识是诗歌唯一的道德，"她滔滔不绝，"我无法告诉你奥维德与奥登谁更好，他们都是那么博学而且严肃，从不写没有来源的句子……"最让我们感动的是她的穿着那么理智那么高雅，提供了这部电影中当之无愧最有质感的几个镜头。我们连连道谢，感激涕零。临走时她送了我们一本文学刊物，上面有她最近的文章。

老人看过之后嗤之以鼻，认为这真是陈词滥调。但那时我们已经没空注意他了，我们忙着拍外景和计算圆锥曲线，努力不混淆离心率与光圈焦距。我们不再一起读诗歌。

突然有一天他哭着来找我。他喊着："我不会写诗了，我不会写诗了……"

我正在拍云。"等一会，老东西，"我反复调整镜头方向，

"别碰三脚架。"

他就收了声,安静地等着。云慢吞吞地爬过去,从画面最右端挪到最左端,中途坚持不住散了架,变成暗示着不雅动作的几缕白丝。我关上相机。"怎么?"

"我不会写诗了,"他像一个小孩子一样哭着,"那首史诗。好像没什么东西可写了。"

我觉得好笑。"你还可以写当代人类的困境,历史面对的共同难题以及精神世界的多次危机。写不出诗就是诗。"他盯着我不说话,泪水让金框眼镜慢慢从鼻梁上滑下来。朋友拍拍我的肩:摄影机没电了。我摆摆手让他走。他抽了抽鼻子慢慢挨回去了。

有趣的是我也不再写诗了。考试又像黑云一样慢慢逼近,电影素材也像喝剩的可乐罐头一样咣当作响,出现在各种不合时宜的地方。我在二调作文(主题是"责任")中写道:责任是云的反义词,一般指代泥土或者一个中央 C。我没有把这篇作文给老人看,他的房门关得紧紧的。我用油性笔在他的房门上画了一个巨大的椭圆,标出长半轴与短半轴,象征宇宙和精确。署名是代表威廉·布莱克的"W. B"。

微电影的剪辑工作艰难地进行着。我这才开始寻找这部电影的主题,试图归纳出一个剧本——这归咎于我们对意识流的由衷信仰,希望像阿巴斯的《24 帧》一样表现出无言的伟大。我们关注诗歌、艺术以及数学,抛弃所有可触摸的形体。开场白之后是一段关于那个美妙欧拉公式的拉丁语论文朗诵,再继以毕加索创作的历史资料(在录像中,他赤裸上身,满脸皱纹,在一块巨大的玻璃上勾勒出一头白色美洲野牛,充满危险的雄性暗示)。

问题在于:这是一部什么样的电影?我们为它寻找意义就

像为自己寻找意义。我们很难将自己的意义寄托在二月调考题和中午吃剩的番茄炒蛋中,这确实难以索解。这个时候天气开始转暖,我们影响不了世界就像想象无法影响现实。我变得烦躁、易怒。我泄愤般删掉了几篇珍贵的采访,因为它们过于混乱;为了接近那些过于著名的受访者,我们曾经花费了不少口舌。三月,剪辑的同学宣布离开制作团队,编剧同时跑路。我愤怒至极,将麦克风和显示屏摔碎,这当然无济于事。

我发现我需要情节,一些真实的、能够引人入胜的东西。我只好去找老人。这段时间他的房间中偶尔会传出咚咚的敲击声(但我可以确信他不是在制作小金鱼),令我心烦意乱。

我本来害怕他做出什么过激的举动,但门后那双疲惫的眼睛以及混乱不堪的书桌打消了这个顾虑。他说:"我的诗歌死了。我鼓捣了很久,它还是活不过来。"我看向他桌上那堆类似于纸团的肮脏东西:他似乎想把它做成某种动物形状。我大致能够分清四肢,头大尾小,脊背糊上了不少纸片,东歪西倒,倒像只蝴蝶。胶水流得到处都是。

"那是一只狮子,一个象征。会飞的,长着加百列的翅膀,"他眼含热泪,"艾略特说的。'谁剪过狮子的翅膀'……"

"'搔过它的屁股修剪它的指甲',"我轻声为他续上,"老东西,把你的'史诗'给我看看。"

他递过来一叠厚厚的诗稿。这首长诗的前两行是这样的:当五月的甘霖洒下天际/四月的干燥钻进树林去。后面的诗行平和可亲,旨在记录身边的涓滴小事,歌颂时代以及和平。我挑了几个有意思的小节默背下来,在心里准备分镜。

他啜泣着。"没有几句是有意思的,很可怕。我不知道为什么,没事可写。我没法理解。你看,狮子还在流血。伤口很难愈合。一切对称都在隐秘地崩塌。"我没听懂但是点了点头。我走出去把门带上,发现门上画的椭圆已经快脱落了。我到处找油性笔,没有找到。

在几本波拉尼奥诗集的诱惑下,那几个同学同意返回剧组。我们很快拍摄了一个小故事,设置了丰富的隐喻和象征,这样一来那些故弄玄虚的片段也找到了它们的位置。现在那个优雅的诗歌评论家被放到了全剧的最后(翻译她用力过猛的巴黎腔是个难事),彰显出诗歌最终胜利的主题。

那时我并没有意料到那些呕吐般的小舌音最终构成了我对四月调考的全部印象。四月调考的数学尤其难,物理也怪招迭出,而我脑海中只不断重复着评论家联诵"vous êtes"时的夸张神态。四月调考作文的主题是"艺术与艺术家"。我写道:"艺术是一只狮子,艺术家剪掉它的翅膀,好使它在地上爬行时能被人看见。"

老人同样没能看到这篇文章,因为考完语文当天他就失踪了。他的房门大开,椭圆形被擦掉,"W. B"被改成了"W. B. Yeats"。只有我知道这是不好的兆头。他不在市图书馆,不在他大学的前办公室,不在这个城市里任何一个有诗歌出现的地方。我仔细搜寻书房的每一个角落,没有找到那个丑陋骇人的纸狮子。狮子和他一起销声匿迹了。这个时候我突然想到,他的史诗第一行就来自《坎特伯雷故事集》。

四月调考后一天,我们真的把这部电影的拷贝发向了戛纳,由诗歌评论家为我们撰写文辞华丽的法文介绍辞。之前我们议定的片名是《BARDA》,以此致敬拍出《诗人》的导演冈萨雷斯·伊纳里多。但发送前我临时改掉了片名,片名叫作:狮子翅膀的解剖报告。

之后的生活没有电影也没有诗歌,我们埋头学习以期高考赋予我们意义。老人始终没有出现,他的房间开始染上尘灰,诗集开始褪色，我再也无法分出封面上印的究竟是勃朗宁还是拜伦。公寓里其他学生溜进他的房间，偷偷拿走了最厚的几部诗集，我权当不知道。戛纳没有回应，这才是理所应当的。

六月初的时候有人找到教室来了，是冬天那个拿马肉钓鳗鱼的男人。他拿着一张照片问我：这人你认得不？就是老人。他的脸在海水里肿大了一圈，穿着滑稽的贵族礼服，有些盐在上面结晶，白色的一片，感觉脖子上还围着不知是什么玩意的灰色项圈。我想了想，这当然是拉夫领，都泡烂了。我说，他没子女，我去领人。

葬礼程序很简单，就是有点凄怆。那是六月五号，高考前两天。我和他都穿着简朴的素色衣服，胸前别一朵白花，一人一个花圈。灵堂就在他书房里，书桌什么的都推到一边去，烧纸在楼下弄。我先把《荒原》烧掉，然后是《比萨诗章》和《死亡赋格》。评论家想把勃朗宁的集子也丢到火堆里去，被我拦住了。暗夜里我忽高忽低地（用英语）唱：

世界就是这样告终

世界就是这样告终

世界就是这样告终

不是嘭的一响，而是嘘的一声……

葬礼足够简朴。第二天中午，事情大致解决了。评论家问我：世界就这样告终吗？我说我早该想到的。我们逼死了我们这个时代最后一个诗人。她问：那你是什么？我说我是个蹩脚的兽医，把狮子的翅膀割了还要嫌血流汩汩。你听到狮子的哀鸣了吗？吃午饭的时候，我们收到一封法国来的电子邮件，金棕榈的标志很扎眼。戛纳来消息了，回信用的自然是法文。我让评论家翻译。她说没戏,但是赞扬这个短片所表现出的"在这个时代少见的人道主义精神,并且浸润了来自艾略特与庞德的现代诗学的优秀影响"。

我哈哈大笑。她让我赶紧回学校,明天就要高考。她叮嘱我现在仍有三件事情需要坚信:生活还在继续;考试不会停止;艾略特过去是以后也仍会是世界上最伟大的诗人之一。

我吹出不成调的曲子,最后一次向学校奔去,希望椭圆与双曲线带给我布莱克想象中的精确与静谧,希望考试重新赋予我们意义,希望食堂里无精打采的剩菜最后一次给予我腓尼基水手经历过的黑色厌腻,使我在没有温度的世界里获取生命、衰老与希望的种种启示。明天,远方的层云会由惊雷破开,豪雨将会重返大地,苍老的飞狮缩小身形,重新长出幼嫩的白色翅膀,避过呼啸的风雨,像新生的瑞兽又像将死的婴儿。

蒲公英

/ 张杨铂

> 我变得过于匆遽，我的今天驳斥了我的昨天。
>
> ——《论山旁之树》

他站在敞开的窗户前，平静地盯着黄昏没过一处曲折的间隙。每当此时，整座县城随着从墙角里涌出的夜色浮起，崩解。这污水一样的暮色已经漫过了一盏褪色的路灯，房屋在泛着白沫和酒气的泥河里，墙靠着墙，摩肩接踵地向前攒动，翻涌。这盏灯粘连着一片又一片的灯，逐渐拉扯成两条水蛇在昏黑里纠缠在一起，纵欲。

直到那时，面对潮汐，他将会想起年迈枯槁的祖母向他抱怨死人的那个遥远的下午。"明明死了，也不安静，晚上在墙角里叽叽喳喳的，惹人心惶惶的……"祖母如是说道。他知道那个死人，再早些日子，堂屋里开满了硕大雪白的蒲公英，一位叔长牵一块白布领大家站成一长列去迎接死人。那个下午之后，家里少了一头猪，很多糖；多了一张空床，一个死人。人们来时哭丧着，走时谈笑着，因为吃饱了。

死人从来不睡在床上，只躲在摆空床空房的墙角。他不准靠近那里，祖母总是掂起扭曲、灰黄的手指着墙角说："别去，那儿有死人。"

死人来的那天发的糖他也吃了一块，甜得发白；还有开了半山的蒲公英，白得空荡。他想着，拿起了比自己高半个脑袋的锄头，拖着一边，几乎是甩着地砸向墙角，差点没稳住身子。定了一定，又挥起了锄头，一次一次。干白的墙皮率先崩塌，然后是沙砾、泥块、干草段、一网竹片。这兴许是死人家的篱笆，他钻进洞里扒拉着竹网，寻找着死人。只因为死人来的那几天前后，这个村子里安静得像后山上的几拢土堆，而在死人来的时候，村口会响起鞭炮，大家都会回来塞满村坝。兴许死人能让家里更精彩，他如是想着。

但是，屁股上的一阵刺痛把他拉回了现实。他的下半身被提在半空，在祖母的辱骂、他的哭号、鸡狗的喧嚣里，他的背身青了一片又紫了一片，让这活死人的村落多了几分生机。他仍牢牢抓住竹网，任凭眼前的世界明暗变化……

他最后还是没能进死人的家，他站在翻出的泥土上，裤子被拉下了一半，露出半个乌红的屁股，一只手攥着锄头托在后面，梗着脑袋。豆粒大的泪水一颗一颗滚落而下，从太阳在头顶上，一直滚落到太阳西落，在脚下汇成一小洼泥潭，泥像小兽一样舔舐着他的足底，温乎乎的，发痒。他终于是低下了头看，才发现脚踝里长出了许多蒲公英，毛茸茸的，夕阳打在了上面，像是一把黄沙。

他总是喜欢回忆，因为这能缓释他的疾病。他如是站着，阐述自己的身体。一处病根在头发，要知道，头发的复苏远比身体其他部位慢得多，而自从它开始了马不停蹄的生长，就无时不刻不沿着下颚爬向脖颈，期待着在一个万籁俱寂，失去希望的夜里将他扼死。另一处病生在骨头里，它从根里长出，是身体这堆枯枝烂叶里的锈铁钉，它先于头发生出，于是得以先支撑起身体。它用血液清洗掉自己的锈迹，让其染上耻辱的红色。血液里的铁锈味是一种让人上瘾的慢性毒药，通过希望来逼迫他走向死亡。

每当头发意欲杀死他的时候，骨头就用自己的白色将他在夜里刺痛，让他醒来，然后用融在血液里的希望调和漆黑夜里的恐惧和绝望。头发和骨头似乎不属于身体，因为它们在人死后仍然生长，也正是因此，它们得以贯穿每一个人的生命。不知从何时起，他便染上了这两种疴疾。或许，从他尚未出生开始，头发和骨头就已经像熟练的老手一样开始商量这场注定由它们中的一员所成就的胜利。头发主张速死，骨头主张奴役，而他就在这夹隙中挣扎，诞生，膨胀出自己的生命，来填满身体，去走过百年的行将就木，直到它们结束这场争论。他如是说道。

例如，在一个生日夜里，他走出了校门，撞上了多年未见，浑身酒气的父亲。一切在最开始时并无波澜，他随着父亲坐上了一辆灰色的面包车，车里的醉汉们推推搡搡，口中呼出一阵阵带恶臭的热气。灯光透过覆盖尘土水痕的窗子，把昏黄送进车厢里，和一种猪肝色的乌红混合在一起，模糊在眼镜上，白雾一片。可他没空管这些，甚至没空管醉汉攀着他的肢体朝他脸上喷着的唾沫和胡话。他的骨头一阵发紧，传来些许刺痛，一股熟悉的感觉泛上来，糊在喉头，发甜。"今天是我生日。父亲今天正好回来了，母亲兴许也是。"至于父母是否是为了回家为他庆生，他无暇顾及，他慌忙的闭上眼关闭了所有感官，甚至停止了呼吸，带着些许的贪婪把自己溺入这充斥着酒精味儿的感受。

他无法可想，他的父母回家为自己庆生。"无法可想。"他如是对自己说。随着一声沉闷嘶哑的刹车声，门开了，他被领入一个房檐下的摊店，眼前随着移动明灭，在墙角的折叠桌上摆着几个装着食物的铁盆，还有塑料盘子。旁边凳子上横七竖八的人中间，坐着这样一个女人：她的夹白的头发是盘起的，戴着的陈旧无框眼镜在晒得起斑的黄脸上显得突兀。洗得发灰的粗布衣上除了一摊呕吐的痕迹外十分干净。颈上系了一条丝巾没遮住污紫的疤痕，一双浮肿的手覆盖着棕灰的指甲盖，双手放在棉裤上，端坐着。眼神透出文疯子那种特有的木然。她就是他的母亲，他坐在她身旁。她先是受惊似的一怔，然后忙望着他，还是那副木然的眼神。然后恍恍惚惚地传来沙哑温和的声音。

"又长大了。"……他对这一切只感到陌生。"有没有好好吃饭？"……几个醉汉挥舞着四肢讨论着他未来该去哪里打工。"要好好读书。"……母亲翻找着食物，翻看了每一个盆，但是这个有烟灰，那个有痰，她夹不出一口吃的。她尴尬地放下筷子，手在身上擦来擦去不知道放在哪里，然后还是低了下头，捻着衣角，怨着这日子怎么那么长。

"无法可想。"或许记忆在此处停止最唯美，但不是这样。母亲是一个疯子，自从被父亲买回来生下他后就疯了。每一次父母回来他都会破掉一件衣服，身上多几处抓痕和烟疤。所以这个只被他自己所知晓的生日是这样结束的：在"啪"的一记耳光飞到他的脸上打飞了他的眼镜之后，一盆混着呕吐物的热菜扣在他头上。"都被毁了！"他母亲嘶吼着扯破了他的衣服，"都是被你毁了……"他肩膀上传来一阵刺痛，母亲的牙齿嵌入肩膀，指甲在脖颈上抓出血痕。陷入混乱，母亲被父亲一脚踹飞到墙角，几个男人抄起凳子砸向母亲。拳脚相加时的辱骂与母亲的惨叫和诅咒，连着物体相撞的闷响响成一片。他被一个迷糊的陌生的大妈拉进怀里死死抱住，抚拍他的后背，口中喃喃安慰的却是另一个孩子的名字。骚乱里打翻的劣质酒打湿了他的裤子，油流进了内衬，很不舒服，"无法可想"。这一次发丝拒绝了他所祈求的速死，理由是他的绝望太过软弱。

或者说，他甚至意淫过像那个班里做错事不会受罚的那个男的一样，穿着他不敢问价的球鞋，因为在球场上耍不出想要的动作而把对手堵在厕所里暴打一顿。在周末牵着用过年的新衣裳精心把自己打扮成班里最漂亮的女同学最白净柔软的手，去看小县城新开在废弃工地的动物园，一边把脖子缩进新奇的羽绒服，哈一口白气搓搓手，拿着盗印着别处动物园图片，油墨还糊手的门票走过刚漆好的岗亭。挽着女同学看看废弃地基下脚步拖沓的老虎，浑身枯灰焦黄的皮塌在骨头两边。把口中的未尽的烟蒂扔向老虎屁股，在女同学和自己的笑声中看老虎倒转过僵硬的脖子，勉强拉开两颊的皮肉，在腹部的杂音中喘出一声愤怒的嘶吼，然后拉长呓唔的尾音，眼睛在浑浊暗黄的液体中间再变暗一些。再是，去看两三只奄奄一息的猴子，唯一一只能动的老猴身上大片的秃斑长满了癣子，拉着不长的铁链拖着一只已经发乌了的腿，连着半拉发炎红肿的皮肉去拿路人扔下的花生米。然后点燃一支烟，吸一口，往女同学脸上吐个烟圈逗得她笑得仰了腰，再用胡子拉碴的嘴，去咂一口女同学包裹在雪白皮肤中间的、粉红的鲜嫩的嘴唇，尝到一股酸菜疙瘩和碱水馍的味道。

而不是像现在一样，搜刮脑海里每一个角落，才能找出一段模模糊糊，不清不楚的印象。那时山上动物园的大门垮了，鹰鹫抓着狮子去看白兔和蝴蝶交媾，鲸鱼吃下麻雀生出乌龟。然后，大象席地而坐，鹦鹉俯冲而下。

他没能记住过去都是假的，在回忆这条没有归途的路中，他回想起一个上帝不在的春天。在晨雾覆盖大地时，每一株只剩枯干的银杏树都指向了那家市里刚改造的中医院。在那里，有一个昏暗闭塞的房间，里面有一个昏迷的女人被开膛破肚，他的身体被提了出来，剪断了脐带，摆在一个垫了绿布的车筐里。本来不该有人发现他被羊水堵住了呼吸，但是上帝那天在休息，于是没过多久，他的后腿就被提起，医生猛烈拍打着他的后背，不知哪一声拍醒了骨头，于是骨头贯穿了他的鳃和他的肺，将带着氧气和希望的血液源源不断的注入身体。自此他染上了第一种疴疾，诅咒他必须无时不刻，分秒不能停地呼吸着不属于他的空气，然后感受着刻骨铭心的窒息。

在回忆的明暗中，一个预言逐渐清晰："我的祖先是鱼。"

窗外的漆黑的夜色渐渐染上了昏黄，在此刻，对过往的漫长追忆和时间在夜里流逝的脚步趋于吻合。当天边洇出了一片血色，在山峦和黑云的交合处，红日从夜的子宫里流产，随着殷红的雪崩铺满天空，驳斥了昨天的最后时间。他的脑袋里一些东西，像是两根逐渐缓慢拉开的手指中间的唾沫，从中间断开，消亡。没有"砰"的一声，而是平静得像是从来没存在过。

"我的祖先是鱼，"他如是对自己说道，"我想我应该回到水里去。"他打开了门，走了出去，这时他想要小便，他走上大街，丝毫没有在意到周围的人流，在他眼里有一棵山旁之树，那是一个高大的栗树，于是他向它走去，拉下裤子小便了起来。与此同时，他从获得生命起第一次无意地落入了怀旧的陷阱，仿佛回到了那个祖母向他抱怨死人的那个挨打的下午。随着脚踝里蒲公英随着晚风解散，他逐渐明晰了死亡的真相，一股前所未有的绝望向他标记了生命的目的地。从那时起，头发在这场博弈中占了上风，开始不断地埋怨他的软弱。

小便失去了开始的劲头，开始一滴一滴的往下滴落，最后总是会在内裤里留下一洇让人难受的潮湿。他这次从身上脱下了比尿干净不了多少的背心，仔细的把下体擦干，然后挂在了树上，像一朵蒲公英，空心零落。

他咧开了嘴，笑了，笑得很开心。然后赤裸着嶙峋的上身，往着河边跑去，他要把自己放生，边跑边跳。在那个堂屋里开满硕大雪白的蒲公英的时候，在他和父母去迎接死人的路上，他也曾拉着父母亲的手像这样跑着，闹着，跳着，散发出了村子里许久未见的生气……

　　兴许是骨头和头发终于厌倦了这场旷日持久的等候，于是敲定在这样一个充满戏剧性的十字路口结束了他的生命。他就这样横死在马路中间，地上的那摊鲜血和东边新生的太阳在污浊的车窗玻璃上映作一片，映入心肝。

　　他死了，半推半就的，跟活着一样。

春冬

/张嘉轩

1

那一年,大雪淹死了几只不会打洞的兔子,它们从充满腐殖质的土地中醒来,想不明白为什么。我挖出它们带有余温的、湿漉漉尚且新鲜的尸体,郑重地埋葬了它们。

我问 c:"你冷吗?"

c 答:"穿了很厚的毛衣。"

然后是足以融化兔子尸骨的沉默。

c 问:"你呢?"

我答:"我也穿了很厚的毛衣。"

于是 c 抓住我被雪冻红的手开始哈气:"骗谁呢,我就带了一件毛衣。"

我看向拆台的 c,并把目光投向 c 身后的秃山,一片带了白色假发的秃山。身后的兔子坟墓开始动了,涌动的土在下坠着,连带着 c 的温柔支离破碎。兔子破土而出,褐色的土粘在了无声息的皮毛上。

我嗅到了大地的谢意,它说,看到了冬日里的春天气息。

2

我说，我需要一点点让我离开这片山的理由。c 不作声，只是将壁炉里的木柴拨乱了些，火更旺了，烘烤着我和 c 快融成一摊的身体。我自来到这片山时便开始畏寒，姜茶、大蒜、烈酒，包括 c，都不能改变这情况。我在刚到时便去找过两个山头外的老看守，问过他这个问题，他深深地看了我一眼，像是在看一位生不逢时的短命皇帝，然后给我讲了一个我没听过的故事。

"上上任看这片山头的人喜欢猎杀，他听说这片山里有一群传说最难猎到的鹿，顶不住内心的渴望，找到了这片山的主人，提出了要当看守的请求。山主人自然知道这人的来意，便允了他，但有一个条件。"老看守抿了一口破瓷碗中的酒，漏出一口残缺的牙冲我笑着，"条件就是，他若是在三十年内猎足十头神鹿，他就可以获得一个进入山神庙进行祈福的机会。若是猎不到十头，那他，就会被请入山神庙中。那个猎人答应了。在第一个十年里，他跑遍了这片山头，除了那户长相奇诡的山主人的家，他什么也没发现。第二个十年，他猎到了五头神鹿，也知道了山神庙的位置，没有人比他更了解神鹿的位置了，但到最后，他只猎到了九头神鹿。最后没人知道事情后续了，没人知道他最后去了哪里，包括那家山主人也消失不见。后来这片山就归了国家，但每一个来这儿定居的人都会有畏寒的毛病，无论春冬。"我在老看守的脸上看到了独属于这里的败坏的野蛮气息。我就此别过，拒绝了他递来的无法辨认颜色的茶水。

我走出屋子，老看守在身后嘀咕着："我和你，是最后一个。"

3

老看守没了。在另一个被雪覆盖的时候，我刨出他的时候雪已经差不多消下去了。我几乎不费力地就将这具充满污垢的身体从木头下拖了出来，他的尸体在雪地上犁出一条褐色的疤痕，我掏了掏他的口袋，给他点上了最后一根烟，随后就离开了，就像第一次那样。我没什么为他可做的，不是吗？起码我以后不会再跑这么远了。这片山有它的脾气，我兴许还没有摸透，更何况家中还有 c。虽说有一些时常运来的补给，但总归要融入一点这片山啊。

松林里的兔子动了动嘴巴，艳红色的眼睛再次消失不见。

家里的 c 正在煮汤，用了大块的黄油和奶酪，但是不会腻。可能是天气的原因吧，入冬后的每顿伙食都要很长时间做来吃。我推门进入过渡区，脱下过于厚重的外套，再次推门进入家中。

c 穿着高领毛衣围着围裙，有一股朦胧的光镀在毛衣向外张牙舞爪的毛上。c 在尝汤的咸淡，我喊了 c 一声，c 回头跑过来，把勺子里的汤塞进我嘴里。

"快吃饭了才回来，那个看守怎么了？" c 的声音清灵，像一只幼鹿，像一片未被涉足的湖。"看守没什么事，路上走慢了点而已。"我把勺子从口中拔出，铁腥味在口中蔓延，我讨厌铁勺子的这种味道，就像我之前会咳血的那段日子，这股味道阴魂不散。

c 招呼我吃饭。我打开一本诗集向餐桌走去，我的眼睛扫到了一句诗："精怪居于山中，涧流撩过狂风。你若知我空洞，定能感山枯荣。"

其实带 c 回到这秃山，我是藏有一些私心的，不仅是因为自己的生物研究需要实地考察，也是为了自己那曾经模糊的记忆。我还记得一张被埋入大雪中的脸，记得这片秃山长满了松柏杨檀，秃山不秃，他们只是叫它秃山。c 的手艺很不错，三菜一汤做得有模有样，足够让我在这片孤独的地方活得很好。

c 问："吃饱了吗？"

我放下手中空碗："饱了，谢谢。"

c 不满："都过了多久了还谢谢……"

我看看 c，笑笑，带着些复杂的意味从背后抱住 c。

4

c 和我相识，从记事开始。五岁时，我记得我和 c 被秃山的上任看守送到警局，后又返回原本的福利院。

幸运的是，c 被冻失忆了，但没留下后遗症。

不幸的是，我全都记得。

c 和我一起上完了所有必要的、非必要的课程，从小学到科研所，一步没停，一级没跳，平稳地过上了他人口中孤儿的励志人生。虽说从幼时便相互了解，c 和我的性格却是互补的形状。c 天性喜乐，总是可以找到一些可以让旁边独自看书，孤独得要死的我和他一起玩的理由。以至于长大后的我们都沾染上了一点对方的气息，总是会冒出连音调都一样的话语。所里的同事们对此也习以为常。

这次和 c 一起来秃山，所里特意找了之前留下来的站点重新翻修，说是后续也会有研究，干脆不如住好一点。我想起 c 在刚到时一脸惊喜地扑上大床，看着全新实验室、开放式厨房的样子。说实话，挺感谢领导的，甚至应我的请求给 c 装了一间游戏房。但工作很清闲，有时只是忙活一两天，剩下就全部交给自己了。我听 c 说，这多好啊，干脆一直住这好了，你说领导该不会是让咱公费旅游来了吧。我应付了几句，就出门闲逛。

天空蓝得像刚烧开的水，映出领导那张人畜无害的脸。

领导知道，这项目只有我能做；我也知道，这项目只有我能做。

一年多前，我和 c 开始接手这个项目，当时据说是领导从别的院里顺来的一块不明生物的肉，说是研究出来名堂可以一步登天。我和 c 找到了这肉的出处，秃山。

在知道这个地方的时候，我和领导隔着一张报告对视上，最终领导的圆脸上露出了一丝苦笑，决定了深入研究，并投入大量资金支持。

我知道，领导知道，天知道，死去的老看守也知道，只有 c 不知道。

5

在最后一张检测表出来之前，怕是只有 c 不知道这是一块"神鹿"的肉。呵，人从来都是会把肮脏的东西埋入心底深不可测的深渊的物种。在 c 知道这块"神鹿"肉其实就是人肉后，惊恐地跑向我，抱着我，我抚摸着她发抖的头说："别害怕，我们报警，而且我们的钱足够我们养老了。" c 抬起的脸上有泪光，我伸手抹掉她害怕的痕迹，开始讲一个关于我们的故事：

"从前啊，有这样一个人，他生性极善良，此生不愿看到任何人受苦受难，于是他向神请求，死后变成一只神鹿，护佑每一个人。但神却限定了他活动的范围，因为他实在是太善良了，连神都不愿意看到这样一个纯净的灵魂被世间凡人不屑的欲望所伤害。所以在他死后，神让他去往一片荒凉的山，但是他化为的神鹿不甘啊，每日又恳求飞过的鸟儿带来些种子，自己掺着神力种下。又这样过了很久，神鹿把这片山走遍了，哪里都是充满生机的样子。神鹿在来的时候就问过神，知道这片山叫做秃山，现在他想，秃山不秃，那就叫兔山吧。

"又是岁月流过，山里来了一些人，他们自称是躲避荒年和战乱，占山为寨，独自享受着山的给养，神鹿也在努力的护佑着他们，从来不说他们实际是被流放罪犯这件事，直到这个大家庭的第一个畸形儿的出生。他们愚昧的思想令他们被洗刷过的善心重新染上罪恶，他们捕杀了神鹿。神鹿最终死于对人类的怜悯。因为在他们之前生病时，神鹿就会拿出自己用血浇灌的草药和自己的肉来治疗他们，百治百灵。于是这个新生儿得到了一个神鹿的诅咒，不再畸形，出奇地美丽，美丽到父母对她拳打脚踢，赶出了这片山，任其自生自灭。

"再之后十几年都没有过这种情况，他们自认为这种病不会再出现了，直到第二个畸形儿诞生。他们慌了神，想要找到原来的孩子，却走不出这片山，他们发现只有外面的人可以进来，还有那个被神诅咒的孩子可以出去。他们有一天发现了一个迷路的医生，在医生解释完孩子的问题后的第一个夜晚便遭到了强暴。从此之后，这家山主人一直在买入人口，失去作用后，就砍去双手，打废双脚，放在山后自生自灭。那位不幸的女医生也是这样，但她却奇迹般的自愈了，于是，第一批神鹿出现了。他们在后山接受医生也就是神鹿的治疗，自此隐居山后。"

我看着面前已经不剩多少但似乎仍旧保持活力的肉块，叹了口气。

"那位女医生，那个受到真正神鹿'诅咒'的女医生，神鹿知道她的苦楚，把自己融入了她的血脉中，自此，她和神鹿一样不死不灭。呵，神鹿从来没有死，秃山上的每棵树，每片土地都是神鹿。神鹿就是这片山的山神，所以那个女医生内心复仇的种子也在神鹿的消磨下几近于无。直到她被自己的父亲强暴的那晚，神鹿不再相信人性，他也曾是人。他告诉女医生，山后有座山神庙，是自己的杰作，他还告诉她：'孩子，你可以复仇了，为了自己，也为了世人。你的家人本是流放的罪犯，无恶不作。'神鹿知道，神鹿一直都知道，可他还是太信任人性了。神鹿最终选择在山中杀光这户罪恶的人家，但他还是心软了，只是让他们昏睡了三天，在梦中体验无数次死亡。可再往后，这户人家在拐卖人口上越走越远。也因此，兔山成了各类人贩子接头的地点，而从这里接手的人，也被称为神鹿。

"又是一个冬天，有个猎手来了，他说，他能猎到'神鹿'。山主人中的话事人笑了，说你回去吧，不可能的。可猎手从口袋里掏出一块肉，一块山主人见过的'神鹿'肉。猎手被留下了。在此后三十年间猎到九头'神鹿'，可个个毫无活力。在第三十年的最后一天，满头白发的猎手被山主人一家绑到了山神庙里，猎手身上的身子被山神松开了，在那晚，猎手杀了山主人全家，在给身后的山神像一个微笑后，倒在了充满圣洁气息的神座前。山神把他的身体化作无数只温顺的兔子，山神依旧想着兔山这个名字。在这之前两年，我和你降生在一间漏风的病房里，不幸的是，我们都被拐走了。"

c震惊地看向我，我温和地笑着说："知道领导为什么只派我们来这吗？因为他认出了兔山，认出了我和你，他和兔山上任看守算朋友，我们本是被他拐卖的第十批神鹿，打算养至成年后卖出，可他中途被另一个老护林员顶替，那个老护林员，他在我们快从这个噩梦中醒来的时候，请求真正的山神消除我们的记忆，送我们到孤儿院。"

我瞥见窗外出现了交替的红蓝色光，还听见了警笛声。

我看着一只兔子跳进草丛，头也不回。

我抚摸着怀中害怕的颤抖的 c 低头轻语："没事了没事了，一切都结束了，这只是个故事而已，有我在呢。"

6

我和 c 的生活回到了正规，我们买了一栋小别墅，照着观察站的样子装修，离兔山半个小时路程，平时靠着学术维持生计，悠闲得要死。

c 一直问我，我是怎么知道这么多关于这个案子的故事的。

我笑笑，一直没告诉她。

就让这个秘密被埋在兔山吧，就像那几只兔子，那个老看守，那位山神，以及被埋在罪名下的尸骨。山神告诉我，他们会在春天被带走，就像云朵一样，从此不再害怕寒冷。

7

"兔山又下雪了，这次好大啊！"

"啊，你看，有兔子!"

烛灯

/蔡嘉豪

"那就去楼下走走吧。"父亲如此说。

这是秋日的一个夜晚,整个城市笼罩在一层斑驳着紫黑色的薄纱里,不知谁把天空当作宣纸,泼上了一层浓郁的墨汁。云层是一只横跨天际的手,把月亮死死地遮在后边,只在指间的缝隙中勉强地,吝啬地放开几丝微弱的白月光降临人间。风,带着呼呼的响声,仿佛钢琴前五线谱上杂乱无章的音符般击打在小区楼下婆娑的桂树与梧桐上,把叶子晃得粉碎,却未吹走哪怕一丝一毫的夜的深沉。这日的我,脑中被虚无怪诞的夜所缠绕,心中没有半点呆在家里为学的情致。父亲的话正合我意。于是,我跑到楼下去夜游,拎着我的小烛灯。

这盏小烛灯是我小学艺术课上的作品,后又请人帮着修缮了一下,大变了一番模样。主体是一根青中透白的竹竿,下挂着一个小灯笼,灯笼底部可以拆卸,往灯笼里放上一根固定住的蜡烛,再加上一些防火措施。烛灯不难制作,但显得简约大气,颇有些古典的韵味。很多古装剧里上层官员府中夜间行路时身边下人为他打着的照明物件,看起来确是烛灯。据父亲说,爷爷那时夜间用的也是烛灯,毕竟当时的中国经济不景气,灯油太贵,蜡烛价格则刚刚好,因此烛灯陪伴中国乡土的人度过了无数个日夜,直到现代化的钟声敲响之后才逐渐稀少。

此刻我的烛灯,在我手里微微摇动着,闪着明黄色的光芒,映着路边飘零的草和怒放的菊,像燃烧着生命的火热的太阳,但它的光并不刺眼,也不暗淡,与路灯配合起来,照亮前路绰绰有余。我踏在厚实的街道上,有种接触着大地的安心。轨迹调整着,避开那些霓虹迤逦与车水马龙,那是灯红酒绿之地,是世间繁华迷人眼的地方,荡漾着诡异的永恒。我并不觉得在那些单纯享受夜生活的地方寄宿着崇高的灵魂,因而那也不是我的灵魂的归宿。我身处这个城市,却像一个过客一样,逃离城市的中心区,厌恶这里的尔虞我诈和勾心斗角,尽管这里也有很多好的东西,但它们不总是能进入我的眼帘,未免有些可笑。这曾经使我一度怀疑自己是不是悲观主义、逃避主义或者大哲学家尼采说的"消极的虚无主义者",只是在城市的一隅打着属于我的烛灯,仅仅照亮着眼前要走的路,此时此刻的,属于我的路,全然没有鲁迅先生认为的"真的勇士,敢于直面惨淡的人生,敢于正视淋漓的鲜血"的那番样子。我的身体走在这座城市的路面上,轻轻地,落寞地。我的心还沉醉在我从来到这个世界之前,在那属于灵魂的伊甸园中做过的关于生死、苦乐、心灵的繁华的美梦。它像海上泛起的纯白的泡沫,西方哲学家口中浮在完美世界上的那层泡沫,在阳光下闪着五颜六色的光。我梦中的洋流,也许比我的躯体来的稍晚了些,还没有到达我诞生的那个关口。虽然我在城市出生,但我的心还和我的上一辈以及上上一辈一样,停留在那个质朴的乡村里,那里能给人自我的安宁。烛灯的火焰欢涌着,在灯笼壁上现出黑色的轮廓,如同《大闹天宫》的皮影戏,同我的心一样激烈地震荡着。我非常想知道,人的价值究竟在何方,是否当初和耶稣一起被钉在了十字架上,抑或留在古希腊神庙的断壁残垣中。

  其实我心中是明白的,自己虽然有些物哀,但和悲观绝对沾不上边。此刻,烛灯的光抚摸我的脸颊,像是母亲白净、柔软、有温度的手，上面布满了由积极向上的情感贯穿着流动的血管。烛灯，我的烛灯，在轻轻地向我诉说，劝我看看周围。我猛然抬头，瞳仁里映出的，是万家灯火明；耳边传来的，是夫妻的笑骂声、朋友的谈天声、亲子的对话声。一股淡淡的小确幸，钻进了我的鼻孔，驱散寂寞与孤独。我有时望着远方出神，脑海里闪过往事，突然不小心与一个人撞了满怀，但是，谁也没有指责对方，只是眼里带着歉意，面上绣着微笑，说出那句"对不起"。看见我手中的烛灯，我们俩也是心照不宣，好像回到了乡土中国的理想主义的熟人社会中。夜的终场谢幕后，我仍然微笑着，带着烛灯回家。

几个月后，我搬到了新的住宅，新房新气象，于是我们家连续几天大摆宴席，但几天后我的一位叔叔的意外死讯立马用悲伤打散了愉悦。叔叔生前在家族里以老实纯良、乐于助人闻名，曾经也是除直系亲属外最为疼我的几个人之一。因此，对他的逝去我也很不好受，哀痛充斥着我的躯体，使我不得不感叹命运的无常与上天的不公。那几日的夜总是很漫长，我打着烛灯独坐在石墩上，听见几幢楼那边从古时保留下来的钟楼漠然敲响十二下，任时间放肆地流淌。世界就像钟楼上那根巨大的、雕镂的乌黑分针，永不停歇地转动，庄严地谕告生命的枯落。我总是当睡意的藤蔓爬上脊背才提着灯晃晃悠悠地回家。葬礼过后，为了缓解悲哀，父亲提议一家人去野外的露营基地露营，得到了一致赞同，我不肯放下任何一丝暖意，提出要带上我的小烛灯，父亲欣然同意了。

在野外的夜间提灯出游，倒是一件新鲜事，可是几天前那个生命的逝去给我印象太深，让我感受不到任何的欣喜与激动。记得在葬礼上，看着那厚重的冰棺，我毛骨悚然，这大概是源于我对死亡这生命的终极的敬畏，而这又引发了我对生命价值本质的思考。夜幕降临，星星像围棋的棋子，落在天的棋盘上，闪着妖异而神秘的光。无知的我尝试与星星对话，在我心中，他们是苍老的智者，老人们羡慕我们年轻，而星辰则觉得我们幼小，它们看尽了时代的潮起潮落，也应该懂得生命的本源是什么。可是不知是因为相隔太远，使它们无法听到我的呐喊，还是它们太过高傲和冷漠，总之他们对我这个微小而年轻的生命的提问报以沉默。沉默是最深的轻蔑。相比之下，我的小烛灯虽然年纪比我还小，对生命的理解可能比我还要浅薄，但它还是依旧努力地燃烧，尽管只能发出一点光亮，也想照亮我。可我却沉默着，保持和星星同样的神情，却是不同的缘由。我知道所在的这个时代是高度理性化的时代，当年欧洲的启蒙理性主义拉开了现代化的序幕，用理性的光芒打破迷惘的黑暗，使它代替神明成为衡量一切的准绳，为人们带来了自由。可保罗·萨特在《存在与虚无》中也告诉我们自由是一种沉重的负担。在祛魅后的现代，人自己造就了铁笼。人的选择自由客观存在，但同时附加了自由背后沉重而严酷的责任。耳边的微风声与虫鸣声带着我，把我卷入"人"制造的黑洞中，即使我曾经是一束光，也无法逃脱它的束缚。我很害怕，继续胡思乱想。说不定这种溯源的思考是一种原罪，十六年来我一直在台下空无一人的舞台上独舞，现在恐怕要迎来一个戏剧性的结尾了。我的审判，它要来了吗？可我的救赎，你又在哪里呢？烛灯被夜的冷寂压迫得有些暗淡。我开始像疯了一样求上帝，求释迦牟尼，求一切我所了解的神，可最终剩下的，只有我一个人独坐于草地上，自我嘲笑，我的疯狂。呵呵，理性的现代人和所知甚少的古人，都得面对死亡与贪欲这两个人生中最大的难题，共享着同样的迷惘。现代人在面对理性无法解决的问题时也会求神啊！这样来看，除了生活水平与生活方式外，我们人类用这么多时间与精力换来的发展,在精神层面上又反映出我们得到了怎样的进步呢?

一阵火苗跳动的"滋滋"声把我拉回现实,朦胧的薄雾起来了,世界开始了它的深呼吸。脚边的野花星星点点地开放,幽静淡雅,拉出一股冗长的花香;身旁的小溪潺潺涓涓地流淌,清新灵动,发出一片悦耳的声响。可世界中的我,我在水中略显萧瑟的影子,我的精神在现实的投影,混合着,交杂着,把我自己装进玻璃容器里,像艺术馆里供人赏玩的作品,呈现在我面前,丝毫没有美感与韵味。我脸上露出的,在夜中的烛火照耀下的,那分外惨白的笑,让我印象颇为深刻。我想我从未真正了解过我自己。眼前的我,一个头,两只眼,一个鼻子,一张嘴,是最为平凡的人的影像。曾经的我,害怕探索自身,害怕生命的微弱与平庸,害怕寻寻觅觅到最后只剩下一片空落的虚无。可如今没有什么好怕的了。脚下,蚂蚁、蜘蛛、蜈蚣爬遍,死寂的潮水和无边的诡谲向我涌来,被我阻挡在外。烛灯的光穿过时间的重重封锁,在地面上印出我曾经的梦。在那些梦里,我与身穿洁白羽衣的生命神会过面,与手持明晃晃的滴血镰刀的死神聊过天。他们告诉我生与死不过是人生的两个不同的阶段。烛灯颤动着,摇曳着。那几个夜晚少年做的有关神的梦,也许不只是刹那间绽放的水花。存在、价值、理性、自由,诸如此类的词汇在我的脑海里横冲直撞,仿佛在演奏一首《克罗地亚狂想曲》,悲怆而又深刻,把我浸入了那暗红色的克苏鲁的海洋。我讨厌贪欲,却拥有贪欲;害怕死亡,却不得不面对死亡。那种空灵实在太过强烈,让灵魂几近破碎,以致我匆忙逃离了这片境地,离开这漆黑的犹如无底深渊的深山与溪水。记忆里最后剩下的,只有在烛灯温和的光里父母亲关切的脸庞,嘘寒问暖。这和高高端坐在神座上,对向生命本真发出疑问的人保持沉默的那些神明大不相同。我想比起神明,还是现实中的人对生命理解更深些,毕竟,神从来没有了解过生离死别。被黑暗吓得瘫倒的人,也从未得到神的施舍,只有自己才能赋予自己的时间价值。选择由己而定,自己是自己的神明。这是在一场生命的告别后几天的郊外的夜,少年唯一得到的,青涩的哲学。

升入高中之后,学校自然是不准带蜡烛来学校的,再加上繁重的课内学业和物理竞赛对时间的需求,让我的心越来越烦躁。我想我的夜晚比以前少了一些东西。于是,我把用于趁夜间完成未完成的作业的手电筒装进安有几个特定的平面镜的纸球内,期待找回一些曾经的慰藉与启迪。但是它们已然离我而去。手中的这个装置组虽然很亮,但我认为还是差了些意思。主要是那清冷的白光相对于温暖的黄光,宛如草鱼对于龙虾,驽马对于骐骥,白水对于红茶。到最后,我也只能独自嗟叹了。从前我立于海中的石柱被贪婪的海浪打碎,当作珍宝埋进沙尘包裹的肚腩中。

现在的我仍然喜爱我的烛灯,哪怕它已经历了少许岁月的风霜,不再像从前那样崭新。毕竟人生无法预测,太阳不一定能每天准时,夜晚却是从未缺席。那时的人总不能一直在冰暗中胡乱地摸索,必然需要一束炬火,才不至于摔倒骨折。烛灯,它是过去的我送给现在的我的最好的礼物。我的过去已经上交了幽冥,我的未来天国还未给我。如今,我一人独坐室内,剥去生命的外壳,留下平凡的本真。待完成这一次工作,便再次提起烛灯启程,走进更深的夜中,走到另一个建筑内,重复这样的工作,直到生命的最后一刻到来。我掉落在海水中,海底的火山喷涌,把最后的时间抢走,灵魂则放归繁花似锦的天空岛。灵魂在那里净涤,抹去这一世"我"的印痕。

但到那时烛灯散发的火星会用它的燃烧，它的光芒，来在黑暗中标出那条绚丽的，旖旎的，来时的路，作为我存在的铭文。而在此时此刻，我的烛灯正放在桌案上。我欣然提起它，走向公寓的楼梯口，带着来自过去，属于现在的上扬嘴角，就和几千个日夜前，那个看着烛灯的光发出惊叫的孩童一样。

说明书

/包文源

1

"你妈又坏了,有空回家帮我修一下。"

你打开手机,爸爸发过来的语音信息被自动转换为上述文字。

下班之后,你赶到爸爸现在住的地方,爸爸正戴着老花镜,端详妈妈的使用说明书。他最近这几个月一直在学习说明书中的一个个英文单词,以此来搞懂使用妈妈的每一项设置和功能。

你的手机上每天都会收到爸爸发送过来的一段又一段的语音信息,那是他正在练习说明书中英文单词的发音,发给你让你帮助他纠正。

你无暇打开一一细听,会直接将那些语音讯息转换为文字,看到能正确转换为对应单词的,就告诉他,这一句读得不错。

爸爸的记忆力正在逐渐衰退,学到后面的单词,前面的单词便会忘记,那段说明书对他而言,似乎是一册无穷无尽的沙之书,每翻开一页,似乎在记忆中都是新的内容。

你用螺丝刀将妈妈的头盖骨拧开,测试里面的线路板是否能够正常运转。

那是一台老年机型号的陪护机器人。"我起床啦!""我做饭了!""我睡觉啦!"每件事情都会喊得特别大声。

你正在帮爸爸下载和调节机器人叫床的铃声。他说喜欢做爱的时,她发出收割麦子的声音。

后面几天,你依次帮爸爸下载并测试了种植、收割与研磨,大豆、高粱、玉米、地瓜等各类粮食的声音。

爸爸会在周一、周二、周三与妈妈耕耘不同的农作物。一颗颗大豆正在脱壳,一片片地瓜正在被切片。他们将整个房间铺上床单,将湿漉漉的新鲜地瓜干,一片片在床单上摆满。

你走过一片片晾晒地瓜干的田地,打开妈妈的头盖骨,在她的系统 BOIS 界面,设置今天的收割机在田垄间行进的步速。爸爸牵着收割机,在前面向她的口中喂食一根根玉米棒。你跟在收割机的后面,接住她排泄出的一滴滴晶莹的油。

你听到妈妈体内,一颗颗谷粒正在脱壳的声音,这是她砰砰的心跳声。

你趴在她的胸膛上,听到有节奏的心跳声像人们在划荷马留下的船,船沿着英雄暴力斩下敌人头颅然后凯旋故乡的旅程前行。

直到很多年后,人们制造的机器开始读诗,机器没有视觉,只能依靠触觉来阅读。它手指的触感发现了,荷马写下的文字并非是以语音来阅读的,而是以符号的凸起与凹陷写作的盲文。

被人类以视觉误读那位英雄奥德修斯,在深不见光的海底才会显现出他真实的肉体,上面如沙漏般,是一个又一个孔。在返回希腊的船上,他不停用海水冲刷自己身上的每个洞,清除他杀死特洛伊城里每位公民的记忆,如污水被过滤出来。

2

父亲在四十岁的时候,将自己改造成为了一只机器人。他唯一的功能是能够朗读出任意事物的说明书,父亲的余生一直在手抄一本本新的说明书,说明书在家里堆积如山。

研读人类学专业的你跟随科考队伍去往不同部落,研究不同文明里人类的生活方式,你将蓝色种族的人顶在头上的鹳头骨、红色渔民下体套着的水母寄回给家中的父亲,那个朗读说明书的机器人,他能够精准的叙述出你所发现的每种事物在其所属的文化背景里的使用方式与操作手册。

蓝人的神居住在你们经过的每一棵树上,蓝人通过品尝树木果实获知蓝神的喜怒哀乐。蓝神的实体由三百位戴鹳头骨的蓝人组成,鹳头骨将蓝人听到的声音转化为其他频率的波段。

红色渔民套在下体的水母是为了赋予她们生育的后代以轻盈的性质,以使得哺乳动物能够漂浮于水面不下沉。如此生育的红色渔民是被水隔离的人,她们无法进入水中因而不会坠入河中,但她们能够将其他铁器或木器伸入水中,以此实现捕鱼。用水母皮囊包裹的每个人都与一只水母具有同等重量。

父亲被用于朗读说明书咽喉部位的零件,在战时被用作军备器材征用走了。战后,你一直在敦刻尔克的海岸寻找大撤退时士兵遗留在那里的一部答录机,她至今仍在时刻不停地朗诵着,她所看见的每一事物的说明书。

万物在爸爸眼中呈现为操作与使用说明,爸爸终生在寻找着,朗读出自己的说明书的方法。直到她在宇宙中寻找到一种名为镜子的发明。她通过镜像反复拓印下自己的定义,每天都印刷出一版新的说明书。

3

因为机器人的身体不会腐坏，会在使用一百年后，强制报废。在为他们举行的葬礼的末尾，将他们的开关关闭。入殓机器人按下开关，汽油喷洒在尸体的面孔上。入殓机器人用火石轻轻敲击死者的头盖骨，星火跃入它脑中的湖泊。

尸体火化到一半时，忽然停电了。紧急熄火装置喷洒出一场大雨，将每个人身上的火浇熄。

机器人的家属们，各自捡拾被焚烧剩下不同部分的机器人残肢，装在菜篮子里、书包里、垃圾袋里，带回家去。

你拉开书包的拉链，将从葬礼捡回来的东西，倾斜在地毯上：爷爷的阴茎、奶奶的牙齿、妈妈的脸皮、爸爸的眼球……

你将这些东西组装起来，构成了一个畸形的人。他在家里给你做好早餐，你吃完饭后背着书包去上学，放学回家后，吃完他做的晚饭。

关灯后，你将熟睡的他拆卸开来，散落为一地零件。

第二天早上，你起床后，重新组装出一个新的人。

你去上学后，他在家里洗衣服后挂上晾衣绳时，看见后院的大树上挂满了不同颜色的衣服。

每天你拆卸出的不同形态的人，曾经穿过的每一件衣服，挂在树上，在后院的花园里，组成一家精神病院的广告牌。

妈妈是那家精神病院的护工，她在凌晨的过道里打扫月光，在帮病人擦屁股时，将磷粉擦拭在上面。午夜，当病人们开始失禁时，他们的粪便和肠子一同开始燃烧。

妈妈拔下每一位身上插着呼吸机的老人的管子，和他们牵手开始舞蹈，缠绕着管子越转越快，慢慢将记忆从身体里烤出来：一只蟋蟀、一只蝌蚪、一只婴儿，纷纷从他的身体里爬出来，在蓝色的月光火焰下，慢慢烧成灰。

他的半边头盖骨，当时在战场上被月光削了下来，像现在的蝌蚪一样，慢慢烧成灰。此后，他用鱼缸盖住一半裸露的大脑，里面只剩下了残存的二分之一记忆。

他只记得每个事物一半的名字，例如"蟋蟀"这个词，在他的眼中显示为"悉率"。

他看见的每个事物身体都只有一半，他在成年前看见的一半，他的视力永远停留在了十七岁。此后随着人的认知与经验增长，能够看到的事物形态样貌，均未再生长。

你带他到动物园，借助他的口述，观察动物被观察到的外貌是否因为人的年龄而发生变化。他在每一种气象里，观察一场雨里悬浮的水滴数目与人眼睛年龄之间的比例。

妈妈拧开喷头，擦拭被消毒水冲刷的病人脊背。你躲在帘子后面，透过浓重的水雾看见他脊背上的一颗颗螺丝钉。妈妈将喷头当做钳子，拧开一颗颗螺丝，将氯气、氢气、一氧化碳灌入他背上如兔子乳头般的一排孔洞。

排队清洗完身体的病人们，讲笑话时，口中的每个字会被氢气泡包裹，从口中摇曳漂浮上升。做梦时，呼出的黏黏鼻涕泡里，是过滤出的有毒梦魇。

这整座疗养院里的病人都是机器人，当初的那场战争没有任何一个幸存者。数十年后，前去考古的人，将每位被掩埋的士兵身上的武器开采出来，在实验室内组装成为了一台台机器人。

按照历史福利追溯法案，这些机器人将作为已故士兵的替身，在疗养院享受其主人的医疗服务。

在机器人已经全部替代人类的工作的时代，人们创造出了一种新的工作岗位，每个人都可以选择，看护一位历史上的人——用其遗物制造出的机器替身。

照顾那场战争中无一幸存的亡者的妈妈，正在擦洗一位位机器人零件的她，才是疗养院里唯一真正在病着的人。

他在疗养院里住的房间，是用自己每天散步都撕下的院子里的一朵花，在病房里垒起来的一座碉堡。每个夜晚，他都会趴在自己的碉堡里，将花瓣装入冲锋枪膛，开枪，击退一位位正在冲锋陷阵的敌人。花瓣穿过他们的心脏，他们从口中吐出大片叶子，每片叶子包裹住其吐出的主人的尸体，蜷缩成为一只粽子，投入鸭绿江中，漂流回去。他在碉堡里绘制着河道上面每秒钟在流淌多少只粽子的动态图。

躺在病床上的机器人，会在梦游时模仿自己的主人。深夜起床的他，凝视着空旷冰冷病房内播放的电视里深蓝色的战争场面。每当枪炮声响起，一群结队梦游的机器人，会排列为一个阅兵游行的方阵，向不知在什么角度俯视自己的领导人敬礼。

童年时你跟随着那群梦游的机器人，穿过河流，在夜里攀上一棵棵树。

躲在树丛中，说梦话的机器人，开始向你口述一部又一部电影，在夜幕中闪烁的黑白电影。

一位机器人口述道。

  他坐在家里，听到客厅的地下，传来一声声炮响，是人们正在炸矿挖煤。

  孩子们沿着厨房的通风管道，爬到一片雪原上，一群群尸体冻在那里，像一盘盘冻蒜。

  孩子们用从家里偷出来的鞭炮，绕着冻蒜缠上一圈又一圈，点燃，炸裂，然后捡拾其中散落出的枪械。

一位机器人口述道。

　　主人不在的时候，玩具们会开始集体玩弄小孩子，将人类的婴儿作为它们的玩具。所以成人一离开，孩子便会开始哭泣，大小便失禁。在成年后，他们将忘记这一切。
　　家里的玩具每天会长出一双翅膀，他拔掉上面的毛，缝纫，插入自己的脊椎，飞翔的时候，他看见了玩具的历史：以前万物都是发光的，后来他们将自身体内的光通过呼吸吹入气球内，一个个气球升入天空飘走。
　　地铁线路，行驶着整座都市不同形态的梦境：马车状的、玻璃水晶球状、雨滴状、充气玩偶……他手持鱼竿，站在地铁站台垂吊。

一位机器人口述道。

　　他跟着一位从战场上逃跑的人一起逃亡，并且将他们的逃亡过程一路拍摄了下来。
　　最后被关入监狱的他，每天在渔场刮鱼鳞。
　　终于有一天，他用私藏的鱼鳞割破了颈动脉。

一位机器人口述道。

　　他曾是渡鸦氏族的后裔，他们戴上渡鸦帽去作战。每杀死一只动物，自己便会忘却一种习俗。
　　在整场战争结束之后，轮流忘却丧葬、婚嫁、祭祀、耕种的渡鸦氏族,从此灭族。

机器人们在说梦话时,一直在磨牙,他们在口中嚼烂世界上的每一首烂的诗。

妈妈告诉你:记忆也是有宽窄的。丈量记忆宽窄的方式,是尽可能将每一个事物清晰的回忆,然后将一个个事物拎出来,浸泡在一片后院的湖中,随着水的绿色慢慢钻入它的每个毛孔,如海绵般濡湿的父亲、祖父、曾祖父,摊开在地上,将显示出各自经历时间的宽度。

妈妈教导你:延展自身记忆宽窄的秘术在井下,手持水母,点燃水母触须,每下降一米,触须燃烧的火焰会变淡一个色号,直到下降到一百米,水母燃烧为透明,映照出你自身的空间尺度。

妈妈终生忙碌着一件事:修建一座世界上最窄的山。她每天深夜起床,潜入父亲的梦中,从其体内开凿一块块石头,在凌晨背出来,将石材雕刻为你和弟弟的奶嘴,那座山被遗传到你和你兄弟姐妹的话语中。

天亮时,所有梦游的机器人排队重新走回疗养院。

作者展开迤逦幻想,描写了战后的机器人、投入家庭生活的机器人的群像。这些机器人带有创伤后应激障碍,像经历过世界大战的老兵一样栖身在疗养院,一边过着今天,一边回忆过去。作者用年轻欣快的笔触展现自己的想象,而没有背上必须谴责战争或任何现实中肮脏事物的包袱,于是有了美妙轻盈又意象丰富的小说。

点评人　沈大成(作家、新概念作文大赛评委)

无所地

/李馨玥

1

我从来没去过集市的尽头,和我近乎一般高的自行车轮不会甩着泥土旋转着向那里去。路边的鸡笼里只剩下一层鸡毛。我姥爷说,集就这么长,从工业南路的这头到另一头,总共几百米,尽头是另一条通车的马路。

我不信,硬是缠着他带我向前去,那一天我真的坐在姥爷专门为我安在自行车后轮上的小垫子,两人向集市的尽头骑去。

抬笔的此刻我甚至可以回忆起那一路有三家卖烧饼的店,还有两家卖甘蔗汁的店分别在集的一头和中间。很遗憾,我却如何也写不下那天在集的尽头到底看到了什么,尽头在地平线化成一线,记忆里的我怎么也望不到后面是什么,现在的我也一样。

在此之前,长大后的我有天路过曾经的家。一家出门郊游时开车穿过之前集所在的路,集早就不在了,和老房子一起被推倒,风已经让它变了模样。

内心有种莫名的冲动,它驱使我开口问姥爷那个不知问了多少次的问题:集市的尽头到底有什么?回答不会因为道路的变化而改变:集就这么长,从工业南路的这头到那一头,总共几百米，尽头是另一条通车的马路。

我曾信誓旦旦和同学打赌，昨天中午食堂一定做了红烧茄子，同学信誓旦旦劝我别赌，因为菜谱上根本没有这一道菜。

我相信他的话，集市尽头确实是一条马路，是我可以实在踏上去的，是沥青马路可以切实感受到我躯体的质量。下一个红绿灯之后就是那条集后的路，开过去，碾过吱吱发响的自行车影与一地鸡毛，让我感受到车轮的沉重压在我的呼吸上。

红灯变成了绿灯，打开窗户，汽车发动的声音冲进长方形的窗户，震动着把我从车座上颠起又落下。

发动机轰鸣着，车轮旋转着，直直向前方去，一辆辆汽车驶过这个路口。

我也来到了这条路上，路两旁的绿化带后是自行车道和人行道。

这是一条路，一条普通的不能再普通的路了，和工业南路一样，和所有路都一样。

这里之前是什么样的？

这里难道不是一直如此吗？

闭上眼，任由车开。

2

我在床上整整躺了两天，红蓝条纹的被子裹住我的全身，除了上厕所占用了不到一小时外，我的脚就再也没接触过大地。

他们告诉我经三路兴龙商店的老板娘死了，很突然，也很荒唐。已经死去的东西还有夺人性命的力量——直白点，她因虾卡在气管里而窒息死亡，海姆立克对她来说仅仅是一个未曾听过的外国名字。

保送考试后我钻进卧室通宵了几天，泡面和瑞瓦肖相伴。我从渔村的桥上找到那个摔死的酒鬼，他死法窝囊。我站在他老婆面前说着这讲给除她外每个人都会大笑不止的事实时，我却在她之前流了泪，泪水从颤抖的声音里滴下，灰域吞噬了每一滴泪。

那天我回老家，在超市里碰见了我的初中同学。中考后，他离最低提档线差五分，他家没有钱供他上私立学校或者送他出国，于是他现在在老家的一家面包店打工。我问他为什么不上个职高然后再专升本，慢慢来总有翻身的机会。苦涩却释怀，他笑着告诉我，如果我保送考试顺利的话，现在和他一起当面点师的兄弟大抵是我未来的学长，我将会在校友录里看到他，不过是后面几页。

这么想还挺好的，当我还在为我的未来发愁时，早就有人给我提供了可靠方案。当个成功的面点师似乎比成为德语文学与文化教授要容易得多，前者的才华会被他人一口吞进嘴里，后者却渴望有能吞噬自己的才华巨兽。那没有才华的人呢？像我一样的大抵会成为无法吞噬才华的商店老板，只能让才华像一只煮熟的虾卡在喉咙里，出不来也进不去。

我是在洗澡时接到的这通电话，是我母亲打来的。当时我还在犹豫到底要不要接起它，手机进水代表我可能会需要花一整个下午的时间去维修店发呆。一个人一生的时间中有三分之一在发呆与胡思乱想，这话放在我隔壁班班主任口里就是浪费生命，他的偶像是俞敏洪与秦始皇，他正在想尽一切办法早点当上正高级教师，而我觉得他不如去当专业成功学讲师。他在浪费自己的才华，他在与自己口中所讲的道路偏离，他只是太会发呆与胡思乱想罢了。

我还是接起了那通电话，电话那头是她极力掩住自己的喘息与颤动的声音，她在哭。我问她怎么了，她断断续续将这件事告诉我。讲真，在悲伤的波浪拍打在情绪灯塔前，我却不得不被这件事本身的荒谬逗笑。《寻梦环游记》里似乎也有一个吃鸡蛋噎死的人，这种死法就算在亡灵世界也足够荒谬。但她确乎是我母亲很要好的闺蜜，小时候我还经常去她店里要糖吃，我对她的印象也是那个会给我糖的好阿姨。只不过我早就长大了，尽管长大之后没人会再像她一样给我糖吃，但我也早就不再需要吃糖了。可小时候去她店里要糖吃的场景却在当年一天一天重复上演着，在此刻那个过去的世界离我又是如此之近。

在她把糖放到我手心里的那一刻，她会不会想到几年后的今天，她会因一只虾而丧命，我也会因为这只虾而回忆起这段往事。她在为自己的死亡做铺垫，她也在给我的死亡做铺垫。

她不用习得什么秘术，这比预测一个高中生为未来成为面点师还是大学教授要容易的许多，她只需要在人生的某个时刻发一次呆，然后发现秦始皇也求不得长生不死药的这一事实。就像我同桌经常用来调侃的一句话"你怎么确定你能看到明天的太阳？"换个说法就变成了："你唯一能确定的就是参宿四总有一天会变成'Supermassive Black Hole'，而在'Time Is Running Out'中的你总会迎来死亡。"

隔壁班的班主任向往成为的那位成功学大师总讲，你所做的一切总在为你之后的成功做铺垫。可成功往往是未知数，死亡却是已知的，那我们所做的一切如果非要寻到一个什么意义的话，我想那应该是为死去而做准备吧。这样如果我们会像兴龙商店老板娘那样突然离去，没有时间写遗嘱或为自己的死亡做些什么时，我们还可以讲我们是在用一生做准备，这也算是在人生最后一刻成功了一次。

是的，死了就结束了。诚然我们中有些人会变成语文选修上册中的"死而不亡者",但我们也确乎是已经死了。

3

我应该在很久以前就离开了那里,我说那里的生活是曾是一段经历,她说我只是在回忆"梦里"而非"那里"。我只给她讲过那段故事,那是我留校备赛的晚上,整间宿舍只有我一人和一部手机。我本来想给她打个电话,但连续讨论了一整天的辩题让我的嗓子说不太出话来,而且也着实有点困。索性改发QQ消息吧,在耳机里《Imagine》响起的前一秒,我打出第一条消息发给她。手机电量48%。

我好像,之前去过一个地方。

哪里?

我不好说。我继续敲着手机屏幕,打出一条又一条消息。

我也不记得到底有没有去过那里了,那里对我来说就好像是一场梦的片段一样。向日葵田里有一条泥巴路,路的尽头还是路。但我敢肯定那不是梦,它就像是自己钻进我的脑子里一样,我第一次发现它时我就当我试着去回忆,尝试想起它是哪一天去过的地方,或者哪一天曾做过的梦,但是我都失败了。它就在那里,一直在那里。

那就是白日梦,圆锥曲线压轴题的产物。

不不,我感觉还是有点不同的。白日梦总有点向往的意味在里面的,或者像是建了一个理想庇护所。

白日梦总是被他人厌恶的,是被他人叫醒的,梦醒之后总是空虚的。

白日梦是如潮水涌来的悲伤,是现实与梦境的落差,我想这大概就是我和做白日梦的不同。

怎么说？

只是在济南的雾霾天怀念那里的清新空气而已，人不可能在同一个时刻内出现在两个不同的地方的，我在那里也会怀念济南吧。

哪里的鞋底会沾上泥土，在哪里更多一些？

泥土在太阳的照射下一样带着些腥味，那里和这里是平等的。唯一不同的是这边更重一点，借此把我压在空气之下，让我一度无法回到那里。

那你还是向往那里的世界而不是这里，不然你为什么一定要回去呢？那里的一切在你眼中都染上了一层瑰色的理想。

我只是想说，我没在做白日梦。

看来这里成功了，这一点重量就足以让天平向一边倾斜，它赢了。它是你的世界，而那里只能变成世界外面了。

世界外面有什么？

就像你说的，是那里吧。

世界里有什么？

就是你所拥有的，仅仅是你所拥有的。

当我有天老掉了，世界会不会和我一起消散？

或许世界外面会拯救你吧，你重新拥有了一个世界。

你在幻想一个不存在的天堂或地狱吗？Imagine there is a heaven？

这是你自己说的，你说这不是白日梦。

我退出聊天软件，在一片夜晚的寂静中将手机关掉。电量剩余48%。

4

她告诉我她搬进了新家，我主动提出要不找一天去拜访一下。她回答道当然可以，然后把位置发了过来。

一个周末的上午，我很早就起了床，带着要送给她的唱片，坐上了一辆公交车。

她说的新家离我曾经的家很近，下了公交车后从站牌开始走十分钟就能到。

我昨晚给她发过消息说我今天要去，她没有回复我，我希望她在家而没有出去。

她没有给我发导航定位，而是告诉我下车怎么走。照她的话说，她第一次来这里的时候导航就导错了，可能是因为小路里信号弱或者识别不到这里的路吧。

先向北两百米，再向东一百米，之后从第二个路口左拐。

走着走着，我眼前的路越来越熟悉，我发现她家就在原来集市在的那条路，临近集市尽头。

自上次开车经过以后，这是我第一次徒步至此。

我径直向她家的方向走去，集市的尽头一点点接近我。

就快到了，当我快要看清她住的那栋楼时，我突然被人从后面拽住，回头一看，是她。

"别再往前了。"她紧紧攥住我的手，看着我的眼睛。

"你不是同意我去你家坐坐吗，我昨晚还给你发消息来着。"我挣脱开她的手，从口袋里拿出手机，给她看我们昨天的聊天记录。

她推开我的手机。"不，我改主意了，我还不想离开。"

"离开？"我彻底被她弄糊涂了，她怎么神神叨叨的，究竟发生了什么，为什么不让我向前去，前面不过就是她家，是集市尽头的另一条路而已。

还没等我反应过来问她为什么，她不知从哪掏出一条布带，蒙上了我的眼睛。蒙上之后又她往我手里塞了什么东西，把我推倒在地，然后是一阵急促的脚步声，她走了。

"你疯了！"我用拿着东西的那只手撑起身子，同时用另一只手解开布条，睁开眼。

睁眼的一瞬间，我感受到一阵莫名的眩晕感，在眩晕中我看向了她塞在我手里的东西。

那是一把手枪和一张纸条。

纸条上写着：向前开五枪，我在集市的尽头。

5

我重新走到路中央，好像在做梦，路上一个人也没有。

眩晕感还是很强，她想让我和她一样疯掉，比如在大街上开枪。

但不知为何，这种眩晕感似乎有种奇特的力量，它似乎占据了我整个身体，我逐渐丧失对自己身体的控制权，周围的环境在我的眼中模糊了，但我却莫名可以感受到每一阵风拂过我脸庞。

宪章武器公司生产的点 38 口径特种左轮手枪被我握在手里，眩晕感驱使着我举起它，瞄准前方。

第一枪，子弹从枪口射出，从我的左肩穿过；第二枪，子弹从枪口射出，从我的后背穿过；第三枪，子弹从枪口射出，从我的左肩穿过；第四枪，子弹从枪口射出，从我的后背穿过；第五枪，子弹从枪口射出，穿过迎面来的风，一直向前飞去，不断飞去，直到无影无踪。

我扔下手枪，向着子弹飞出去的方向奔跑着。

我看不清路边的牌子上到底是几个字，不是经三路，也不是工业南路，路名是什么我也不知道。但这都不重要，重要的是它是一条路。

摄像机、手枪与《麦田里的守望者》被我踩在脚下，沥青路变成了泥巴路，我脚下的一切都陷入泥土里，在泥土里腐烂直到消逝。

鞋踩在泥土上会陷下去，粘在鞋底的泥土散发着腥气，我能感受到那种黏稠的味道。

一路上，我左边经过了一个背着书包的男学生，他驻足看着我向前去。我的左边还经过了一位孕妇，她穿着粉红的孕妇服，托着肚子挺着腰，她也驻足看着我向前去。我的右边是从商店里走出来的阿姨，她就只是把门推开，驻足看着我向前去。在我右边骑自行车的老大爷也停下了车，一脚踩在地上，看着我向前去。

他们看得见我，我也看得见他们。我无法像他们一样驻足，我只能向前跑去，他们就这样离我越来越远。

子弹就在前方了，就在道路的尽头，那是永远触碰不到的地平线。

往前一点，再往前一点，当我离子弹一步之遥的那一刻，我和子弹都在道路尽头停了下来，在原地停了下来。

她站在我面前，在道路尽头，迎着子弹。她面向的方向是我来时的路，路边尽是向日葵，它们都把头转向泥巴路的尽头，转向我们。

她笑着向前走着，让子弹贴在她的左胸口处。

前四颗子弹在我的身上留下了四个洞，当她往前走了最后一步，第五颗子弹穿过了她的心脏。

一瞬间，她和子弹一同消失不见，我后仰倒下时低头看着我的左胸膛，那里有一个洞，洞里却什么也没有涌出。

躺在泥土路上，身旁满是向日葵，太阳就在头顶发着光。

接起母亲打来的下一个电话的人不会是我，电视上会放着关于济南市某路段今日发生一起交通事故的新闻，幸运的是我的嗓子里不会卡着一只虾。

我在这里，我一直在这里，集的尽头，是无所地。

会飞的蚂蚁

雷涵彧

阿飞是有点石成金的本领在身上的,这是一个秘密,也是一个麻烦。

倒也不是真的把石头变成黄金,他的本领更接近于小学课文里学到的神笔马良,以至于在学到这篇课文时他觉得自己莫不是马良的第一百代传人。但和马良不同,阿飞不需要那支特定的神笔,他随便用什么笔都可以,有时候是笔尖秃秃的铅笔。不像同桌第一名那个女生所有铅笔都削得整整齐齐,阿飞总是忘记削笔,写在纸上粗粗的,那次活过来的青蛙就是这样,四肢看着比普通的青蛙强壮,一种奇异的钝感。三年级后用上了钢笔,校门口文具店的进货质量不稳定,阿飞买到这只钢笔老是漏墨,有次活过来的小鸟站在他桌上,浑身湿漉漉的,羽毛时不时掉下几滴水,像是刚从一片暴雨里飞进来。

但麻烦的是,他不知道什么时候笔下的东西会活过来。

一开始阿飞也没有想把它变成秘密。

最开始他发现自己有这个本领,是在一年级的某个中午。老师总是在午饭后要求所有小孩睡午觉,双手叠放,头枕在上面。阿飞像所有精力旺盛的小孩一样睡不着,但他又比较听话,只好安静地趴在桌上,悄悄拿着一根笔在桌上戳来戳去。戳到某一下,忽然桌上出现了一只蚂蚁。

阿飞是看到那只蚂蚁从笔下活过来的。那只蚂蚁仿佛在那里发了好久呆，忽然有了灵魂似的，猛然一动。它在阿飞的本子上转了两圈，用触角碰了碰笔尖，仿佛在跟他打招呼，然后沿着笔袋的边爬到桌角，快速地消失了。

这个过程也就一两分钟的时间，阿飞看得有点发愣，心怦怦跳。他想推推同桌一起看，但是同桌好像真的睡着了。午休结束后他神神秘秘地跟同桌说他刚刚变出了一只蚂蚁，同桌问在哪儿呢，他又回答不上来。

后来他也想在同学面前展示，却总是不灵。这个接近魔法的本领好像有自己的小心思，不喜欢有人旁观，所以总是在阿飞独自一人时才偶て降临。有次他在午休时画出了一只乌龟，他把乌龟藏在课桌里，然后整个下午的课堂上都涌动着一种神秘鬼祟的气息。同学们把乌龟传来传去，让它在每个人的手里都待了一会儿，又把课本立起来挡住老师视线，观察它是怎么在桌上缓慢地爬行。那是一个隐秘而快乐的下午。课后阿飞把乌龟放到了学校花台旁的小池塘里，看着它急急忙忙地游走。一下午和人类高密度接触想必乌龟也是累坏了。阿飞当然和同学说了这是他画出来的，但没人看到，他们都当他是从家里偷偷带到学校的。

另外一次就没有这么幸运了。那会儿已经是初中了，当时的数学老师脾气很差，总是揪着一点小错就把三角板重重甩到讲台桌上，然后所有人大气都不敢出。那天上课正在讲前一周的月考卷子，阿飞考得很好，就差最后一道大题的第二个小问没答上来，听前面的部分听得犯困，拿着笔在纸上无意识地画着线条。那些线条慢慢交缠到一起，忽然就变成了一条蛇。

他有点忘记那条蛇是怎样在他的桌上慢慢地立起来，只记得恍惚中自己目光平行的地方出现了一团暗影，然后就是旁边同学的尖叫声。他回过神来，看到那条蛇正在打量他，吐着信子。他感觉心脏有点麻，人生中第一次这么近距离和蛇对视。如果蛇也有目光这回事，他莫名觉得这条蛇的目光仿佛在表达一种好奇：就是你让我活过来的？

但旁边的同学显然没有心情去关注蛇会不会表达好奇这回事，他们尖叫着站起来和阿飞拉开了距离。数学老师气坏了，无辜的三角板再一次被扔到讲台上。他看清了阿飞桌上是一条蛇，同样不敢靠近，只是大声训斥着怎么把蛇带到教室了，让阿飞赶紧跑。蛇在一片闹哄哄里悠然自得地开始爬行，顺着课桌腿爬到了水泥地面上，不慌不忙地往教室门口爬去，在保安还没来得及赶到之前，消失在所有人的目光中。那节课剩下的二十分钟没有人再听得进去，下课后阿飞被老师叫了出去，回来时手上拿着一沓一周之内必须完成的卷子，作为把蛇带到教室的惩罚。尽管他解释他根本不敢抓蛇，数学老师只是从鼻子里哼了一声表示不信。

如果每个人都有机会做五分钟主角的话，那阿飞也因为他的笔做过一次超级英雄。

是在初中毕业后的那个夏天，很漫长仿佛不会结束的夏天。中考结束得早，又顺利考上了高中。那时还没有大规模的补课，阿飞得以度过一个没有作业也不用为未来发愁的悠长假期。也是在那个假期他明白了无聊这件事的有趣之处。有时躺在树下，不听歌也不看书，就感受阳光是怎样从茂密树叶里投下影影绰绰的光斑。什么都不想的时候，天气也没有那么燥热，他偶尔在这样的场景里睡过去，醒来还没到黄昏。蝉鸣此起彼伏，非常用力，燃烧生命似的，再晚一点还有蛙声片片。就是这样的夏天，好像百无聊赖不知从何讲起，却又真切地感受到什么是一日长于一百年。

夏天过半的时候,父母奖励他一次出游,于是他跟团去了海边。那是他第一次见到海。他觉得海非常奇妙,在白天的日光里波光粼粼,冲浪的人在海面上甩着头发上的水珠,有非常昂扬的生命力。可是到了夜里,海变得遥远又神秘。坐在岸边感受涨潮的时候,觉得海有吞噬一切的力量,天色彻底暗下来之后,看着海浪会有一种压迫感。那天夜里走在岸边,阿飞忽然看到一个人往海浪深处走去。他本能地想叫住对方,却隐隐明白这意味着什么。惊扰绝望的人不是一个好选择,可是他不能假装没看到。他环顾四周,发现旁边有白天玩耍的人留下的铲子,那些人在沙滩上堆出了好看的堡垒,心满意足离开后,把铲子随便扔在旁边。阿飞心想这大概也可以作画,拿着铲子想了片刻,画什么可能让那个人稍微感觉到生命还值得留恋呢。

当海浪快漫过那个人胸口的时候,寒冷和不适感强烈地传达到四肢百骸。意识有点模糊了,那个人想,快结束了。这时他抬起头望向了夜空,明月高悬,月光总是这样冷静啊,末日就是这样的画面吧。可下一秒,月亮旁边忽然绽放了烟花。

如果他还有逻辑思考的能力,他应该会疑惑为什么烟花可以升到那么高的地方。可是他没有办法思考,在他能够真的想些什么之前,他觉得自己被冻住了,只剩眼眶发热,眼泪瞬间滚落下来。那么热烈又短暂的烟花,在空荡无云的夜空,在月亮的旁边,仿佛就是为他燃烧的。他忽然觉得海浪太冰冷了,他想要赶紧回到岸上。烟花太美了,可以值得再活一活,等到冬天再看一场吧。阿飞在远处,看到那个人匆匆跑回了岸上,往酒店的方向消失了。

但就像蜘蛛侠一样,现实里没有人知道他曾经拯救过一个人,就连他拯救过的人也不知道。夏天过去了好像什么都没有发生，如果在海边那个人不记得，阿飞也逐渐忘记这件事，那这件事真的发生过吗？海见证了一切，但海什么都不会说。阿飞的本领总是让他感到类似的困惑，最开始是兴奋，后来和人分享总是不被相信他也就不想再说，沮丧过一段时间，后来他连失落也没有了。笔下的事物偶尔活过来便随便它们活过来，只有自己知道的事，怎么证明它不是一场幻觉呢。

  不过哪怕是幻觉，这个幻觉也陪伴他度过了一些需要陪伴的日子。那是一只孔雀，诞生于他高二那个连续四十多度学校不得不放高温假的夏天。和别的动物不同，这只孔雀从画里出来后并没有离开，它时不时从画里出来，又回到画里去。家里没其他人的时候，它就从卧室转悠到阳台，啄一啄花盆里刚长出来的杂草，有时连带着吃掉旁边刚开的花。

  那只孔雀就这样存在了一整年，从一个夏天到另一个夏天。高三的很多个晚上，它从画上跳到桌上，在阿飞触手可及的范围里整理羽毛。偶尔在房间里，阿飞也能看到它开屏的样子，但他们都很安静。孔雀不是他的宠物，不需要喂食和抚摸，倒像是一个很有默契的伙伴，不用说话也感到舒适。有些因为学习而感到疲惫的深夜，阿飞觉得前途就像迟迟不肯亮起来的天色，意志消沉的时候，看到孔雀的出现就会平静一点，它不说话，但它好像什么都知道，也觉得一切都没有关系。就像有些人的猫会在工作时睡在手边，在一片混沌的十八岁，阿飞的猫是那只孔雀。

  后来阿飞念了大学，接着开始工作。这个技能出现的频率越来越低，可能是打工人阿飞习惯了用电脑，偶尔画画都得找半天纸笔，那些一天能写完一根笔芯的读书时代远去了，提笔画画时也觉得手生。尽管技术是比小时候好些，甚至偶尔在平板软件里画时，那么多画笔可以选，纤毫毕现的羽毛，层层荡开的涟漪，还有数不清的可选配色。画出来的东西能比小时候更接近实物，但它们就只是停在纸上。

有一天阿飞认识了一个人。第一次出门前，阿飞刚填完一堆要求手写的表。工作总是这样死板，AI 都快要取代人了，人还要填表，仿佛手写就能证明是这个人在填而不是机器。见面后他们去吃饭，点菜的时候阿飞拿着菜单正在看，这个人忽然说："你手上有一只蚂蚁。"

阿飞看过去，发现手上真的趴着一只蚂蚁。这只蚂蚁仿佛在他们的目光里活了过来，开始爬来爬去，爬上阿飞正在看的菜单，又爬到桌面，最后沿着桌腿消失不见。阿飞又看了看手背上蚂蚁最开始出现的地方。还有一点浅浅的签字笔痕迹，应该是他之前填表时不小心蹭到的。

在肉眼可见的短暂瞬间里，一般人看不出蚂蚁与蚂蚁之间有什么不同。阿飞却有种强烈的感觉，这就是他一年级不肯睡午觉偷偷画画时，出现在课桌上的那只蚂蚁。不同的是，当年只有他独自见证了这个小小奇迹，而今天在场还有一个人。

阿飞想了想，跟对面的人说："你相信吗，这只蚂蚁是我画出来的。"

这个人听完笑了，用看奇迹的表情看着阿飞，语气却没有大惊小怪："我相信呀。我看到了那只蚂蚁是怎么活过来的。"

后来他们一起吃了很多顿饭，有时规律地吃一日三餐，有时一天只吃一顿。阿飞还是经常用电脑工作，偶尔提笔画画，他的魔法也像过去一样说不准什么时候奏效。和他一起的这个人有时能碰巧看到，比如画里暮春时开的花，出现在桌上时还带着泥，他们将花挪到阳台的盆里，在残阳似血的黄昏，花灿烂得惊心动魄。最美妙的一次是看到一只仙鹤仿佛刚醒来，在桌上的松树盆景旁剔翎，又振翅而去。

多数时候依然是阿飞自己看到这一切。比起笔下时灵时不灵的魔法，他感觉自己胃里也有什么变化。开始总是感到饥饿，然后是感到有上千只蝴蝶在飞，就是那个人也看到蚂蚁的时刻，后来他觉得自己不需要食物，甚至不需要氧气也可以活着，二氧化碳也是生命的养分。胃里像每天都在被潮汐冲刷的岛，听得到海浪起伏的声音。黄昏是退潮时海水最汹涌的时刻，偶尔他会想在岸上挖出一个坑然后自己躺进去，这样是不是可以成为海浪的一部分。再后来海消失了，白雪皑皑的山里出现了一个烟囱冒着热气的村庄。他的胃靠在一个小木屋里的炉火边，觉得温暖、平静，仿佛春天都不必来了。

是这样了，后来阿飞也不怎么画画，画里的事物再也没有活过来。但他感到安全。有的魔法间歇性生效，有的奇迹却永远住下来了。

很多写小说的人慢慢都忘记了，其实小说首先是想象力的产物，是对于想象力有能力介入现实的欢庆与赞颂。足够结实和细致的幻想可以和现实世界在某处接通，这是《会飞的蚂蚁》这篇作品从过往的杰出小说家那里汲取到并努力再向新一代人传达的经验。作者的笔调沉稳，又不乏灵动，类似"在一片混沌的十八岁，阿飞的猫是那只孔雀"这样的句子，充满表达的自信，让人心生欢喜。而那只小学一年级画出来又旋即消失的蚂蚁在小说结尾处突然出现，仿佛穿越了虫洞而来，也让整个小说的结构显得既饱满又动人。

点评人　张定浩（作家、新概念作文大赛评委）

佳木斯没有流浪者

马铭悦

1

喻东走进那家旅馆的时候，天已经彻底黑了，荒芜的街道只能感觉到呼气时泛起的白汽，昏黄的灯光下，他看到一只翩跹于脊背上的蝴蝶。

被他抱在怀里的背包不受控制地掉落，响声惊动了背对前台的那人。喻东凝视着那块狭长的蝴蝶被珊瑚绒睡衣重新遮盖，它的主人倚着柜台，从托盘里夹了根烟，声音里带着一种被稀释了的倦怠与喑哑。

"住店？"

"对。"

"一晚三十。"

"我想长住。"

翻动笔记本的声音停了。"你还真有意思，"没等喻东琢磨出味道，"名字？"

"喻东。"

"那就算你一天二十，先交一百押金，身份证。"

喻东把一叠钱和身份证递过去，对方只是扫了一眼，把钱收进抽屉，又拿出了一个发褐的铜钥匙叠在身份证上，便低头在笔记本的一页写写画画。

"店长。"喻东鼓起勇气喊了一声。

对方没有抬头。

"请问店里有什么吃的吗？"

"方便面，五块。"

"这么贵？"

"对啊，加蛋加肠，我泡好了给你送上去。"

"那，不用泡，只要面饼呢？"

被碎发遮住的三白眼盯了他一秒："一块五。"

"那就来一个面饼。"喻东从口袋里拿出被他焐热的两个钢镚儿，郑重地撂在柜台上。

暴露自己囊中羞涩令他感到脸热，喻东尴尬地将身份证和钥匙抓在手心里，无意识地揉搓标着"206"的油墨印。

"你先上楼，前面直走左拐，一会儿我去仓库里给你找面。"

"好的，谢谢店长。"喻东落荒而逃。

"对了，别喊我店长。"前台悠悠地传来对方的声音，"二楼第一间住着的才是。"

说是旅店，实际上二楼逼仄的空间也只勉强挖出了六间蜗牛房，没有201。喻东的206在最里面，一张床，一个矮脚柜，墙上贴着一张颇具年代感的写真日历，十年前的。

喻东放好行李，倒在床铺里，空气中飞溅起一团粉尘，他闻到了时间的气味。

没什么可抱怨的，这里比他想象的还要好很多。

喻东盯着矮脚柜残缺的一角，思绪逐渐放空，这可以让他忘却腹部的空虚，在即将进入梦境时，一阵敲门声响起。

一碗泡面被放在门口，蒸气从边缘升入空中，横叉在中间的塑料叉子显得整个画面无比滑稽。

受宠若惊的喻东愣了好一会儿才回过神来，冲出房间，看着那个高瘦的身影有些别扭地下楼。"那个，谢谢。"

身影顿了一下。"早点休息。"

2

第二天，喻东起了个大早，他特意将昨晚的垃圾打包好，可惜前台并没有人，大门上的挂锁歪歪扭扭地缠在一边，一个大叔蹲坐在门口抽烟。

大叔看到喻东，显得颇为惊讶，将嘴里的烟蒂吐到地上踩灭。"你是来住店的？"

"对，昨晚来的，"喻东小心翼翼地打量对方，"您也是这家店的？"

"不，我来这儿等人。"

"哦。"喻东点点头便不再出声，在门口的沙发上坐下，"店长"还没回来，在他回来前，他觉得自己有义务替对方看店。

"店长"拎着豆浆油条回来的时候喻东刚数到第四十一块砖，他并不意外喻东的出现，把早餐丢到茶几上。

"吃吧，算到月末的账上。"

他转向在场的另一个人："李叔早，我们到那边去说。"

喻东三两下吃完了一根油条，将剩下的早餐放在柜台后面，无心探究别人的私事，他要先赚一份工，没有钱，什么也干不了。

去人才市场转了一天，一无所获，没有人愿意要一个只想打一个月工的人。喻东用手头仅剩的一点钱的一点，买了个馒头回去。

旅店依然亮着那盏灯，喻东看到"店长"穿着一件黑色大衣，电线杆般站在门口，耳边夹着根烟。

他想喊，却意识到自己并不知道对方的名字："你在外面干什么？"

"没什么，等你回来然后闭店。"

"为什么？万一还有别人来住呢，总不能不做生意吧？"

"不会有客人的。"对方只是咬着烟，轻轻的话语从齿缝间溜出。

喻东只好同意，他们像两尊门神守在旅店门口，他做了不少心理准备，鼓足勇气道："请问你叫什么名字？"

毕竟他不让自己喊"店长"，总不能用"喂"，不礼貌。

门神二号没有理他，只是把烟叼在嘴里，喻东看出他想点火，便发现了对方一直捏在手里的方形打火机，那个黑金色的小方块陀螺般转来转去。

他立刻就懂了。"你的打火机坏了？"

"嗯，"对方的手指停止了动作，"老东西，早就停产了，坏了也修不好。"

喻东看着灯光的阴影里对方的脸，笃定道："如果我说，我能修好呢？"

"你会修？"那双三白眼中迸出些异样的神采。

"嗯，以前的时候，和人学过，一般只要把坏的零部件换掉就行，"喻东的语气像一个专业的打火机收藏家，"这个是飞雕的。"

"给，"对方无比爽快，"你要是修好了，我免你五天房费。"

"不用不用，这点小事，要不了那么多钱。"

"这有什么，你只管修好它。"

喻东翻开机盖，拨弄了两下，齿轮发出嗤啦嗤啦的声响，果然打不出火，风有些冷，他裹紧了身上的薄夹克。

"进屋吧，冷，下次穿厚点。"

喻东把打火机和钥匙一起珍重地放进暗袋，搓了搓僵硬的手。"这是最厚的了。"

"你要呆一个月，干吗？""店长"浑不在意地打了个哈欠。

"攒路费，北上。"

"噗，"对方好像听到了什么笑话一般，"听过北上去北京、天津的，没听过谁北上是来东北的。"

"我要去佳木斯。"

"去那儿干嘛？"

"找人。"

"小情人？"

"不，找我老爸。"喻东垂下眸子，"有的事他必须说清楚。"

对方不置可否，换了个话题："你知道为什么佳木斯没有流浪汉吗？"

喻东摇头。

"因为他们都冻死了。"店长像是在讲一个冷笑话，"懂了吗？一个月，你光攒路费，还没到佳木斯，就会先死在火车上。"

喻东瑟缩了一下，削瘦的肩膀立刻垮了下去。

"非得一个月？"

"嗯。"过年他一定得回去，如果找不到人，再没有一整年的时间供他北上。

"打火机，我明天给你修好。"

"行，你修好了，算你一周房费。"

他们好像彻底没有什么可聊的了，喻东转身准备上楼，听到有人喊自己。

"周锐，"这个名字听他喊来显得脆生生的，"我的名字。"

喻东感到一种欣喜，好像他终于切实踩在了这个城市的土地上。

3

第三天他起了个晚，门口放着两个包子，他囫囵吞了，下楼时却听到一楼传来李叔的声音。

"小周，你再考虑考虑，你也知道，这片儿现在根本火不起来了，早点卖出去还能捞个本。"

"不了，李叔。"

李叔的声音拔高了不少："你这孩子，咋这么犟呢，你这店一年能赚几个钱？对面明年还要建新楼，你怎么和人家大酒店争。"

"你现在卖，还能拿五万，等过了春节，你两万卖都没人要了！"

"李叔，谢谢您的好意，但我还是那个意思，不卖。"

"你，唉，"李叔突然泄了气，"都过去那么久了，你总得考虑考虑自己。"

"李叔，我现在的生活挺好的，真的。"

喻东等李叔离开了才下楼，他看着周锐拖着有些跛的左脚，慢慢挪到前台坐下。

"你听到了？"

"锐哥，"喻东依然盯着周锐的脚，"没事的，看不太出来。"

"哦，你说这个。"周锐看了眼脚上的白色运动鞋，"老毛病了，除了不能跑，也没什么。"

喻东低下头，抬脚走出旅店，原本正常的左脚却好像也出现了故障，虽然知道周锐不会看他，他却自顾自地开始同手同脚，直到走出那条街，才渐渐缓过劲来。

修打火机花光了他最后一点硬币,他现在确实成了一个名副其实的穷光蛋,但他觉得自己应该是开心的,天还没完全黑,周锐搬了个矮凳在门口,那根烟依然夹在耳朵边。

"锐哥!"喻东的眼睛黑亮亮的,捧着他身上最值钱的东西,丝毫不像一个明天就会饿死的人。

周锐接过打火机,擦动齿轮,跳动的火光映在二人眼里,热度稍纵即逝,他好像终于在这个深秋活了过来。

"走吧,"周锐站起来,"请你吃饭。"

"店不用上锁吗?"

"不用,店长在。"周锐拽起喻东的胳膊,在破落的小巷里左拐右拐,来到了一家烧烤摊前。

"老板,十串羊肉,两个鸡架。"周锐找了一个桌子,拿纸巾抹去上面的一层油污,"市里的烧烤,就这家最正宗。"

"钱,我也可以付一半。"

"算了吧,你的兜比你的脸都干净,我不至于一顿烧烤都请不起。就当是欢迎你来这里好了。"似乎是他的错觉,周锐似乎比第一次见时开心了些。

"这个打火机,很重要吗?"它并不值钱,除了纪念意义,喻东想不出其他的答案。

"也不算。"

"这是我当年一个月的工资。"

喻东喉咙一紧。

"店长亲手给我的。用了这么多年,坏了就扔,怪可惜的。"周锐浑不在意地耸耸肩,"还没问你呢,你怎么修好的。"

"以前挤在进城的大巴里,和别人偷学了不少技能。"

"哈哈,那还挺好,走哪儿都饿不死,不是吗?"

喻东趁机开口:"锐哥,你知道哪里能让我打工吗?"

"难,"周锐脱口而出,"没有多少人来东北打工只打一个月的。"

"为什么?"

"因为你干了一个月,就在这里生了根,就不会走了。"周锐点了根烟,雪花般的烟灰洒落在桌面上。

"这里不欢迎流浪者。"

两个人一起在烟草味中沉默。

"你要想赚钱,我知道一个办法,"周锐吸了一口烟,"看到天桥对面的商业街了吗,你去他们店里,问要不要发传单、干杂活的人,按天结,去最高的那栋大厦,钱能多点。"

"我知道了。"喻东努力啃咬着鸡架上为数不多的肉丝,他见过那条商业街夜里的繁华,只是隔了一座天桥的距离,两边的景致就天差地别。

周锐似乎不饿,一根一根地点着烟,烟草和木炭燃烧的烟气混杂在一起。

"可惜了,要是店里生意好,我让店长雇你也不是不可以。"

"使不得,锐哥你已经帮我够多了。"

"开个玩笑,你瘦得像个猴,店长才不会要你。"

4

喻东每天在商场披着印着商标的围裙跑上跑下,什么活都干,拼命地把汗水榨干成微薄的工钱。运气好的时候,店里卖不完的吃的也可以便宜卖他,他也会带一份给周锐。

他一点点地计算自己需要什么:一张去佳木斯的火车票,明天凌晨的,他提前两天买好了;一套棉袄,趁冬季到来前买的,又省下了一笔;欠的房费,周锐除了第一天收的一百再没催过，他几次想给都被对方不动声色地推了回来。交完这些，还剩下一点，他想给锐哥买点什么。

他决定买一个好点的打火机。

今天他回去的比以往要晚，拎着两罐啤酒，口袋里沉甸甸的小东西让他兴奋，又让他难过，他感觉自己好像也在这座城市生了根，如果离开，无疑意味着某种死亡。

遗憾的是，等他的不是坐在矮凳上抽烟的周锐，而是一地的玻璃碎片。

啤酒罐摔在地上发出两声闷响，咕噜咕噜滚远了。喻东冲进店里，周锐鼻青脸肿地倒在一片狼藉中。

"锐哥！"喻东赶紧把对方扶起来，"我现在带你去医院！"

"不用。"周锐一把攥住他的衣领，指了指沙发，"扶我去那边坐会儿就好。"

喻东打湿毛巾，又在周锐的指挥下从柜台下面找到了药箱，语气和上药的动作一样轻柔，尽量不让周锐感觉到痛。"谁干的？"

"没事，别想了。你不是明天就要走了，去佳木斯。"

"我都没去过，那里好像是中国最东的地方。"周锐的眼圈红红的，"为什么你觉得，我是说你爸，他会在佳木斯？"

"我在他的夹克里，看到了好几张去佳木斯的票，直达。"

"佳木斯那么大，你怎么找？"像现在一样流浪吗？

喻东摇摇头，定定地看着周锐的肩头，指了指那块蝶影："我一定会认出来的。"周锐的视线跟着他的指尖，突然想起了自己后背上的那块疤，又看着喻东将食指戳到自己脸颊："他这里，也有一只蝴蝶。"

周锐被喻东的比喻逗笑了。"那就快去吧，不然他说不定就走了。"

"不，我……"喻东感觉自己好像在周锐的回避中溺亡，肺部的氧气被抽干，他不受控制地挣扎起来，一把攥住周锐，"锐哥，和我走吧！"我们一起逃走吧，逃到那里都好，只有我们两个。

周锐只是沉默地抵住他们之间的距离。"我不能走，店长还在。"

"可那里根本没有人！"

他曾经偷学了不少技能，到来的第一天就撬开了那扇没有号码牌的门，那里除了一个牌位，没有任何人的痕迹。

这家旅店从始至终只有周锐一人，为什么他不能走？

喻东眼里的悲伤几乎要溢出来，好多话堵在心脏的每一根血管里，他想说，锐哥，对不起，我是个偷窥他人秘密的小偷；他想说，锐哥，我其实不想去佳木斯；他想说，锐哥，流浪者是不是只有冻死这个结局。

"锐哥，我好像真的生了根了。"

他感觉到有轻轻的拍击落在手上，周锐好像从先前包裹的冰壳里凿出一道裂缝，温润的溪流从缝隙中流淌而过，他轻柔地掰开周锐的手，牵引着它落在自己坏掉的脚踝上。

"十五年，我早就走不了了。"

他说起这个时间的时候，好像又闻到了疼痛和燃烧的味道，凝视着喻东年轻的面庞，他才惊觉那些往事已经离他无比遥远。而他只能闭口不言，将所有腐朽的，被时代抛弃的脓疮于严冬中埋葬。

但你不一样，喻东，他想，你还可以走。

他摸了摸喻东的头，像一个温暖的吻。

"走吧。"

"一路顺风。"

第五辑　复赛作品

感觉像真的

王媛

感觉像真的，等于不是真的。

"像"这个意味着模糊暧昧的动词无须多言，其后的"真的"比其前的"感觉"更不真实。于是，我要先谈何为"真"。

真实被普遍认为是客观存在，例如那些在自然科学研究中以实验法被确认的物事。但在艺术的地盘或者说人的世界里，真实无法被实验。当初，法国电影新浪潮的旗手巴赞曾兴奋地高呼，摄影机带来了真正的真实，因为机器所进行的机械复制全然不受人为干预，能达到纯粹的客观。但是，把机器摆在哪里，将镜头对准什么，全是由人来选择，更不要说人还会对拍摄好的胶片进行剪辑重塑。可以说，只要有人的选择介入其中就无真正的真实可言。其后，巴赞为代表的各派电影理论家又提出了各种各样的现实主义，依然在强调表现真实，但这在我看来不过是为强调而强调，因为现实往往会掩盖真实，特别是在当下由讯息构建现实的时代，从现实中挖掘真实才是现实主义，才能更接近"真的"，而非指望摒除所有人为的干预。但是，当我们挖掘真实时，对"真"的判断标准是什么呢？很不幸，是我们的感觉，如此不客观的一件物事。即使有再多的参照条件，在我们已经认为周遭现实是他人选择结果的前提下，我们最终能依赖的还是自身的感觉。何况，真实也可能是多面的。两件自相矛盾的事可能同样都是真的，这种时候外在的客观标准便会失效，感觉是我们的救命稻草，没有之一。我对巴赞提出新现实主义的感觉就是，也许他并不在乎真实，他带着整个电影研究进行转向不过是为了表达自己多么沉痛地失去了一个女人，毕竟他悲惨的情史也是真实的。

既然没有绝对的真，那么问题来了，真有那么重要吗？固有观念里，"真"和"善美"是并列的，是艺术美学追求的三座高山，是理所当然的褒义词。但我的答案是，"真"没有感觉重要。

感觉这个"东西"，本质上是为人类所厌弃的。在柏拉图的"洞喻"里，远古时的人们为了生存而不得不去狩猎，为了克服对猛兽的恐惧，他们在洞口摆上火把，将自己的影子映在石壁上，当那是猛兽，一遍遍体验恐惧的感觉直到习惯，这在现代心理学的概念上即一种"脱敏治疗"。而我们当下的人选择了不同的方式。无论是终日上网刷抖音，或是选择更激进的办法来追求快感，追问其这样做的原因，会发现他们是要以这种看似愉悦的正面感觉来掩盖或抵抗其他负面的感觉，从而避免陷入感觉造就的深渊。如今被大肆鼓吹的"钝感力"也在贬低感觉，批判敏感，赞颂"皮实"或者说本质是在教人麻木。"感觉是弱点是缺陷，只要有感觉，人就不够完美"，在这种潜意识下，感觉往往成为一个贬义词，和"真"形成主观与客观，感性与理性的对立。

在如今这个信息时代，更严重的"感觉危机"在于我们的感觉全是外界给予的。用传播学的"议程设置"和"皮下注射"理论来说，这种现象再简单不过："我们不仅只能看到别人想让我们看到的，也只能感觉到别人想让我们感觉到的。"我们的所有感觉全是"二手的"，不过来自他者的刺激与操控，其结果就是我们只剩感觉。体验多巴胺和肾上腺素产生的生理作用无法形成任何真正的认知，所谓的认知不过也是感觉所催生的一种错觉。例如此刻我写下这样的认知，是在读了大量的传播学书籍后所产生的难过感觉的结果，并不代表我对这一议题有什么真知灼见。

除了对客观现实的感觉变得虚无缥缈，我们对人的感觉也更加不真实，而这种"假"是双向的。一方面，对一个人的感觉不准确是因为对方在以"人设"示人，而并非现真实自我；另一方面，我们自身也在不自觉地活成人设，给人以仅仅"感觉像真的"的对待对方之感。于是，在人与人的交往中，无论建立哪一种情感关系，都很难存在真实牢靠地亲近。人们越来越疏离彼此，在原子化社会里扮演好自己的角色，为了证明自己还是个人而不断强行激发感觉，表现情感，让一切看起来像真的。

如果人生的意义仅仅在于体验，那么似乎这样也无妨。就像那个著名的"缸中之脑"实验，人的肉身已经不存在，所剩的物质实体仅是一片脑组织，所有的感觉都如此真实，却仅是存在于计算机内的幻象。"我"都已经不存在，我的感觉却得以长存，这份感觉代替了我的生命，体验这份感觉的过程构成了我的人生。那么一切是否虚假，是否由我自发产生，是否为我所主导，这三个问题都成为徒劳无功的思考。我能做的就是继续体验，将之称为我的感觉。

但是，能够建立人生意义的体验绝不是这般虚幻的感觉。现实虽不一定真实，但感觉一定要真实，这才是我们生而为人的根本。

人工智能所无限靠近的智慧极限是一种摒除感觉的极限，而令人类感到惶惶不安的正在于我们既无法摒除感觉也无法总产生虚假的感觉。对人工智能进行的对话训练里，科学家所输入的程序指令是得体精确的,所使用的语料也是极富有情绪价值的词句。但在我们的真实感觉里,无论是一整个完整的"我"所产生的,还是万分之一的"我"——一片大脑所产生的感觉,都无法如此理性而智慧。但我依然更愿意拥有如此不完美的自己,如此"糟糕"却真实的感觉,以这些感觉来构建人生的意义。

一如巴赞所推崇完全客观复制的真实不可实现,人生的书写也一样。人类是活在话语里的,这意味着我们都是修辞的动物。这一生的感觉如何,这一刻的感觉如何,全看如何描述。"感觉像真的很努力,感觉像真的爱过,感觉像真的活了一场",只要我如此写,我如此感觉,那么眼下的时代似乎也不能奈我何。在这个意义上,在所有都只是感觉像真的现实中,此时此刻,写下这一切的我是唯一的真实。

不,也许此刻的我也不过在虚拟现实中写作,但是——

此时此刻,我的感觉不像真的,却是真的。

今天网络没信号

刘齐家

这已经是我第二十四次尝试把无线网络连上了。

我把手机摔到沙发上,烦躁地挠了挠几天没洗的头。明明几分钟之前我还在快活地刷抖音,看着屏幕另一端身着清凉的美女大饱眼福。可没由来地网络断了,比剑心一刀逆袈裟劈下去都快。我试过了我所知的一切方法:重启手机,断开重连WLAN,把路由器拔掉再插上……然而这一切努力全部像考试前一天复习的高数一样石沉大海。

我蹭到手机旁看了下时间。在我二十四次调试后时间才过去仅仅八分钟。没有信号,干净得如同我们老班的秃头。我没有勇气想象这一天该怎么过——倘若一整天都没网的话。生活在信息时代的我可以几个小时不喝一滴水,但倘若让我半秒钟接触不到网络我都会发疯。由此可见网络才是生命之源,在互联网的淫威之下水只能屈居第二。

想到水我才后知后觉地发现自己嗓子像是上个世纪的火车一样冒烟。我倒了一杯水,久旱的喉咙像是华北平原春季见到雨的农民一样欢呼流涕。只不过涕是我流的,喝得太急让水从鼻孔里流出的痛苦甚至让我有那么一瞬间忘记了网络没信号这件事。不过等我擦干净鼻子之后习惯性拿起手机时,"无信号"这三个字再次刺痛我娇嫩的眼眶。这个形容词还是给我配眼镜的医生说的。"比起你那八百度的眼睛,你那天天挂着眼袋的眼眶都娇嫩地像个孩子。"

我自诩是一个懂得舍弃的人,实际上也如此,当我花了将近两百元充钱到手机游戏结果开箱子开出来价值总共几十块的东西时,懂得舍弃是很好的挡箭牌。而现在我甚至连那几十块的东西都用不了。我开始后悔自己为什么没有下载几个单机游戏,随即我想起为了清理手机空间我毫不犹豫地删掉的东西其中就有它们时,我突然释怀般地苦笑。

得找点事做。我不擅长用发呆打发时间,当然,上课的时候除外。但是没有网络信号这件事让我脑子乱成一锅大杂烩。会不会有异性朋友暗恋我好久给我发了长长一封告白信结果我半天不理她让她觉得自己备受冷落?想了想工科班里女生的样子我决定还是不回比较好。难不成是三战来了全球网络崩溃?应该也不是,周围安静得像是人死了三天一样。正值我胡思乱想之际头上的瘙痒恰如其分地提醒了我。去洗个澡吧。反正洗澡不用网。

到了浴室我才发现音乐软件上的广告看不了了。可恶啊,作为一届穷狗我从来都是看十五秒广告领取三十分钟 VIP 歌曲畅听的。现如今没几首歌不是 VIP 的。犹豫再三我决定买他一个会员又如何,曲曲十几块少喝一杯奶茶而已。正当我为自己的正确抉择沾沾自喜时,我才意识到没有网络信号无法成功支付。我懂得失败是成功之母,直到今天才知道网络是成功之父(支付)。

俗话说去浴室不唱歌就好像去餐厅不吃饭一样,好端端一个 5D 循环围绕音房不吼上两嗓子简直对不起非洲喝不上净水的贫困人民。不过是少个伴奏,我的意见是:我洗了十几年澡了,还不能唱两嗓子?没有奏乐,接着唱!哥们去 KTV 好歹也是个麦霸,这都不是问题。

然而浴室是在纯净的水流声之后涌出一团雾气的。我拿起手机打字："原来我平时唱歌都跑调是吗？"直到红色感叹号亮起我才意识到网络信号还是连不上。我不敢想象我的朋友们有多包容。当我在浴室清唱了几句之后我意识到自己之所以是麦霸纯粹是因为大家懒得跟我抢。我把自己摔进沙发里，又看了一眼时间。距离断网初发生时才不过一个小时，而我仿佛度过了一天之久。

我开始思索，自己平时是否对网络依赖太大了。明明我小时候不是这样的。年幼时的我抱着一本书就可以看一整天，可刚刚被我翻了两页的书现如今歪歪斜斜地躺在沙发上不省人事。我想起我妈教训我时那恨铁不成钢的语气中夹杂着惋惜。当然她的教育方式也并非正确，我上小学时她曾拿楼下的瓜贩举例子，她说你要是不好好学习你就会和那个瓜贩一样出去摆地摊卖瓜卖水果。后来一次习作课上写作文写我将来会成为的人，语文老师在批改完之后客客气气地将我的双亲请到办公室里喝茶，说了一通话，大意是你俩都是文化人怎么你儿子长大了想去卖瓜，孩子的思想教育要从小抓起云云。我也因此荣膺"瓜贩少年"这个外号，直到我父母带我举家搬迁。搬后不久瓜贩就死了，当然这和我们搬家没有关系。听父亲说瓜贩借钱给了一个送水的女人，女人没还上钱，瓜贩一气之下把她捅死了。但瓜贩并不是什么暴烈之徒，正相反，他是那种大家口中的"老好人"，搁谁那儿都落不下话柄那种。父亲猜测这件事中有些桃色，但我不愿这么去揣测。父亲只是把这件事当作了饭后的谈资，并不很再提。我惋惜地拿起手机尝试能不能搜到这个案子，在圆圈转到第三下时才意识到早已没了信号。

小时候没有手机过得也很快乐，怎么长大了有手机了反而不快活了呢？我承认在刷到搞哭视频时我能笑得流出眼泪，可那仅仅能维持几分钟。我开始怀念孩提时期单纯的快乐。我有一大箱乐高，我经常把里面某个小人想象成自己，有时是钢铁侠，有时是美国队长。我知道自己长大后也不会上天入地无所不能，可我没想到长大后的我竟随时随地无所事事。手机和网络成了我赖以生存的空气，我熟视无睹，直到失去时宛如窒息。

我从未如此强烈地思念童年，初中写名为"怀念童年"的作文时都没有现在怀念得厉害。我想起曾经视若珍宝的那枚古币，刻着我不认识的字样。父亲偶有一次拿出来擦拭，那小心翼翼的样子如同呵护刚出襁褓的婴儿，我看到后还以为是什么好玩的玩具吵着要去，父亲拗不过我只好一脸心疼地在我母亲的呵斥声中给我。我握在手里只闻到一股铜臭，不多久就还给了父亲。倘若至此也罢，可父亲竟悄悄将其藏起，从那之后我每天最快乐的日子就是翻箱倒柜找那枚钱币。直到某一天连父亲自己都找不到自己将它置于何处，直到搬家也未能找到。

童年快乐的成本是一枚钱币，而长大后快乐的成本是什么，网络吗？我回想起宿舍中舍友看手机时不时发出的笑声。现如今钱币和网络都荡然无存。起初父亲还会念叨几句他的古币，后来被母亲不耐烦地喝止。在大概几年后父亲又像想起什么似的提到它，换来的是我母亲更加不耐烦的斥责："丢了就丢了，又不是什么值钱的东西。"父亲嗫嚅着："那上面刻的字我都不认识……"母亲道："你不认识的字多了，天底下的字都叫你认全了？"父亲不语，低着头默默扒饭。从那之后，父亲再也没提到过那枚古币。现在回想起来，那或许就是父亲笑容骤然减少的时刻，也是他们貌合神离的开始。只是当时的我全然不懂，沉浸在无忧无虑的快活之中，而今我用网络麻痹自己，忽视了白班妈妈和夜班爸爸交集越来越少的事实。

我抓起手机想再度让自己忘却这些伤心事，原本它们只存在于睡前闭上眼睛时那小段的沉思时光，可如今网络没了信号它们开始肆无忌惮地侵吞我的思维。我有时候也会惧怕，某些可能的到来和到来的可能。

我强迫自己不去想什么有的没的，我拿起手机能打开的只有图库。我翻着手机里那一张张只为了朋友圈存在的精致照片，似乎再也回忆不起当时游玩的快乐和美食的芬芳扑鼻。可我明明得到过它们。

难道我失去的更多？

"怎么睡着了？"母亲回到家推醒了我，我一脸茫然地起身，拿起了手机。已经傍晚了，不知不觉间睡了这么久。好像做了一个很长的梦，梦里的我好像没有了网络信号。不过好在只是场梦，5G信号满格让我顿感轻松，于是乎我心安理得地玩起了手机，无视了母亲在耳边对我不上进的斥责，无视了自己刚上大一就挂科与保研无关的苦痛，无视了自己将重复度过的毫无意义的昨日、今日和明日。

感觉像真的

/张梓蘅

阿卜杜勒·阿奇兹转移到右路找巴萨姆。

今天是二〇二四年一月二十二日,时值二十四节气之末的大寒,天仍然未负祖先期望,忽然变得寒冷异常。我看到新闻报道,西湖边下起了二〇二四的第一场雪。像往常的任何一个稍显特殊的日子一样,"雪西湖"当即被四海游客包围,方圆十里水泄不通,断桥残雪上压满浩荡的人潮。

我的朋友圈里,各路友人亦开始广晒雪照。他们在薄薄的积雪上写字,拍摄挂雪的树叶。这是一个难忘的日子,二〇二四的第二十二天,杭州下雪了。

但其实并不是全杭州都下雪了,至少我家没有。此刻黑暗的窗外——已经被我凝视了一下午的窗外,除了冷风,别无他物。

晚上,忽然发现我的房间停电了,所以我只好搬到客厅来写作业。原本这样的事不常发生,即使发生也很容易被母亲轻松解决,但父亲说今天母亲已经睡了,只得出此下策。

父亲并不很情愿,因为今天是国足在亚洲杯的背水一战。但我在餐桌上摆出作业后,他还是关闭了电视,坐在客厅角落仅有的小沙发上,时而发呆,时而与我面面相觑。十分钟后,他开口了。

"你介不介意,我到旁边看一下球赛?"

父亲像一位租客，窘迫地询问着。在我停顿的片刻，几乎要变成一只老鼠。但我说好啊。于是他重新成为父亲，重新打开了球赛。于是我听到文初的那句话，从央视的解说员口中吐出。解说员的语气同样让我联想到方才的父亲，那是一种渺小的声音。

听到这里，刚刚重新准备就绪的父亲用他十年前购入的耐克专业球鞋停住了脚下的世界杯联名足球，缓缓转过身，背对电视。他眼前是一组巨大的组合书柜，铺天卷地，仿佛随时能倾塌而下，将他吞没其中。父亲停顿，偏头向餐桌旁的我看了一眼，不动声色，稍纵即逝。随后，他放弃了一些东西，转而轻轻地转回身，把足球往电视的方向送去。球宛如遭遇良将把关，准确地撞到电视下的书箱返回，巧妙地绕过父亲，又向书柜滚去，最后仿佛也迫于它的威压，终于在厘米之遥止住。

父亲是老球迷，听一句解说已经明白其中含义，解说员委婉的阐释却是刚刚才大功告成。阿卜杜勒·阿奇兹作为卡塔尔的中场，负责制造球机，在刚才那样的时刻，他本应将足球传向他们蓄势待发的前锋们。但是没有，他只是在后场倒脚，悠然地将球传给自家的后卫，消磨着漫长的比赛时间。

画面闪过的中国球员同样露出了老鼠一般的神情。这样的选择并非第一次发生，对手从比赛开始便一直重复地打压着他们的士气。作为小组赛第一、提前出线的领头羊，卡塔尔换上了所有的替补球员，仿佛正在面对一场郊游。他们鲜艳的红色球服仿佛与中国粉丝也达成了某种联合，在红色的海洋里，荧绿色的中国队从上场就从未展现一线胜机。

父亲并未购入应援服装，只是穿着藏青的羽绒服。此时，他又一次在角落的小沙发坐下来，偏着头去看电视屏幕。

客厅中央显得非常空旷。墙边的书柜，到另一面墙上的电视，中间只有一颗足球。

原本并不是这样的。六年前,我们从上一个家搬来了豪华而盛大的欧式沙发组,一共三只,摆放在客厅,俨然是镇守的巨兽,恢宏异常。上个月,为了完成时行的"去客厅化",我家正式决定拆去沙发,改买大型会议桌,以供学习科研。很快就有工人上门利落地拆分巨兽,化其为海绵坐垫与木头腿。拆到最后一只时父亲终于喊停,因为残留的不舍,留下最小的单人沙发,靠餐桌边上摆放,此刻正在父亲的屁股下面,继续着它的过于漫长的使命。

欧式豪华家具套装,内含沙发、床、电视柜、床头柜、茶几等,组件齐全,一致的欧花张扬绽放,宽边花纹高昂头颅。十二年前,红星美凯龙全球家居市场刚刚开业时,它就被摆放在展厅的中庭,金光普照,神圣辉煌。我们去挑家具那天正是红星美凯龙开业盛典,车水马龙,大S、小S都来了。父亲一眼相中这套家具组,问价,一咬牙当场叫信用卡提额,挂了电话就掏卡一刷:"就要这组!"又经过一番讨价还价,我们将展厅中心这组样品敲定下来。十二年前,我们家刚刚在杭州买下了第一套房,倾家荡产换来的九十平,全家背着房贷,穷得快哭出来了,但是霸气不改,找家装公司的小设计师全程跟进,亲挑每一块瓷砖板,开车去城市另一头的、盛大开业的新家装市场挑选软装,信用卡当即刷到爆,但我们还是笑得出来。有一种氛围在我们一家人周围保护着我们,那是一种底气。当我们从红星美凯龙开车回家,途经幸福南路,宾至如归,我们心里知道,这是属于我们的幸福。在杭州这座希望之城、幸福之城,我们有着不可估量的未来,会像新闻里的报纸上的规划图一样笑得越来越灿烂。

很多年,经久不衰,这份幸福的勇气真切地环绕着我们。

直到现在，也从未被证伪，从未消失。

那之后六年，我们换了新房子，两百平的大平层。尽管没有再找家装公司设计，尽管位置稍显偏僻。再过去六年，也就是现在，是时候再做一些改变了，于是我们家启动了"去客厅化"，准备迎来更好的学习环境，尽管传说中的会议桌迟迟没有敲定。但我们都知道，这只是暂时的。

球赛也一样。一场还在进行的球赛，就代表了奇迹的可能性。更何况，零比零，这是一个轻易就可能被改变的局势。

比赛进行到九分钟，变化出现了。但发生变化的是卡塔尔队。他们在全替补上场的基础上，突然选择换主力前锋、队长和门将上阵，一分钟后，世界波向中国队的球门飞射，卡塔尔队得分。

放在平日，父亲会直接怒骂出声，但两人共处的空间到底显得局促，他还是什么都没有说。父亲、解说员和中国队，仍然维持着相同的寂静，神态上的寂静，老鼠般的寂静。

元旦我有个同学刚搬了新家，向我抱怨说她想要的是大烤箱和双开门冰箱，但她父母都只买了普通尺寸，却花十几万去买一只沙发。当时我回来跟父亲提及此事，他纳闷地喃喃，不可能，怎么会有十几万的沙发？

去年我们某次远行，途经幸福南路，我忽然想起那座家居市场，于是抬头去寻找：很显眼的全玻璃外墙，无数个带有恢宏穹顶的中庭，这一切构成的是十二年前如同梦想城堡一般的存在的红星美凯龙，我一眼就看到了它。但是，时隔太久，玻璃外墙通体发黑发绿，仿佛一些密不透风的脚手架。此地更名金茂五金市场，被无数狭小逼仄的五金批发店拆分蚕食，在周围叠盖而起的大厦之间缩头缩脑，它经历了一场不可逆的衰老，而且再也不会轮回。

比赛加时到九分钟，中国队员几乎已经跑不动了。换上场的爆炸头前锋笑着，昂头挺胸地将那颗希望之球踩在脚下，悠闲地等待，再轻松地传走。父亲不再观看，他试图拉开阳台门，准备去抽根烟。就在他拉动阳台门的瞬间，灯光抖动，戛然而止，我们家顿时陷入一片黑暗。只有剜骨的冷风从父亲拉开的门缝呼啸着灌入。

咔嚓，咯啦啦……在黑暗中我听见了古怪的声音，是什么松动的窗户在动摇吗？我无暇顾及，我坐在原处，甚至没有放下笔，我大喊："妈妈，停电了！"但是没有得到回应。我感到一种惧怕，大约是害怕站起来会踩到客厅中央的那颗球，好像家里的地上其实到处都是球。我只是又喊了一遍，仍然没有回音。

此时，窗外的马路有车驶过。因为楼层极低，车灯映着无患子枯败的树影照亮了我们的家。雪白的车灯下，我看到父亲握着阳台门的手，狂风中摇曳的无患子的枯枝，正在发出古怪的碎裂声并不断龟裂为细块的玻璃阳台门。我还看见了前所未见的暴雪，极寒无情地侵袭着我们的家，一点点消磨着我们的温暖与勇气。最后，在爱的幻影里，当那辆偶然开过的车疾驰而去，一切重归于黑暗，我忘却了幸福南路的终点，我诞生了一种全新的感觉。

今天网络没信号

王姿晴

0

许多年后,尤昭想起这个夜晚,都反复问自己后不后悔赴约,这场让自己几乎溺亡的约定。

1

火锅店里热气腾腾,大片的聊天声把人淹没。尤昭松了一口气,还好,还好是火锅店这么暧昧的地方,说明彼此没有生分。吃不吃辣,加不加蒜,粉条还是米饭?这类问题太私人了,远比今天牛排要几分熟要困难得多。热汤沸起,肉片滚熟、拌上佐料一同送进嘴里。这多亲密啊,得是什么关系才能吃这么一顿?

在亲密的场合、亲密的距离、亲密的空气里,尤昭看见对面的人融化了——首先是鼻子,这里最容易出油;其次是皮肤,最后才是睫毛和眼睛,彩妆得到高温最后的发落,原生皮肤逐渐赤裸在空气中。

尤昭估计,吃完这次,这人的网络又要没信号了。

2

非要说关系,对方是母亲的朋友的孩子。尤昭想自己和对方是亲密的。月光让路面像镜子,无论白天这片地多么喧闹、灰尘混杂,到了夜晚却光滑得像一汪水塘,并非尼亚加拉瀑布那样愤怒的水,而是像木头一样的水,沉默、坚硬。对方就在这样的水走来,通常拎着一袋脆皮蛋糕,那是属于孩子们的饭后零食。偶尔也有曲奇饼或是水果,不过更多时候总是脆皮蛋糕。

尤昭知道,脆皮蛋糕一来,就有好吃的了。

那时的信号不好,是货真价实的差。尤昭想自己是没有这段记忆的,小孩子要什么手机?有什么话不能当面说?母亲有足够多的理由来刻薄信号与硬件,也有足够多的话术应付两个毛头小孩。于是乎脆皮蛋糕再来时也许会附赠一袋信,尤昭就边吃蛋糕边看,两样都很喜欢。

街上人行色匆匆,原来大城市的人并非都提着公文包。绿化被打理得很好,风吹过都是叶子和花的泥和清香。当然这些味道都不如橙花的气息。

你真幸运,尤昭。如果要为自己写一部人物小传,尤昭会这样总结自己。发呆的空隙,店员已经把关东煮打包好,尤昭一下一下地和汤底呼吸——"咕噜,咕噜。"汤里的白萝卜清淡温润,让人想起某封信透在纸面上清脆的声音,连同混合了橙花味护手霜的包装纸。

不止于此!还有沾上同样气味的毛衣、围巾,在阳光下也同样有通透橙花香的床单。尤昭太骄傲了,你们当然不用信号,一封又一封的日记传递,就像一只蝴蝶。在大道上、山坡里,你们飞;在夏天的荷叶池里,你们飞;把书店装潢换掉了,你们还飞。尤昭,你真幸运。

后来高中,终于到了偷偷带手机上学的年纪,你们更是用上九键输入的小灵通,物尽其用后,再呕心沥血地换成微信。今天没信号?那就明天再发消息,明天还没信号?那就看前天的聊天记录。尤昭,你真幸运。能有这样一段飞舞的蝴蝶时光。

3

日子越过越快,脆皮蛋糕的信号却坏得更频繁。直到看见火锅后快要融化的人,尤昭才怔住。脆皮蛋糕,小糕,你太俗了。当然自己也很俗,但这两种俗是不一样的。小糕用亮晶晶的唇膏去亲吻这个世界,带着彩色的指甲、香味的妆发。香草奶油口味的脆皮包裹着蛋糕,这份香味飘荡在少年宫的每一个角落。什么是少年宫?少年宫就是少年宫啊,有很多少年。直到亲眼所见,尤昭才明白,在物欲横流的城市里、物欲横流的大街上,父母把孩子送到一个小小的房间。似乎那些通天大厦,印着复杂商标的货品和高楼,都是少年宫的以后。如此华丽的地方,信号也会不好吗?尤昭,你真幸运。

你幸运吗?你早该明白事情的发生,今天没信号,那明天呢?后天呢?大后天呢?那飞舞的蝴蝶时光早就被背叛了!你别傻了!那小糕,你又是什么意思呢?用拙劣的借口,竟让自己置身在《功夫》中,本色出演哑女,碧血丹心地、从一而终地、毫无回应地沉默又等待好些年。

秋天风高气爽,阳光不热又明媚。到了冬天街上泛着灰白,店里会托举肉桂派和暖气，以此造福全人类。以上所言，尤昭通通没见过，不过别人这么讲，当然不会有假。尤昭的小岛不会下雪，只经常下雨，潮湿的回南天扎根在每个缝，稍迟一秒就会生长出一簇一簇的菌菇；秋天也不会落叶，绿意一直持续到冬天；油亮的、丰盛的绿都散发亚热带气候的优势。尤昭站在油亮的绿底下，伴随亚热带气旋和台风吮吸脆皮蛋糕的绵软，一站就是十几年。尤昭以为自己会一直这么站下去，但没有。于是一只小舟漂泊在海上，坚信不移地寻找，一以贯之地通信，祈愿小糕总有信号通畅的时候。祈愿橙花味再次拥抱，祈愿月光下的小路足够澄澈，澄澈到自己能在此看见今生今世遇见的人的脸蛋。

店里很热，自己却手脚冰凉，荒唐之下，通感了画里哭泣的女人——从傍晚哭到清晨，巴不得死了才好。而此时此刻，尤昭巴不得给自己两个耳光，最好把自己扇到那充满橙花味的被窝、温暖的、有肉桂气息的被窝中，而非溺在这蒸汽旺盛，逼仄的卡座里。老天啊！救救我！

觉得自己笨极了，分明引出过这么多话题，也在小灵通淘汰以后拓宽了更多账号，对方却总像信号不良，回过来一串乱码。自己要在一团密密麻麻中翻译出原本的意思。好吧，信达雅信达雅——信是杳无音信，达是词不达意，雅是毫无风雅。

4

三岔路口，人车川流，尤昭左望右望竟找不到自己的路，自己这样一艘小船出海，早已换新换旧，最终成了忒修斯之船，找不见蝴蝶时光的半点梦幻了。

脆皮蛋糕问手机信号如何，不好。今天没信号，恰如以前，恰如明天，恰如道不尽的日子。有时候真觉得奇妙，尤昭望向小糕的眼睛，想到《尼亚加拉瀑布》里涌汹的海——小糕，你本来就是一片海吗？一语道破，却又道不尽：不要不忠，不要背叛。

在大部分书写这个题目的参赛者那里，都把"今天网络没信号"当作一种特殊状态，一种故事的先决条件。而作者却别出心裁地将"今天网络没信号"看作一个借口，并以此构筑起了这样一组人物关系：两个从小一起长大的朋友，吃了一顿看似亲密的火锅后，不得不面对友谊已逐渐被疏远取代的事实……

而"今天网络没信号"此刻又成为一组对照：友谊正浓时，即使用着偷带的小灵通，信号再差，也无法成为两人交流的障碍；而现在，"今天网络没信号"却成了不回消息的借口，但双方也都不愿真的说破此事。

这样的安排——考虑到这是一篇要求在三个小时内完成的命题作文——是挺不容易的。当然时间和篇幅的限制也带来一些遗憾，比如有些遣词造句的情感色彩强度不一，可能如果时间再多一些，作者就有机会好整以暇地加以调整。又比如故事中两人之间的这种疏远状态是如何形成的，目前的我们只能将之归为人生在世的常态，但如果这是一篇篇幅更长的小说，也许就能给出更令人意外又信服的解释。期望作者能继续保持写作的习惯和能量，也许以后会有一篇更长更完整的小说可以将这些遗憾一一弥补。

点评人　唐一斌（萌芽杂志社编辑部主任）

感觉像真的

/吴承瑶

不知从何时起,她开始写童话,动机很荒谬,她想要用最纯真的东西刺痛别人,用存档的文字撞碎所有人的真心。

就这样,一只小锡兵诞生了。

她放它去历险。

小锡兵很容易破碎,它想要得到治愈然后得到一颗心脏,所以它的第一站是心理诊所。它敲了敲自己的躯壳,空洞;它转了转自己的关节,冷硬。它可怜兮兮地说:"医生,我想要一颗心脏。"医生温柔地说:"孩子,你过来点。"它听话地走上前去,医生把手搭在它的肩部,面无表情地扯下它一只胳膊。小锡兵没有痛觉,以为这是获得心脏的仪式,却见医生狞笑着扯下自己的头——她打不下去字了。在心理医生和精神病人易位后,她满脑子是那个优雅的女人,她母亲。

小锡兵没有得到心脏,它继续历险。它觉得正义会滋养出一颗闪亮的心脏,它打算去法庭。然而到了法庭,它成了罪人。法官俯视着它,眼镜后的双眸闪着冷酷的寒光。它被指控犯了诞生罪,它被人唾弃为恶魔最丑的制作。它无助地看向法官,对他说:"是你把我生下来的呀……"法官愠怒,无声对它摆出口型:"你要告我吗,孩子?"小锡兵被判了刑,它失去了一条腿。它无法死去,所有人都怕恶魔。它有些走不动了,左腿空空的,心里刮起了凉风,它看向恶魔,那在上的法官大人。

她顿了顿，法官脱下袍子的样子，和那个人好像。

小锡兵走向林子深处准备休息。它好累，抱歉了，它觉得自己有点痛，这罪放到了它身上未免过于残忍。然而它没有如愿，那里有一个伫立的人，右腿管空空的，提着剑，是个伤兵。它想逃，可是晚了，寒光闪过，它没了右腿。好善妒的人，它想。

我不想要人的心脏了。

女巫来的时候它躺在地上数星星，觉得星星好美哦，拿它填充自己一定不错。女巫看出它的渴望，引诱着说："孩子，和我做个交易吧。"小锡兵太天真了。它没了一只眼睛，收获了一肚子的谎话，然后开心地占山为王。

它在失去了双腿之后第一次那么快乐——尽管是谎话，是啊，尽管是谎话。

它漫山遍野地播撒星星。

它在山里睡去，醒来，再沉沉睡去。我们勇敢的小锡兵从来不用进食，它自己就是自己的上帝。

然而终于有一天，人类踏足了这片王国——它以为是女巫的结界失效了。一个满身血腥味的猎人，他要它的肉。可是小锡兵没有血也没有肉，他被放过了，却永远失去了自己的王国，失去了所有星星。

它再次流浪，这次，它遇上了一位朝圣者。那人衣衫破碎却要一路跪着去圣城。它没有双腿，站着便是跪着的模样。"我也要去。"它说，它要向上天索要一颗不是人心的心脏，比星星还要恒久的心脏。它用它仅剩的胳膊跋涉。朝圣者没有应允也没有拒绝——他是个哑巴，也是个聋子。所以在他被村民"请"去的时候，他只是愣住了，就因那一下的愣神，他被扔进了火炉，小锡兵也跟着一起——村里人贪婪地看着他们变为一点不剩的空气。他们要免灾，他们要安宁，他们要有信仰的人完成献祭。

小锡兵化了，它被蒸烤出一滴眼泪，浑身变得透明，它凭借灵巧的身形爬出火口，最后看了一眼壁上的灰。它说，再见了，朝圣者。

它不再害怕任何事，它不会了。

最后，它遇上了自己，是个实体的"她"。轻飘飘的锡纸壳，边缘像芹菜一样被整齐地斩断。一个小女孩，父亲找了外遇，以自己是公务员，被她举报会受到损害而让她封口。母亲精神失常，一边笑着一边把她的手臂拧出淤青。被人欺瞒、嫉妒、背叛，外出租房被房东性骚扰，她连骨连肉都被这破烂不堪的命运剔下，血液被拿去榨汁。她逃出那幢大楼，逃出那个家庭。这个社会不想要失败者，她变为了土地的肥料，在火烧过后生生不息。

这才是她。被火吞噬的小锡兵。

可她明明有血有肉，"她"流了好大一摊红呐，心脏每次泵血都粘连出泪花，在每个俯首呈上的日子里，痛苦都如影随形。

她想用荒谬的动机书写自己。时光回溯，字字问心。每个感觉都是真的。

"她"对着它笑了："亲爱的小锡兵啊，这是你的心脏，我保留了太久太久，我把它还给你。"

成长太难解构，她曾故作潇洒地丢掉心脏以抹去所有的感受，以为这就是成长。

而现在她只想卸下锡纸壳，把鲜活脉动的心脏归回原位，对那个跌跌撞撞支离破碎了太多年的"它"说，辛苦了，我的小锡兵。

放过那些痛苦，当它们不过是历险。

她拉着不再透明的小锡兵来到沙漠边缘。这里埋葬过远古的鲸、追梦的勇敢者、涉海的探险者，现在她却不得不让自己对这段往事放手。她不要感觉，她要成长。

她说："抱歉，又留下你一个人了，我亲爱的小锡兵。"

心脏鼓动。

她刚结束完这篇故事的连载便倒头大睡，累，太累了，每一次面目重合都是一次利剑戳心。感觉像真的，她已学会成长。

还没睡足就被一阵粗暴的敲门声叫醒。脾气不好会关停洗澡水的女房东大吼一声："死丫头你赶紧给我交房租！"

她在心里低骂了句，他X的，今天还要上学。

与此同时，小锡兵决心穿过沙漠去看大海。它觉得自己好贪心，和人一样——啊，它现在就是人了。它会孤单，它好孤单。但是它要长大。感觉像真的，它终于理解了痛苦，又因此而强大。

思虑进退间有泪水绽放，酝酿成为沙漠里难得的坠露。

它会找到大海，它确信。

它等着回到痛苦源头的那一天，风沙把它蚀化，只余一颗金灿灿的锡心。

附录

"新闻晨报·周到"杯第26届全国新概念作文大赛一等奖获奖名单

(排名不分先后)

A组
李柏宁
吴承瑶
吴梓浩
龚怡霏
赵铂仁
王咏琪
徐心曾
汪子琳
刘朵朵
马忆楠
张子宸
陈昊
汪哲慧
李瑞俊

林可凡
张梓蘅
傅明紫

B组
胡文浩
何俊杨
潘馨洁
刘畅
聂瑞西

C组
卢钿希
叶昱西
林申祺

宋乐威
马铭悦
臧鸿鸣
吕漫
包文源
汪子欣
翁紫氤
王媛
金俊杰
徐腾钰
骆泽棋
李佳宬
吴佳荦

"新闻晨报·周到"杯第 26 届全国新概念作文大赛二等奖获奖名单

(排名不分先后)

A 组	查权鸣	裴卿源
檀　正	王婧萱	刘恩彤
张昊喆	王奥嘉	岑　择
张瀚心	左欣雨	李正卿
向科锦	顾力航	韩凤仪
朱冠豪	孙滕晨	石径溪
沈欣悦	杨喜淳	张杨铂
曾彦淇	卞　漾	郑茜文
聂文栋	江逸帆	何艺鲜
卢昊欣	陈一帆	张嘉轩
谢开妍	汪德隆	于晨淼
曾丽萍	李馨玥	蒋铠骏
张诗棋	沈子乔	李嘉豪
段欣妤	王一晴	黄奕璇
郭佳琳	邹幕帷	贾力行
徐雪婷	周天瑞	唐子豪
杨郑烨	周亦凡	徐惜雨
严家康	程语迟	周　依
周惟扬	刘锦文	徐　铮

徐曼瑞
陈 翔
周渊樂
应嘉彦
方羽昊
陈薇伊
周陈桢
张佑宁

B组
郭逸鸿
周 勇
余满意
李少荪
楚文婕
陈冬阳
吴晨语
吴俊辉
董翔宇
何占予
林胤君

C组
方 菲
贾俊怡
樊天宇

陈天然
赵祎涵
李嘉瑞
赖思樾
雷涵彧
林怡越
徐予予
罗 杰
李 怡
慈学怡
李析桓
尹西婷
叶子豪
岑凯霖
苏钰涵
刘栩杏
徐如龙
毛瑞琳
赵蓄涵
李明朔
常 玥
谢光蔡
刘文镝
王 晶
李鑫豪
忻 悦

王笑含
吕喆宇
周笑冰
彭梓茜
林煜雄
马永峰
朱 霄
杨奕昕
刘齐家
张榕佳
高敬东
姜雅琳
王希望
王颖杰
梁淑怡
陈柯旭
孙映荷
刘欣雨
高志远
洪一凡
周钟元
汤沉怡
彭俊杰
衡世敏
杨寒茜
涂远旭

黄　乐	陈静怡	陈芊儒
戴梦瑶	吕雨茉	金优优
王姿晴	蒋　月	林伊雯
陈　昕	何晨曦	许诺琰

"新闻晨报·周到"杯第 26 届全国新概念作文大赛入围奖获奖名单

(排名不分先后)

A组
朱子睿
李博威
洪少涵
林筱涵
耿佳琪
侯清濯
邓思瀚
赵俊然
周梓萌
钱璐琳
金子欣
朱子涵
马雨霏
闵文康
鲍美含
石晏临
赵衡譞
梁烨明
方　馨

何佳凝
沈天叶
蔡璋睿
徐　睿
项　祎
罗锶源
范书涵
俞霁珊
祁　轩
朱　钧
钟佳琪
魏欣窈
陈颖坚
陈毅鸣
陈羿伽
陆金宁
张　岩
蔡晓静
张昱晨

B组
石　涛
张怡静
蒋　冠
王欣跃
龚陈冉
梁诗涵
叶越航
谢铱瑶
柯佳佳
周芷伊
楼昀纳
梁　澄
张荧恬
黄嘉奕
李之曦
王星韵
孙榆婷
陈妤希

C组

梅宇璠
朱家珉
吴荣
陈星竹
赵博琨
陈青冰
李知芙
张诗悦
李梓沁
江瑾禾
彭延晨
周洁茹
双星铄
吴天舒
曾子墨
朱瑾
马之遥
樊梦雨
刘语嫣
刘姝妤

卜哲媛
黄奕童
刘海宁
黄尧晴
肖乐岩
陈雨薇
王越
刘家睿
蔡婉亭
李卓航
潘雨涵
张意欣
郭琼
张睿萌
韦舒
才源多多
孙雨桐
张译文
刘宗阳
肖盈欣
王馨伃

周欣怡
李万葶
乐丽雅
蒋亚希
徐昕
卢秋宇
许格菲
向康宁
季桐羽
李昕童
郭梓淇
卢思彤
金倩
林江洁
贾云淇
周嘉斐
郭心雅
唐煜菲
屠伊睿
方阳

"新闻晨报·周到"杯第 26 届全国新概念作文大赛初评委名单

(以姓氏首字母排序)

btr　　作家
方　岩　文学评论家
黄德海　文学评论家
黄　平　华东师范大学中文系教授、文学评论家
金　理　复旦大学中文系教授、文学评论家
栾梅健　复旦大学中文系教授、中国当代文学创作与研究中心副主任
木　叶　文学评论家
南　妮　作家
沈大成　作家
滕肖澜　作家
项　静　文学评论家
薛　舒　作家
于　是　作家、译者
张定浩　文学评论家
朱　婧　作家

"新闻晨报·周到"杯第26届全国新概念作文大赛评委名单

(以姓氏首字母排序)

陈　村　作家
陈大康　华东师范大学教授
陈建新　浙江大学副教授
陈力君　浙江大学副教授
丛治辰　北京大学中国语言文学系教授、研究员
郜元宝　复旦大学教授、博士生导师
金　鑫　南开大学文学院副教授
林　岗　中山大学教授、博士生导师
路　内　作家
罗　岗　华东师范大学中文系教授、中国现代文学资料与研究中心主任
马　原　作家
毛　尖　作家、华东师范大学教授
倪文尖　华东师范大学中文系教授
王家新　中国人民大学教授、博士生导师
吴　俊　上海交通大学人文学院讲席教授
小　白　作家
谢　泳　厦门大学中文系教授
徐　煜　上海戏剧学院教授、戏文系副主任
闫　苹　北京师范大学文学院教授

杨　扬	上海市作家协会副主席、中国茅盾研究会会长
叶立文	武汉大学教授、博士生导师
叶　辛	作家
叶兆言	作家、江苏省作家协会副主席
于翠玲	北京师范大学文学院教授、博士生导师
张新颖	复旦大学教授、博士生导师
郑　春	山东大学教授
周嘉宁	作家
朱国华	华东师范大学教授、国际汉语文化学院院长

"新闻晨报·周到"杯第 26 届全国新概念作文大赛组委、工委名单

组委会主任
吴志攀　北京大学副校长

副主任
马文运　上海市作家协会党组书记、副主席
陈丹燕　上海文学发展基金会理事长

委员
吴敏生　清华大学教务长
蔡达峰　复旦大学副校长
郑师渠　北京师范大学副校长
王铁仙　华东师范大学副校长
董　健　南京大学现当代文学研究中心主任
陈　洪　南开大学副校长
李文鑫　武汉大学副校长
潘世墨　厦门大学副校长
徐远通　中山大学副校长
来茂德　浙江大学副校长
林　岗　中国人民大学副校长
樊丽明　山东大学副校长
黄昌勇　上海戏剧学院院长

王　焰　华东师范大学出版社社长

工作委员会委员
吕　正　萌芽杂志社副社长
刘怡静　中国福利会事业发展与研究部部长
虞立红　北京师范大学招办主任
余自中　厦门大学招办处长
姜令嘉　山东大学招办副主任
赵　鸣　南京大学招办主任
萧　红　武汉大学文学院副院长
雷启立　华东师范大学教务长
陈思和　复旦大学图书馆馆长

图书在版编目（CIP）数据

萌26：第二十六届全国新概念作文大赛获奖作品选／《萌芽》杂志社编. -- 上海：上海文艺出版社，2024.
ISBN 978-7-5321-9116-1
Ⅰ．I217.1
中国国家版本馆CIP数据核字第20243CF907号

发 行 人：毕　胜
责任编辑：张怡宁
特约编辑：吕　正　刁俊娅
封面设计：up2u studio

书　　名：萌26：第二十六届全国新概念作文大赛获奖作品选
编　　者：《萌芽》杂志社
出　　版：上海世纪出版集团　上海文艺出版社
地　　址：上海市闵行区号景路159弄A座2楼 201101
发　　行：上海文艺出版社发行中心
　　　　　上海市闵行区号景路159弄A座2楼206室 201101 www.ewen.co
印　　刷：苏州市越洋印刷有限公司
开　　本：889×1092　1/32
印　　张：10.125
插　　页：2
字　　数：236,000
印　　次：2024年10月第1版 2024年10月第1次印刷
ＩＳＢＮ：978-7-5321-9116-1/I.7166
定　　价：55.00元
告 读 者：如发现本书有质量问题请与印刷厂质量科联系　T：0512-68180628